O FALSO MENTIROSO

O FALSO MENTIROSO

Silviano Santiago

Rocco

Copyright © 2004, 2025 *by* Silviano Santiago

Direitos desta edição reservados à
EDITORA ROCCO LTDA.
Rua Evaristo da Veiga, 65 – 11º andar
Passeio Corporate – Torre 1
20031-040 – Rio de Janeiro – RJ
Tel.: (21) 3525-2000 – Fax: (21) 3525-2001
rocco@rocco.com.br|www.rocco.com.br

Printed in Brazil/Impresso no Brasil

CIP-BRASIL. CATALOGAÇÃO NA PUBLICAÇÃO
SINDICATO NACIONAL DOS EDITORES DE LIVROS, RJ

S226f

    Santiago, Silviano
        O falso mentiroso / Silviano Santiago. - 1. ed. - Rio de Janeiro : Rocco, 2025.

        ISBN 978-65-5532-559-1

        1. Ficção brasileira. I. Título.

25-97637.1   CDD: B869.3
                               CDU: 82-3(81)

Gabriela Faray Ferreira Lopes - Bibliotecária - CRB-7/6643

Os pensamentos morrem no momento em que se corporificam em palavras.
SCHOPENHAUER

Eu sou trezentos, sou trezentos e cinquenta...
MÁRIO DE ANDRADE

Para Flora

Não tive mãe. Não me lembro da cara dela. Não conheci meu pai. Também não me lembro da cara dele. Não me mostraram foto dos dois. Não sei o nome de cada um. Ninguém quis me descrevê-los com palavras. Também não pedi a ninguém que me dissesse como eram.

Adivinho.

Posso estar mentindo. Posso estar dizendo a verdade.

Depois de eu ter nascido, as mãos de mamãe me tocaram por algumas horas. Ou por minguados minutos em dias sucessivos. Passei a maior parte do tempo – foi o que me disseram – no berçário da maternidade. Longe dos olhos dela. Numa enfermaria coletiva de bebês. Insuficiência respiratória. Dela virei refém desde as primeiras consultas ao médico da família.

Porque sou branco meus pais são brancos. Branco rosado. Rosto sanguíneo. Olhos claros. Cabelos lisos. Ligeiramente alourados na infância, castanhos depois, quase brancos hoje. Lábios finos. Sensíveis ao vento e ao frio. Nos meses sem *r*, não saio sem o tabletezinho de manteiga de cacau no bolso. Talvez seja descendente de imigrantes europeus. Barba cerrada e corpo coberto de pelos. Menos peludo do que um chimpanzé, tão peludo quanto um urso-pardo. Há dois anos escutei o apito das dentaduras duplas na curva da estrada da vida.

"A chegada do comboio é questão de meses", garantiu-me o dentista.

Entre as pessoas do sexo oposto e do mesmo sexo, minha preferência vai para as de pele cor de jambo. Realidade de europeu nos trópicos. Já me disseram. Minha mulher tem pele cor de jambo. Olhos verdes. Meus dois filhos são brancos. Louros. Olhos castanhos. Não puxaram o sangue da mãe. Puxaram o sangue do pai. Ou o dos avôs desconhecidos. Já tive cabelos louros, como outros tiveram pai e mãe.

Não fui abraçado, amamentado e ninado por mamãe nos primeiros dias de vida. Nem em qualquer outro dia da vida. Não fui distinguido pelos seus olhos. Nem acarinhado pelos seus dedos e lábios. Não ouvi a sua voz. Durante os primeiros dias de vida fiquei armazenado em tenda de oxigênio. Longe do contato humano.

Não aprendi a solfejar uma única canção de ninar. Nem quando fui filho nem duas décadas mais tarde, quando me tornei pai. Minha esposa é surda em virtude de trauma na infância. Não é verdadeiramente surda. Só muda. Meus dois filhos cresceram no silêncio do quarto de dormir. Sem solfejo materno de "Durma bem!". Sem sorriso cúmplice de "Sonhe com os anjinhos!".

Desconheço o nome de batismo que mamãe teria me dado. Sozinha. Em recolhimento e silêncio. Longe de mim. Longe do capelão da maternidade. Será que se omitiu com medo das represálias do papai, o falso?

Não tive mãe. Não tive pai. Será que tive filhos?

A voz do meu pai é fonte e razão dos meus torcicolos. Ela me acompanha. Como uma sombra na calada da noite. Como um punhal pelas costas. Nunca fica aqui ao lado. Nem dá um passo à frente, para me afrontar. Olhos nos olhos. Voz imaterial e atemporal. Sem corpo, sem pele e invertebrada. Voz espiritual.

Ouço-a na rua. Quando caminho sozinho pelo centro da cidade. Faça sol, faça chuva. Nunca a ouço em casa. Na sala de estar ou na de jantar. Nunca no ambiente de trabalho. Só quando desço do elevador e caminho pelo corredor até a porta do antigo escritório de advocacia do papai. Hoje, meu ateliê de pintura (sou pintor). Ouço-a me chamando pelas costas:

"Filho!"

Olho para trás, em busca do corpo da voz. À espera de outras palavras.

E crec!

Contraem-se os músculos cervicais. Desconjuntam os ossos do pescoço. Pedestres viram sombras. Dia vira noite. Sol vira lua. Vejo estrelas à luz do dia. Às vezes desmaio. Corre-corre ao redor de mim. Chamam, não chamam uma ambulância. Garanto que não precisa. O perigo é o de ter a carteira surrupiada por dedos de veludo. Já aconteceu. Se duvidar que isso possa acontecer em tais circunstâncias, sorte sua. Corrijo-me. Quer dizer que você desconhece os atalhos da fraternidade cristã no centro da cidade do Rio de Janeiro.

Crec! Perco a sensibilidade no braço esquerdo. Sempre.

Não interessa se procurei a voz do meu pai à direita ou à esquerda. O lado esquerdo do corpo é que sempre sofre. O lado frágil. A perna esquerda é um tiquinho mais curta. Não chego a mancar. O rim esquerdo produz mais ácido úrico do que o devido.

O santo remédio é a tração. Corrijo-me. O santo paliativo. Não fiz tração nem uma nem duas vezes na vida. Fiz muitas, muitíssimas vezes. Sou cliente de carteirinha do doutor Feitosa. Quando entro no consultório da rua Viúva Lacerda, a enfermeira já sabe do motivo da visita. Me chama carinhosamente de seu Esquerdinha. E sorri com a malícia de quem se veste de branco e, como freira, nele esconde a carne.

Numa dessas visitas, cabeceei de volta um sorriso de ponta-esquerda. Ficou tensa. Apelou para a retaguarda do telefone. Discou um número. Nem esperou, desligou e disse que estava ocupado. Fiquei satisfeito. Acertei na trave. Não cometi falta na jogada perigosa. Costumo.

Quando faço tração, penso que estou sendo finalmente enforcado pelo pai que não conheci.

"Quem insemina a esposa e dá origem a alguém e tem esse alguém roubado por um terceiro, assassina sequestrador e filho. Sem clemência" – imagino as palavras do papai, o verdadeiro.

"Se você (papai, o falso, dirige-se a mim) não fica comigo, também não fica com ele. Cairá doente e morrerá."

Zero a zero no placar da paternidade. Na berlinda, filho fodido. Não gosto de sentir dor. Não gosto de ser enforcado. Não quero morrer. Pouco me importa se morro enforcado, ou não. A morte não me mete medo. Não reflito durante a aplicação no cubículo, ao lado do consultório. Incomodam-me os vinte minutos de suplício chinês da tração. Dez aplicações em dias alternados. Para que ser obrigado a prolongar por mais de sessenta segundos uma reflexão sobre a vida vivida, sobre a vida que imagino tenha sido vivida? Gosto menos ainda de prolongá-la por dez aplicações de vinte minutos, em dias alternados. Vinte vezes vinte minutos dá quatrocentos. Seis horas e quarenta minutos de martírio. Em vinte dias. Uma eternidade.

Sobra tempo para repassar os lugares-comuns sobre a salvação da alma. Chavões obscuros e trivialidades lamacentas são o saldo moral dos quatrocentos minutos de tração. Chiqueiro humano, fedendo a ladainha e incenso. No cocho, onde seu Esquerdinha se alimenta, a ração se compõe de versículos bíblicos, frases soltas de sermão dominical, recomendações do horóscopo lido no jornal da manhã (sou Libra e posso ser Virgem) e muitíssimas expressões ouvidas da mamãe, a falsa, na infância – e relembradas.

"Não deixarei que sejas enforcado pelo pai que te gerou no útero da tua mãe" – ao voltar para casa, ainda dialogo com a voz doutoral do Feitosa.

Não deixará? Estou sendo.

Na primeira consulta preenchi a ficha médica com a secretária.

Lendo de baixo pra cima os dados que lhe forneci, o doutor Feitosa descobriu uma omissão. Perguntou-me se tinha carregado muito peso na infância.

Disse-lhe que não me chamava Maria.

Ele não entendeu.

Cantarolei o samba de carnaval:

Lata d'água na cabeça
lá vai Maria.

Sobe o morro
e não se cansa.

Ele não riu. Observei. Manteve o ar professoral. Não é dado a conversas irônicas. Mudei de registro. Também fiquei sério.

Papai (o falso) é o superego que carrego às costas, desde menino – foi o que lhe disse em seguida, camuflando o conteúdo do parêntese. Fui levado da breca. A cabeça achatada, o pescoço comprimido e a corcunda vêm de menino. Vêm das caminhadas com ele pelo antigo calçadão da avenida Atlântica. Sob o jorro das cascatas de conselhos, abaixava a cabeça. Boom! O bom senso caía como encomenda sobre mim. Inocentei o papai.

Os conselhos paternos eram mais pesados do que lata d'água na subida do morro da vida – explicitei a ironia que deveria ter sido desentranhada do samba carnavalesco.

Continuava a não me entender.

Conselhos mais pesados do que saco de cimento na descida da ribanceira, acrescentei. Acreditava que tinha esclarecido o que precisava ser.

Desisti de falar por metáforas.

Tive uma infância de menino de classe média – dei-lhe a resposta que convinha. Ele sorriu. Como se me estendesse a mão por cima da escrivaninha, ou desenhássemos pombas brancas numa bandeira também branca.

Podia ter prolongado a conversa. Estávamos nos entendendo.

Não prolonguei. Ele não é psicanalista. Que eufemismo! Nunca se sabe quem vai ser leitor. Prolongo-a aqui para você.

O torcicolo podia ter sido efeito não do excesso de peso dos conselhos paternos. Do oposto. Efeito duma lacuna. Da falta de imagem paterna na minha lembrança dos primeiros dias de vida. A falta de imagem paterna pode ser também a causa da lacuna. Causa ou efeito? Em virtude dos torcicolos e das consequentes aplicações no consultório do doutor Feitosa, acabei por voltar aos dias da maternidade. Por lá ter voltado, descobri-me enjeitado pelos pais e sequestrado por substitutos. Papai, o verdadeiro, e a lacuna causada por sua ausência se confundiam e embaralhavam o papel pedagógico de papai, o falso. Que Descartes perdoe a heresia do meu duplo *cogito*!

Penso no papai, o verdadeiro, logo dói.

Dói, logo penso no papai, o verdadeiro.

Para que pedir perdão ao filósofo? Assumo. Sou cartesiano, à minha maneira, e canhoto. Ambidestro.

O doutor Feitosa me conduz ao cubículo ao lado do consultório, que faz às vezes de enfermaria. Enquanto coordenamos os cinco passos, ele repete que apresento sintomas de doença crônica. Manda-me deitar de lado na maca. Depois de bruços. Com ordens seguidas de inflar e esvaziar os pulmões, pressiona primeiro pontos do peito e, depois, pontos das costas. Cuidadosamente. "Todos os sintomas de doença crônica, todos" – repete baixinho para si, cismarento. Manda-me sentar.

"Quando é que você vai criar vergonha e se curar?" – se dirige a mim.

Respondo perguntando: Do quê?

"Dessa obsessão", ele responde.

Pergunto-lhe: De que obsessão?

O olhar dele se abstrai. Uns médicos piscam, outros sorriem. Ele perde a consciência profissional. Fica olhando para as paredes brancas do cubículo. Ou vice-versa. O olhar abstrato é também sinal misterioso que emite para a sala ao lado, onde está a enfermeira. Logo em seguida ela abre a porta e entra no cubículo. (Será que ele tem uma campainha escondida embaixo da maca? Vou perguntar.) Ela se aproxima de mim. Pede para que eu me vista e calce os sapatos. Sob a vista dela. "Não se esqueça dos óculos!"

O doutor Feitosa deixa o cubículo. Caminha de volta para o consultório espaçoso, onde reina sentado à escrivaninha. Tira o receituário da gaveta. Detrás dele uma estante de livros, com as prateleiras cheias de grossos e pesados volumes. Nenhum título a acrescentar.

Seu rosto se sobrepõe às lombadas dos livros, como numa colagem malfeita. Preenche a receita. Sempre esquece meu sobrenome. Já pensei: não quer esquecer meu sobrenome, quer esquecer a presença abjeta de papai, o falso, nos círculos médicos do Rio de Janeiro. Ou: quer esquecer a nefasta presença dele em mim.

Eu levava dois papais às costas. O doutor Feitosa, aquelas seis ou sete prateleiras de tratados médicos. Tínhamos muito em comum. Menos o torcicolo.

Entre a tração e a massagem, prefiro, sempre preferi a tração. Tem uma vantagem higiênica sobre a massagem, disse à enfermeira. Fingiu que não me escutava. Repeti o que tinha dito. Ela riu, dando-me as costas.

"Lá vem você com as suas. O doutor Feitosa já me preveniu. Gosta de bancar o engraçadinho. Comigo, não, meu cravo."

Pensei e calei-me: Contigo, sim, minha rosa.

Quase lhe dei um beliscão na bunda. Fatal reação dos sentidos à roupa branca. Controlei-me de novo. Se ela se vestisse de vermelho, amarelo ou azul, como a secretária do papai, teria tacado o beliscão. Já Teresa, a secretária do papai, ganhou tesão por homens de jaleco branco e perdeu por advogados de terno e gravata. Entenda-se o efeito das cores sobre a volúpia humana.

A enfermeira enrola toalhas e mangueiras no meu pescoço. Pareço nobre elisabetano. Decadente. Liga o aparelho de ultrassom. Nada me diz. Não me escuta. Finge. Segundo a letra do evangelho de enfermagem, o lento processo de enforcamento por que passo terá de ser silencioso.

A tração está para a massagem feita por fisioterapeutas (masculinos ou femininos) assim como a masturbação está para o coito (heterossexual ou homossexual), pensei já na rua.

Sou propenso à masturbação. Isso não quer dizer nada. Quer dizer o que quer dizer. Minha mulher é surda desde a mais tenra idade, já disse. Meu corpo caminhava de volta para casa sob ombros soltos, livres e desatravancados. Papai deixava de sapatear em cima deles. Os músculos cervicais não estavam mais retorcidos. Alívio por 72 horas. Como na masturbação.

Doutor Feitosa, por que será que um ou dois bons esguichos de porra só valem por 72 horas?

Não fui amamentado por seio materno. Ou por seio postiço, de ama-seca.

A mais remota lembrança da fome não é um rosto de mulher ou maminhas de fora. É uma mamadeira gigantesca. Tamanho família.

Minha mamadeira, minha espada. Meu grito do Ipiranga às margens plácidas do colo dito materno.

Eram mamadeiras gigantes. Feitas de encomenda e sob medida, para o bebê chorão. Mamadeiras muito especiais, que nunca conheceram leite nem o cheiro dele. Odeio leite. Só o cheiro me dá náusea. Mamadeiras gigantes de onde sugava os mais variados tipos de purê de frutas e legumes. Todo e qualquer alimento, depois de cozido, tinha de ser passado na peneira. (Que falta fazia um liquidificador nos anos 1930 e 40! Que pena que sinto das empregadas de então.)

A cozinheira enchia de purê uma mamadeira do tamanho de garrafa de litro. Arredondada que nem.

Donana, a minha mãe falsa, justificava a dieta para a babá atônita.

"Ele rejeita todo tipo de comida encorpada."

"Por quê?"

"Sabe-se lá por quê" – cismava Donana.

Pedacinhos de maçã? banana-prata ou ouro? gominhos de laranja? mingau de aveia (sem leite)? pão com manteiga? bolacha? arroz com feijão? bifinho? batata frita? macarrão? Nunca na minha tenra infância. Agora, se conseguissem fazê-los passar pelo bico da mamadeira, eu traçava. Caso contrário. Fechava a boca. Mordia os dentes. Feria a língua. Fechava a cara. Virava o rosto. Chorava. Esperneava. Lambuzava o cabelo, o rosto e o uniforme da babá. Quebrava o prato. Jogava a colher no chão. Aprontava. Só a mamadeira gigante silenciava os brados retumbantes do hino da independência infantil.

Meu pai falso tinha pavor de me ver crescer sem dentes.

"Banguela, meu filho" – rosnava pelos quatro cantos da casa. "Não mastiga, não vai falar. Vai ciciar. Não vai articular sons, vai grunhir que nem pata choca."

Entre outras coisas, meu pai falso era darwiniano. Em conversa com amigos e profissionais da saúde pública, tinha particular interesse pelos temas da cópula, da reprodução dos seres vivos e da evolução das espécies. Na estante do escritório residencial havia uns livros meio que pornográficos. Vá lá. Bem pornográficos. Gostava de folheá-los às escondidas da mamãe e das empregadas. Seios, bundas e xoxotas. Caralhos e testículos. De frente, de lado. Detalhado. Todas as ilustrações eram em cores e respiravam ao ar livre da página aberta. Só escolher a matéria do dia, imaginar e se instruir.

(Não cresci exímio masturbador gratuitamente.)

Papai colecionava também livros com reproduções de gravuras e fotografias dos répteis pré-históricos que ainda se arrastam pelas ilhas Galápagos. Punha-me no colo. Olhava para mim, olhava para as gravuras.

"Banguela!", lamentava. "O órgão ou o membro humano que perde a utilidade atrofia. E míngua na geração seguinte."

Conversava comigo no escritório lá de casa, querendo me passar novas e esclarecedoras ideias sobre a vida do homem e dos animais no planeta terra. O banguela (eu) pela própria natureza seria o exterminador da espécie humana, tal como era conhecida, catalogada e estudada pelos compêndios que me mostrava.

Exterminador do futuro, eu? Volto à origem do torcicolo? Pai pensa que o filho vai mudar a história da humanidade para o melhor. Ou para o pior. Mártir ou ditador. Depende da quantidade ou da qualidade do amor. E da inteligência. Se nasceu homem, nasceu para mudar a história da humanidade, tem de mudá-la. Não interessa como. Complexo de São José.

Lá em casa o complexo de São José vinha de cambulhada com o complexo de São Jorge. Papai brigava pela posse da lança do santo guerreiro, para poder entrar em guerra contra o dragão da mamadeira. Queria bater mamãe com a lança para tornar os meus dentes fortes e sadios.

Mamãe, a falsa, contentava-se em me ver desaleitado e robusto. O mais depressa possível. *Desaleitado* não é bem a palavra, mas todo mundo entende. *Desmamadeirado* seria mais correto. Se a palavra existisse. Passou a existir. Donana olhava para mim. Desolada, olhava para a coleção infinita de mamadeiras e chupetas. Tilintava os olhos, que nem boneca da Estrela. A mamadeira adiava projetos e sonhos que tinha para mim. Suspirava fundo, invocava:

"Minha Nossa Senhora do Perpétuo Socorro!"

Não fui batizado. Minto. Não fui batizado na época em que os bebês são batizados. Tiveram de me esconder do público, sob pena de serem acusados de sequestro, ou de conivência criminosa com o obstetra e a enfermeira da maternidade, onde mamãe, a verdadeira, me deu à luz. Se tivesse morrido bebê de colo ou menino, não sei que fim teria levado minha alma pagã. Teria ido para o limbo? Fui batizado aos sete anos. Pouco antes da cerimônia da primeira comunhão. Ou no mesmo dia. Não me lembro bem. Sei que o terninho branco, de calças curtas, a gravatinha-borboleta branca, sapatos e meias também brancos, o conjunto imaculado da Nossa Senhora da Conceição serviu para as duas cerimônias.

Não sei por que não aproveitaram a ocasião e o conjunto branco para me crismar. Não sou crismado.

Eu fisgava o bico da chupeta. Com voracidade. Alimentava-me sem mastigar.

Sugava. Engolia.

Sugava. Engolia.

Digeria. Arrotava.

Mijava. Cagava.

Morder, só carne humana. Mordia os bracinhos de qualquer menina bonitinha que se aproximasse de mim. Provava ao papai que os meus dentes tinham utilidade. Seriam sempre fortes e sadios, dignos dum carnívoro da espécie humana. Não seria o banguela da família.

Não legaria essa maldição à história do homem no planeta terra. Não seria o exterminador da espécie futura. Apesar dos pesares.

A priminha Dorothy era a dona do rostinho mais lindo e dos bracinhos mais apetitosos do posto 5 de Copacabana, onde passei a infância e a juventude. Branquinhos, gordinhos e roliços. Realçados por um rosto afogueado de anjo a caminho do paraíso. E por mangas godê cor azul-celeste. Engomadas em ferro em brasa pela passadeira. Tinha os bracinhos levemente rosados de boneca de celuloide, como que cheirando a talco Coty e leite de rosas. Na época, as bonecas mais caras eram feitas de celuloide. Importadas dos Estados Unidos. As de louça, importadas da Europa, não eram para menina brincar. Ficavam expostas no guarda-louça que nem baixela de prata em estojo. Já as bonecas pobres eram feitas de retalhos. Boneca de pano era sinônimo de traste. Costuradas pelas empregadas. Tinham mania de costurá-las com tecido negro. Boneca de piche. A priminha Dorothy era feita de celuloide.

Nhoc!

Na pele aveludada da priminha Dorothy ficavam gravadas as marquinhas dos viçosos dentes de leite. Em forma de elipse. Várias marquinhas tenras e rubras no bracinho direito. Cheiroso como ele só. Talco Coty e leite de rosas. Tinha predileção por ele, assim como médico sanitarista tem predileção pelo braço esquerdo na hora da vacinação e caixeiro de farmácia pela nádega direita na hora de fincar a agulha da seringa. Já repararam?

Cachorrinho amestrado, eu rodeava o corpinho frágil da priminha e fungava. Rodeava o bracinho e fungava. Não desgrudava os olhos dele. E de repente batia o carimbo com a marca registrada da minha arcada dentária. Dispensava a assinatura. Dispensava o *Vejam! não sou nem serei banguela!* ficava parado, estatelado, ao lado do bracinho carimbado. Parecia galo vitorioso na rinha, perdida a razão para o uso da espora. Ficava à espera da liberação ou da condenação. A ser dada pela sentença paterna.

Dorothy gostava de ser mordida. Se gostava. Secretamente amava o priminho antropófago.

Hoje penso que ela só queria brincar de médico comigo. Ela se fazia de boneca. Eu, de glutão. A mordida. O grito. A marca rubi. Comê-la de mentirinha até chegar ao âmago – a alma inocente da priminha Dorothy. *Aqui está sua alma, entre os meus dentes.* Saltitante no grito de alegria. Grito meu? Dela? Nosso. A priminha foi a minha primeira masoca e eu, seu primeiro sadoca.

Será que fui o primeiro? Duvido. De menina já tinha o ar leviano de futura viciada. Que nem a ingênua Alice no país das maravilhas.

A irmã do meu pai – mãe de Dorothy, minha tia falsa – gritava que lugar de cão raivoso era a carrocinha. De bicho do mato, a jaula. De louco, o hospício. Fora de casa! Rua!

"Sanguinário! Besta-fera! Bastardo! Carniceiro! Herege!" – ela gritava e escoiceava os ares com as mãos espalmadas.

Adiantava dizer que o palavrório todo trabalhava a meu favor? Proclamava-me a dentadura perfeita.

Não cresceria banguela.

Adiantava dizer-lhe que eu preparava Dorothy para enfrentar as agruras da vida? Se buscava ferir sua alma de inocente, era para satisfazê-la na rotina do desejo. Proporcionava-lhe momentos de felicidade. Que nem aprendiz de médico ou de padre, eu me enxergava nela quando a via desmontar as bonecas para ver o de dentro.

Éramos almas gêmeas.

Maria, sai da lata! – não era o que dizia o anúncio dos biscoitos legitimamente chamados Maria? Sai da toca, priminha Dorothy!

Minha tia falsa puxava Dorothy para junto dela, agarrava-se ao corpinho rosado, como velha coroca à boneca de louça da infância. Abrigava-a da crueldade canibalesca do sobrinho, curvando-se inteira sobre a fragilidade de rosto afogueado e bracinhos marcados pela selvageria.

Acudia todo mundo. Corriam de onde estivessem. Escândalo.

"Feche as janelas!", ela ordenava.

A arrumadeira fechava as janelas. Os vizinhos. Os pedestres. Os passageiros do bonde. Que vão dizer?

Nunca tive medo de palavra. Palavra não machuca. Bate e salta, como bola de pingue-pongue bate e salta de um lado e do outro da rede ao sabor das raquetadas. Tinha medo dos coices da titia perderem os bons ares da sala de visitas trancada e, na queda vertiginosa, se transformarem em coques no cocuruto ou palmadas na minha bunda.

Não sou banguela, não sou banguela! Grito de vitória. Não serei mais repreendido pelo papai.

Ele devia ler corretamente os dados da minha certidão de independência. Não lia. Continuava a repreender-me. Agora por outro motivo. Tinha cometido crime contra o clã.

Ainda não me apresentei. Me chamo Samuel. Caí de paraquedas entre os Carneiro, no lado materno, e entre os Souza Aguiar, no lado paterno. Samuel Carneiro de Souza Aguiar.

Não sei como fui chamado na maternidade, se é que minha mãe verdadeira chegou a proferir o nome do filho a que tinha dado à luz. Não sei o nome das duas famílias de que verdadeiramente descendo.

Samuel foi o nome que me deram na pia batismal, minutos ou dias (não me lembro bem) antes da primeira comunhão.

Antes, muito antes do batismo, já me chamavam de Samuel. Em casa e entre os íntimos. Pagão, cresci sabendo o meu nome.

Boca de peixe – é o primeiro apelido de que me lembro. Dado por uma empregada branquicela. Uma cabelos de fogo fugida do sul da Itália, que fedia a (distingui o cheiro anos mais tarde, porque ficou armazenado nas minhas narinas) bacalhau. A siciliana não admitia que eu me alimentasse com mamadeira. Quis me estuprar pela boca, com uma colher das de sopa. Escondido da Donana. Quase que leva de roldão todos os dentes de leite. Um verdadeiro boticão nas mãos de tiradentes da carcamana. Quase me sufoca com as mãos. Um carrasco também. Depois da coça, não iria mais me comportar (acreditava) como menino mimado. Fazia às vezes de professora. Tapas e mais tapas na boca.

"Abra! Abra!"

Colher evoca babá. Babá evoca violência. Violência evoca carcamana. Carcamana evoca cê-cê. Cê-cê evoca bacalhau. Bacalhau evoca vômito. Vômito evoca leite. Tenho pavor de colher das de sopa e das de doce. Até hoje. Também tenho pavor de bacalhau. Até hoje. Tenho pavor de colher entrando na minha boca com mingau. De comida com aparência de impetigo. Aquela intromissão metálica no organismo humano, trincando o esmalte dos dentes. Aquele fedor branquicelo estapeando as narinas, enquanto as mãos estapeavam as nádegas. Fedor de pústula. Me davam e me dão náusea. Aquelas mãos de camponesa europeia me esbofeteando me davam e me dão medo.

Só como sobremesa com garfinho. Dele também me valho para mexer o café. Na falta de garfo, mexo com o cabo da faca. Não interessa o tamanho da faca. A situação determina. Detesto café amargo. Não bebo café em casa de grã-fino. Se ao final do jantar sorrirem de mim à mesa, já sabem a razão. Não espalhem.

As mamadeiras tamanho família me acompanharam até os sete anos de idade. Comida pastosa. Sempre. Mingau de aveia Quaker, só se feito sem leite. Sopinha de tubérculos, sim, de batata, cará, batata-baroa, mandioca. Também sopinha de legumes passados na peneira, regados com suco de laranja. Abacate amassado, coado com a ajuda de limonada. Tudo lembrando a vitamina de frutas que foi inventada depois do liquidificador. Caldinho de feijão. Caldinho de músculo. Caldinho de sobre de frango. Caldinho de cabeça de peixe. Bem temperado. Gostava de que esmerassem no tempero.

Tudo que comia era sugado pelo buraco da chupetinha.

Desde a época em que as Lojas Americanas começaram a vendê-las, não passo 24 horas sem tomar duas garrafas de Coca-cola. No gargalo. Lentamente. Gole por gole. Uma garrafa de Coca-cola pela manhã, enquanto leio o jornal, e a outra ao deitar-me, enquanto ouvia o rádio e, nos dias de hoje, enquanto assisto à televisão. Uma me desperta pela manhã, a outra me acalenta à noite.

Empregadas nunca entendem o hábito do marmanjo, pai de família. Nunca entenderam. Categorizam. Criam apelidos, onde falta a imaginação. Lelé da cuca. Bebê de proveta. Chupetinha. Chupão. Beiçudo. Bebê chorão. Meus pais me protegeram da língua maldosa delas. Também a minha esposa Esmeralda me protege dos apelidos. Como não fala, se vale de gestos estabanados e volutas agressivas no rostinho, que é só dela. Delicado de tristeza. Meus filhos, não sei o que pensam do meu vício. Se é que pensam alguma coisa.

Li na revista *Time*. Os afro-americanos do Harlem não bebem leite. Não gostam de leite. Só tomam Coca-cola *for breakfast*. O Ministério da Saúde deles, que não é ministério e, sim, secretaria, subvencionou uma pesquisa naqueles anos de *affirmative action*. Afro-americanos passando fome no café da manhã? Mal alimentados para o trabalho no resto do dia? Nunca nos tempos eufóricos do presidente Lyndon B. Johnson. Conclusão da pesquisa. Afro-americano não gosta de leite porque não consegue digeri-lo. Perturba também a digestão de outros alimentos. Falta ao organismo negro uma enzima que ajuda a digeri-lo.

O título da matéria na revista *Time* era "O organismo humano é sábio". O organismo do afro-americano compra Coca-cola, enquanto a revista a vende para todo o mundo. Ou vice-versa. Não faltam consumidores para os produtos fabricados pelos ricos. A quem é pobre assaltam os diabetes.

Sou negro do Harlem no corpo de branco carioca. Será que minha mãe, a verdadeira, era negra e meu pai branco? Falta-me uma enzima. Ainda vou descobrir o nome da enzima para ver se me conserto de vez. Pílula por pílula já tomo três por dia. Uma quarta não fará verão. Aliás, o verão da minha vida ficou para trás. Hoje estou mais para o outono. O inverno bate à porta.

Desenvolvi uma teoria própria sobre o meu ódio ao leite.

O ódio é alimentado pela falta dela. Dela? Da minha mãe verdadeira. É alimentado pela carência. Se nunca cheguei a sorver leite materno na maternidade, como poderia aceitar como verdadeiro algo que, no fundo, era um vulgar substituto de origem animal? Hoje, produzido e empacotado pelos suíços. Os mesmos que inventaram o relógio de cuco. Hora certa, leite certo – lógica de suíço. Exigia o leite materno e não o em-lugar do leite materno. Na privação, combatia o sucedâneo com os meios de que dispunha. A boca fechada. A birra. O choro. Mais eficientes do que qualquer campanha nacionalista.

Natural que assim agisse, ainda que possivelmente por falsos motivos.

Mais mamava na mamadeira gigante, mais rejeitava leite e comida no prato. Mais meus cabelos cresciam louros e sedosos. Sem a poda da tesoura. Parecia promessa de Donana, e talvez fosse.

Tinha a cara duma menininha de cabelos compridos, cacheados e louros. No espelho e nas fotos de aniversário. Lindo, linda. Um anjinho para as tias. Um mariquinhas para os companheiros de folia. Um futuro 24, veado, para os amigos do papai. Tem pai que é cego, não é o que diz o bordão? Até a véspera da primeira comunhão fui o que quiseram que fosse. Lindo, linda.

Ao contrário do que diz o bordão, meu pai não era cego. Deu o basta. Para ele os cabelos louros tinham algo a ver com meu amor às saias da mamãe. Estas, por sua vez, tinham algo a ver com a chupetinha da mamadeira gigante, tamanho família. E esta, por sua vez e finalmente, tinha algo a ver com o 24, veado, apregoado pelos amigos de uísque e champanhota.

Disse à mamãe que ia me levar para passear na orla. Levou-me ao barbeiro da rua Barata Ribeiro. Pediu-lhe que deixasse a cadeira de costas para o espelho. Precaução tola. Terminado o serviço, fiquei de frente para o espelho. Frente a frente com o novo migo. A precaução do papai não tinha sido tola.

Como esquecer o reflexo do meu rosto? Sem os longos cachinhos? Sem a moldura loura, tosquiada pela tesoura? Como esquecer o rosto de horror da minha mãe ao me ver de cabeça meio que raspada, estilo príncipe Danilo?

Como esquecer o olhar dela, tomado por súbita e imensa alegria, ao perceber que rejeitava a mamadeira gigante?

Exigi comida no prato. Ali, na lata. A de todos e a de todos os dias. Trivial fino. Um punhado de arroz no canto, encharcado de feijão preto. Bife e batatinhas fritas ao lado. Fatias de tomate no outro canto. Folhas de alface em tiras. Abobrinha refogada. Como iria esquecer a composição do meu primeiro prato de comida?!

Usei garfo e faca.

"Vai comer o pudim com garfo?", mamãe me perguntou ao final do almoço. Respondi que ia.

Ela não atinava com a relação – desfeita pelo papai – entre mamadeira e cabelo comprido. E muito menos com a relação que não foi desfeita por ela – entre mamadeira, cabelo comprido e colher.

O que tudo isso tem a ver com *torcicolo* na idade madura? Sobra a pergunta. Falta a resposta.

Nem o doutor Feitosa consegue enunciá-la.

Você não solta gases.
   Já estava cansado do elogio mudo feito pela minha mulher. Tocou em complexo de inferioridade, nenhuma palavra é elogio – não lhe dizia, pensava. É xingamento. Até mesmo na cama e entre as quatro paredes do quarto de dormir.
   Era sempre reprovado em gases pelos colegas de turma. Durante os quatro anos de ginásio no Colégio Andrews. Não passava da primeira série na disciplina *A música dos peidos*. Aluno repetente a cada nova leva de calouros. Todos pulavam de ano, enquanto eu ia ficando na rabeira. As aulas aconteciam na sala do banheiro masculino. Duravam a meia hora de recreio. Entre a aula das duas, de inglês, e a das três e meia, de matemática. Entre a exibição dos sapatos importados pelo professor Dante, *straight from the United States*, e as estridências lógico-matemáticas do professor Ramalho, o Caveirinha. Naquele horário o recinto do banheiro era interditado aos outros alunos.
   Ao fim do ano, a banca examinadora se reunia para deliberação. No mesmo local, na mesma hora. Não adiantava o esforço sobre-humano que eu fazia no dia dos exames. Por três vezes teria sido proibido de voltar a pôr os pés no banheiro, não fosse a tolerância do Zé Macaco e as flores da sua retórica de convencimento. As mais belas delas – todos entendiam – exprimiam a nossa profunda amizade. A banca perdoava as notas abaixo de quatro e adiava para o ano seguinte a expulsão do aluno reprovado.
   Terminei o curso ginasial com uma nódoa negra no boletim escolar. Invisível para os professores e pais de alunos. A nódoa acompanhava a menção honrosa, estampada no diploma do colégio.

Todo brasileiro é técnico de futebol. Todo colega de ginásio é professor graduado em peido. Não me faltaram sugestões para aprimorar o estilo corporal e a alimentação. Faziam uma rodinha em torno de mim. Zé Macaco, à frente, incentivava.

"Capriche no movimento de inspiração e de expiração."

"Olhe a força de compressão na barriga. Conduza-a para os intestinos."

"Não relaxe logo os músculos da bunda. Retese-os." "Maneire ao relaxá-los."

"Controle! Cadência! Não exagere no rebolado."

"Agora, exagere no rebolado."

"Que sofreguidão!"

"Músculos firmes. Afrouxe-os. Descomprima os canais."

"Solte!!!" – gritavam em uníssono.

Nada de extraordinário. Um dó, sem mi e sem fá. Não desafinava. Simplesmente não chegava a compor.

Não adiantavam também novos hábitos alimentares. Exigia da cozinheira batata-doce cozida e frita, no almoço e no jantar. Arroz branco embebido em muito feijão-enxofre. Repolho. Ovo frito no café da manhã e em cima de qualquer carne.

E nada. Não era bem-dotado para a perfumosa música dos peidos.

Como não se enternecer com os primeiros acordes da *Quinta Sinfonia* de Beethoven, executados com bravata pelo Zé Macaco? Como apreciar cada nota pelos ouvidos sem não ter sorvido ao mesmo tempo cada uma delas pelas narinas? Como reagir à melodia sem deixar escorrer lágrimas de alegria?

Um intruso que adentrasse o banheiro não teria entendido a cena. O maestro e músico de pé, num tamborete, cercado pela seleta plateia de discípulos e admiradores. Zé Macaco esmerava-se. Dava sua alma. Liberava o que tinha e o que não tinha. Um primor de sonoridade, ritmo e perfume de rosas, saindo do corpo mulato. Alto e esbelto, com braços espetaculares de maestro, que eram também de jogador de basquete.

Não perdia uma cesta nos treinos e nos jogos do campeonato. Viesse a bola da esquerda. Viesse da direita. Viesse do fundo da quadra. Era passar-lhe a bola de fora da zona do garrafão, ou dentro da zona, e pimba! Cesta! Muitas de chuá. Seu modelo? Não é difícil adivinhar. Os exímios e palhaços jogadores do Harlem Globetrotters.

Zé Macaco caminhava desengonçado pelos corredores do colégio, como um saltimbanco em noite de lua cheia. Sentava-se escarrapachado na carteira, na grama e no campo de basquete. Hoje o considero precursor do comportamento negro no Brasil. Desinibido, desconjuntado e saltitante, que nem black norte-americano na era do tênis. Na aula de ginástica, de calção, as pernas se juntavam nos respectivos joelhos, deixando lá em baixo os pés separados e espalmados que nem os de pato.

Zé Macaco tinha total controle do instrumento de trabalho.

"Fiz das tripas saxofone", confessou-me um dia.

Fez pacto pagão com o diabo da carne. Uma das cláusulas contratuais rezava que o pactário receberia da deusa Euterpe a graça do peido mais estrepitoso e menos malcheiroso da turma. Cuícas da face da terra. Afinado, melodioso e perfumado. "Música das esferas", como se dizia a respeito da poesia sublime, na época em que o homem não tinha medo de que cometas e asteroides se desentendessem pela Via Láctea. E despencassem dos céus nas nossas cabeças.

No último ano de ginásio, Zé Macaco nos brindou com o Hino Nacional. Memorável. Digno do pacto com o diabo e do palco do Theatro Municipal. Uma verdadeira *réussite*. Por mais de dois anos ensaiara o número escondido em casa. Guardara a surpresa para a noite de formatura. Depois dos discursos e da entrega dos diplomas. Antes da *soirée* dançante, animada pela Orquestra do maestro Tabajara. No intervalo, como era de praxe. No banheiro, nossa sala Cecília Meireles.

Deixamos com as respectivas famílias os canudos presos por uma fitinha vermelha. De traje a rigor, em ordem unida, os confrades correram para o banheiro masculino. Naquela hora trancado a cadeado. O zelador era nosso cupincha. Mediante os trocados que lhe passei na véspera e a promessa de outros mais depois de encerrada a função, nos franqueou o uso exclusivo da sala de espetáculos.

Pela perfeita execução do Hino Nacional, Zé Macaco, em impecável smoking, merecia subir até os aposentos nobres do monte Parnaso. De costas, bateria toque-toque (já conhecem os seus recursos) à porta. Não pediria permissão a Apolo ou a São Pedro para entrar. Os querubins soariam em uníssono as trombetas da salvação e lhe abririam as portas de par em par.

Era o dia da nossa despedida. A confraria dos peidorreiros se desfazia com chave de ouro. Cada um pela nossa deusa Euterpe e Apolo contra todos. Em particular contra mim, um fracassado, cuja única função na turma era a de mecenas entusiasmado.

Naquele tempo vivíamos livres de muitas chateações. Divertíamo-nos com os hilários moradores do edifício *Balança mas não cai*, com as piadas da *PRK 30* e escutávamos os programas de auditório da Rádio Nacional. Fazíamos arruaça em casa, ridicularizando as macacas pululantes e esgoeladoras do César de Alencar. Reinado primeiro e único dos reis e das rainhas da voz. De Chico Alves, Orlando Silva, Sílvio Caldas, Nelson Gonçalves e Carlos Galhardo, de Emilinha, Marlene, das irmãs Batista, Linda e Dircinha, de Dalva de Oliveira e da divina Elizete Cardoso.

Transmitido pelas ondas hertzianas, o Hino Nacional tocado pelo Zé Macaco podia parecer embuste dos Irmãos Marx ou dos Três Patetas. Podia soar *sketch* de chanchada, interpretado por Oscarito e Grande Otelo. Ao Zé Macaco faltava a voz. Sobrava-lhe o sentido do espetáculo, que faltava aos cantores de então e entornava nas comédias da Atlântida e, mais tarde, transbordaria nos megaeventos do rock & roll.

Olhos, ouvidos e nariz dos confrades de colégio exigiam o retorno triunfal da récita dada no dia da formatura. Ao vivo e em cores. Para todos.

Um show no circo. Por que Zé Macaco não entrava para o circo? Não é que entrou? Com profissão errada.

Zé Macaco era filho de doméstica. Dizem que neto de famoso jurisconsulto, cujo nome calo. Morava em Botafogo. Frequentava o grupinho do posto 5 em Copacabana. Não tinha condições para cursar o científico. Menos ainda a universidade. Não podia se dedicar ao luxo e à boa vida de artista amador. Morava com a mãe. Alugavam um quarto num cortiço da rua da Passagem. A mãe ficou perrengue. O filho virou arrimo de família. De novo foi precursor. O primeiro de nós a enfrentar o mercado de trabalho.

Encontrou emprego no circo montado nos fundos da Pontifícia Universidade Católica. Num terreno baldio. Anos depois a prefeitura do Rio de Janeiro – não mais a do Distrito Federal – mandaria construir ali o Planetário da Gávea. Cada geração tem os astros e o circo que merece. A dos meus netos será a da guerra nas estrelas no céu do grande salão do planetário. Ou na gigantesca tela de cinema, sob o comando de George Lucas e Steven Spielberg.

O meu circo tinha o Zé Macaco como estrela em ascensão. Na calada da noite, o músico peidorreiro tinha se transformado num grande impostor. Apresentava-se ao distinto público como domador de leões. Aparentemente. Precisava suprir as necessidades do lar materno.

Convidou-me para a noite de estreia.

"Venha me ver no papel de Maciste" – me disse pelo telefone. Eu o visualizei canastrão, interpretando o papel de gladiador. Num dramalhão histórico barato. Zé Macaco fora apelidado pelo dono do circo de Maciste – como poderia ter sido apelidado de Hércules, Mandrake, Victor Mature ou Marquês de Sabugosa. Preparei-me para as gargalhadas de deboche.

Eu ainda estava solteiro. Morava no posto 5, com papai e mamãe, os falsos.

Minha imaginação estava equivocada. Desde a entrada do toldo de lona vi que era o astro do *gran finale*.

"Maciste na jaula dos leões africanos", anunciava a tabuleta, acrescentando em letras tremidas, que imitavam raios que baixavam à terra:

"E-le-tri-zaaan-te!!!"

Apresentava-se depois dos palhaços, dos contorcionistas, das bailarinas árabes, dos acrobatas, dos equilibristas, dos trapezistas e dos animais amestrados. Ocupava no programa o lugar do globo da morte. Um grave acidente em Porto Alegre tinha levado a vida de dois dos três irmãos motoqueiros. O número de Zé Macaco abafava o escândalo que tinha ocupado páginas e mais páginas de jornal. A imprensa denunciava as condições de trabalho dos artistas circenses. Circo vive de folguedos e de perigo. Metade do prazer ficara enterrado num cemitério do interior de São Paulo.

A motocicleta, digo, o cano de descarga da motocicleta do Zé Macaco era de outra fabricação. E gabarito. A apresentação de Maciste vinha logo depois do fantástico número dos elefantes adestrados. A indumentária farsesca estava dividida em duas partes, que não se casavam. A parte superior tinha sido comprada na Casa Barbosa Freitas. A inferior, na Casas Balneia. Uma mistura de fraque, camisa branca e gravata-borboleta com calção de banho em cima de malha vermelha. O aristocrata e o banhista se faziam calçar com os indefectíveis tênis brancos de jogador de basquete.

O circo fica às escuras. Silêncio de minuto de silêncio em campo de futebol. Nos alto-falantes irrompem os acordes da *Quinta Sinfonia*. ("A escolha da música foi minha", confirmou a minha suspeita depois do espetáculo, enquanto caminhávamos até o Largo do Machado. Passamos a noite tomando umas e outras no restaurante Lamas. A escolha era homenagem aos velhos tempos do ginásio.) Possantes holofotes iluminam em cores o picadeiro. A jaula. Os leões aprisionados.

"É preciso proteger o público das garras mortais dos felinos africanos" – anuncia a voz no alto-falante, abafando Beethoven. Um dos holofotes singulariza Zé Macaco dentro da jaula. A figura desperta risos. Esquálido e desengonçado diante dos três leões. De fraque, camisa branca impecável, gravata-borboleta e chapéu-coco. Como um lorde. De malha vermelha, calção de banho, mala de negro forro, tênis brancos semelhantes a sapatilha. Elegante que nem súdito da rainha da Inglaterra. Esbelto que nem bailarino do Municipal. Pronto para um *pas de quatre*.

Silenciam o alto-falante. Param as risadas. Os três leões, como dançarinas amestradas pela chibata do mestre, ficam sentadinhos em tamboretes. À espera da primeira chicotada de Maciste, o domador. Ao ouvi-la, tinham sido treinados para caírem no vai da valsa amedrontador e espetacular.

Ouvem-se as vozes dos pais, que atiçam a curiosidade dos filhos. Dão ordens controvertidas:

"Fechem os olhos. Vai correr sangue."

Desconhecem evidentemente o poder persuasivo do cano de descarga da motocicleta apelidada Zé Macaco.

Zé Macaco dá as costas para os leões. Um só ohohohoh! percorre em onda as arquibancadas. Vai ser abocanhado. Estraçalhado.

"Vai virar picadinho na mandíbula assassina das feras."

Maciste se contorce. Balança os quadris. Respira fundo. Enche de ares a barriga. Retesa os músculos abdominais. Cresce a bunda. Quase fica de cócoras. Abrem-se as abas do fraque. Agiganta-se o traseiro. Tomam o gesto como zombaria do domador. Riem. O cano de descarga solta chispas. Mal imaginam que Zé Macaco está controlando, encantando e seduzindo os leões ao som de música cadenciada.

"Maciste é o rei das feras", grita o alto-falante. Eletriza a plateia – a tabuleta na entrada não mentia. O chapéu-coco voa ao fustigar do chicote.

Em gesto de agradecimento pelos aplausos, o braço direito levantado é batuta de maestro.

Da capo.

Reconheço os movimentos do corpo. O rebolado das nádegas. As pernas de black gringo. Os pés de pato. Os gestos precisos e cadenciados, íntimos da minha sensibilidade desde os dias do banheiro, dos sons e das revelações no ginásio. Da arquibancada onde estou não dá para escutar a música dos peidos. Vou adivinhando-a pelos corredores da memória.

Com os leões domados, Maciste acompanha – com o corpo e o rabo descoberto entre as abas do fraque – a música do alto-falante. De uniforme colegial como antigamente, ou de fraque, calção e colante como agora, não importa, Zé Macaco antes de ser domador de leões é autêntico maestro e músico. Divino, maravilhoso.

Depois dos aplausos encorajadores, passa à segunda parte do número.

Uma mocinha de maiô dourado lhe contrabandeia um arco por entre as barras da jaula. Maciste põe fogo no arco. Reconheço o ritmo firme da respiração e dos movimentos pélvicos. Zé Macaco é toda uma orquestra. Não importa se de uniforme ou se de fraque e colante. Não importa se no banheiro do colégio, ao lado das pias, ou se no picadeiro, frente aos leões. Nada faz diferença. A música é tudo. Nas mãos dele, ou melhor, no rabo dele, o peido estrondoso é o mais hábil companheiro das chibatadas do mando. Fustiga o primeiro leão. Obriga-o a atravessar o arco de fogo. Impele o segundo ao salto e o terceiro.

Afaga os três animais selvagens, repetindo os acordes iniciais da *Quinta:* pã-pã-pã-pã-ã.

Exala (como esquecer a antiga experiência nos banheiros fedorentos do ginásio?) perfume de rosas e açucenas. Inebriante.

Como lhe é fácil executar o tão aguardado número circense! Gestos magnânimos e cadenciados. Tirânicos e soberbos. Delicados e suaves.

"Uma salva de palmas para Maciste", grita o alto-falante.

"Uma outra salva de palmas", pede o mestre de cerimônias à entrada do picadeiro.

Ovação.

Sob os aplausos e os assovios da plateia, a trupe reunida volta, à área central para o agradecimento. Perfilam-se ante o mestre de cerimônias. Marcham. Soldadinhos de chumbo ao som do Hino Nacional. Sob os holofotes agiganta-se, hasteado no mastro real do circo, o auriverde pendão da esperança. Ao som da bandinha mequetrefe, marcham todos como numa opereta vienense. Roupas coloridas e vistosas, contrafação carnavalesca e pobre dos velhos uniformes imperiais. Seios volumosos. Bundas trogloditas. Músculos viris sob tecidos dourados e prateados, desenhados com purpurina, lantejoulas e paetês de todas as cores. A trupe perde a compostura de militares a marchar pelos bosques de Viena e a bandinha se cala. Tudo é permitido, para arrancar mais aplausos do público. Saltos, cambalhotas, contorções, cabriolas, pulos a esmo, sorrisos francos e abertos.

O Distrito Federal é uma festa. Da orla marítima ao Corcovado. Do Corcovado à Lagoa Rodrigo de Freitas. Da Lagoa ao Pão de Açúcar. Do Pão de Açúcar ao circo.

"Um minuto de silêncio!" – exige o mestre de cerimônias.

Dispersa a trupe, o holofote singulariza de novo Maciste.

Zé Macaco dá as costas para a arquibancada e fica cara a cara com as feras. Os pés espalmados de pato ajudam-no a arrebitar ainda mais a bunda, que estufa e por conta própria entreabre as abas do fraque. Volta-se para os leões. Vai fustigá-los? Aproxima-se deles. Perigosamente. Vai beijá-los? Aproxima-se mais deles. Amorosamente. Com o afeto que dispensamos a irmãos de sangue. De repente, dá meia-volta. O público não acredita.

Dá as costas para as feras.

Tanta coragem! Com modéstia, encaminha os aplausos do público para os três leões. Vitorioso, levanta os dois braços. Dois braços, duas batutas. Imagino que esteja executando em surdina o que está executando. Imagino que esteja cantando para si mesmo o que está cantando, a sua versão agridoce da abertura do Hino Nacional:

"Laranja da Chi-na, laranja da Chi-na, laranja da Chi-na!
Limão doce, abacate e tangerina."

A plateia aplaude e ri sem entender a profundidade do espetáculo duplo que lhe está sendo oferecido aos olhos, aos ouvidos e ao nariz. Um dos espetáculos é dado em troca dos minguados mil-réis, que pagam pelo requinte do outro, dado de graça. A plateia do rebolado do Zé Macaco.

"Está sacaneando os leões", uns gritam e outros pensam.

Está é sacaneando o respeitável público. Com a maior, a mais bela e feérica salva de tiros anais. Um anti-herói retirado dos velhos gibis, que líamos às escondidas do inspetor de alunos. Um anti-herói como o Coringa, por exemplo. Chapéu-coco, fraque, gravata-borboleta, malha vermelha e tênis brancos.

Que Maciste que nada! O nosso Coringa dos peidos! Que trinca Zé Macaco não faria com Batman e Robin!

Zé Macaco foi meu primeiro professor de economia e de metafísica. Era um humanista à moda antiga. Não tinha os tiques e trejeitos de descendente de intelectual europeu, perdido nas universidades brasileiras. Podia ter, quando muito, algumas gotas de sangue branco que embriagavam de abstrações a sua negritude. Passou-me os ensinamentos de Zumbi, rei dos Palmares.

A lição de economia e de metafísica me foi dada bem cedo na vida. Na segunda série do ginásio.

"Nenhum homem é solitário. Há sempre um irmão gêmeo à espreita", me disse. "Nenhum homem é perfeito. Somos todos cópia do original que se desfez", acrescentou.

Em dose dupla, eis a primeira lição que recebi dele. Recebi-a sob a forma de forquilha. Bastava esticar os dois elásticos da minha imaginação, prendê-los com uma lingueta de couro, para transformar a lição no estilingue de que me vali durante toda a vida. Até hoje. Não há prazer sem companhia. Não há companhia sem prazer.

E a grande e definitiva lição moral surgiu no dia da "grande confissão", a que vou me referir logo abaixo. Primeiro, a lição de moral:

"Não há prazer sem dinheiro." (Implícita vinha a ideia de que também não há companhia sem dinheiro.) Tínhamos doze, treze anos. Já todos o consideravam o melhor instrumentista da banda de peidos no banheiro.

"Tenho uma coisa pra te contar", me disse depois da aula de canto orfeônico. "Uma grande confissão pra te fazer. Só pra você. Pra mais ninguém. Um segredo. Ninguém mais pode saber. Se alguém souber, tomo veneno. Me enforco. Sapeco um tiro no ouvido. Não duvide."

Exigiu segredo, e mais, que jurasse pelas cinco chagas de Nosso Senhor Jesus Cristo.

Achei um despropósito. Fiquei calado.

"Jura?"

Juro.

Desde os onze anos Zé Macaco afiava o instrumento de trabalho na brachola do barbeiro do bairro.

A barbearia ficava na mesma rua da Passagem, onde alugavam quarto num cortiço. O barbeiro era um galego a quem só faltavam os tamancos para ser o protótipo do imigrante luso.

Será que para ser bom músico tinha de ser...?

Recuei. Eu era atraente. Não nego. E delicado. Confesso.

Tinha atravessado um perigoso período lindo/linda. Lembram-se dos meus cabelos compridos, louros e sedosos? Conhecia os intrincados caminhos da aproximação sexual entre adolescentes do mesmo sexo. Não morava na Tijuca, morava em Copacabana.

Sangue novo, pensei. Zé Macaco está querendo sangue novo, concluí.

Não queria ser cantado pelo Zé Macaco. Logo por ele, meu ídolo. Não podia dizer-lhe sim. Não queria dizer-lhe não. Levei a conversa para um assunto que me era familiar.

Com ou sem camisinha de vênus?

"Sem", ele respondeu

Insisti na brincadeira, perguntando:

Você afia ou afina o instrumento na sala de fundos da barbearia? – às vezes abusava do meu gosto pelo discernimento.

"Que diferença faz?", me perguntou, contrafeito com a reação do melhor amigo. Reação nada fraterna. Pouco compreensiva. Pelo contrário. Ranzinza.

Nenhuma, respondi.

Matutou e depois me disse que nunca tinha pensado na diferença que um *n* faz. Ia pensar.

"Um *n* faz diferença, e muita", me disse dias depois. Acatava a minha lição sobre a necessidade do discernimento em matérias delicadas do comportamento humano.

Informou-me:

"Afino o instrumento pelo prazer e o afio pelos trocados."

Os trocados do barbeiro iam parar na bolsa da mãe, quase sempre vazia. Perdido o emprego de cozinheira em casa de família, costurava para fora. Para gente tão sem grana quanto ela. Vizinhos no cortiço. De que adiantava ser neto de jurisconsulto famoso, se era na verdade filho de mãe solteira? Sabíamos o nome do avô. Não sabíamos o nome do pai.

Não tive coragem de dizer ao Zé Macaco que eu fora sequestrado na maternidade pelos meus pais. Não chegara a conhecer minha mãe. Na certa uma pobretona que nem a mãe dele, ou até mesmo uma adúltera ou prostituta. Éramos enjeitados e irmãos gêmeos. Joguei no lixo das boas intenções a solidariedade de bastardos que passava a nos rondar. Adotei o tom pungente.

É de cortar o coração saber que você não tem pais bem-sucedidos na vida, foi o que acabei lhe dizendo dias depois da grande confissão.

Zé Macaco me ensinou também que todo homem é mortal. Zé Macaco é homem, logo é mortal. Morreu aos 23 anos de idade. De aneurisma cerebral. Numa noite de segunda-feira. Noite de folga no circo. Será que em consequência do esforço físico despendido na execução do superpotente instrumento de trabalho? Será que como consequência do cansativo espetáculo duplo que, aos domingos, oferecia à garotada e à plateia adulta? Será que em consequência de alguma doença venérea mal tratada?

Se tivesse usado camisinha...

Fui ao enterro no cemitério São João Batista. A mãe não tinha dinheiro para comprar um pedaço de terra. O barbeiro entrou com algum e quase tudo. Enfiaram o caixão com o cadáver num daqueles caixotes que ficam na encosta do morro. Além do coveiro, éramos três à beira do caixote. Mãe, o galego e eu. Os ex-colegas de ginásio e os companheiros do circo não compareceram. Só eu senti falta deles.

Nesta segunda-feira – disse à mãe do Zé Macaco – o mundo perdeu o mais exímio dos músicos brasileiros. Não imagina quanto lamento sua morte. Fomos colegas de turma e bons camaradas no Colégio Andrews.

Ela me olhou de modo estranho. De esguelha.

"Músico? O Zezinho?" – perguntou baixinho a si mesma e ao barbeiro, atônita com a revelação. Balançou a cabeça.

O coveiro tinha fechado com cimento o compartimento onde o caixão ficaria depositado. Por três anos. Ela tirou da bolsa uns trocados. Passou-os ao coveiro.

Não compreendia a sinceridade do meu julgamento sobre as qualidades musicais do filho. Não devia conhecê-las. Julgou-me louco, ou alguém diante de caixão e caixote equivocados. Abaixou a cabeça. Deu-me as costas e ficou de trololó com o barbeiro portuga, o da brachola.

Será que os dois terminaram os dias amancebados e felizes, chorando a morte do ente querido?

Zé Macaco foi o meu primeiro morto.

Minto. Meu terceiro morto.

Errado. Os outros dois não contam.

Os dois primeiros mortos – papai e mamãe, os verdadeiros não se retiraram da minha vida por morte morrida. Evaporaram no ar da maternidade. Sumiram porque quiseram. Ou porque foram obrigados por terceiros (e não por Deus) a desaparecerem da minha vista. Assassinados moralmente e não fisicamente. De sobra, fiquei eu com os torcicolos. Foram eles os meus primeiros mortos *psicológicos* – friso o adjetivo. Morte psicológica é matéria para as ficções do doutor Freud, como esta. Não é matéria para a reflexão filosófica que depreendi dos ensinamentos do querido colega de colégio que um dia seria o famoso Maciste.

Do caixão Zé Macaco me ensinou finalmente a mais sábia das lições. Morre cedo aquele que as musas amam de coração. Sorte e maldição daquele que, desde menino, foi amado por Euterpe.

A lição não se aplicava a mim. Já entrei para a casa dos sessenta.

Zé Macaco entrou para o panteão de Euterpe com as roupas desarmoniosas de Maciste. Ao som da *Quinta Sinfonia* de Beethoven. Entrada triunfal. Aleluia! Pompas e circunstâncias. Tal como nos nossos filmes preferidos. Os épicos e coloridos de Cecil B. de Mille. Como esquecer a nossa empolgação ao assistir a *Sansão e Dalila*? Sentados no balcão do cine Rian. Zé Macaco soltava hinos e entoava loas pelo orifício. Inspiração? Os músculos salientes e o pescoço possante de Victor Mature. Eu não esquecia a juba bela e negra de Sansão. Um dia tosquiada por Heddy Lamar.

E tocam a ruir sobre as nossas vidas as colunas romanas da arena dos gladiadores.

Soavam nas alturas as trombetas dos querubins. Será que Zé Macaco iria perder a deixa proporcionada pelos moradores do paraíso celestial? Diante de Apolo ou de São Pedro, diante da coorte de deuses e de anjos, não teria ele entoado, com o instrumento que Deus lhe tinha dado, algum *lied*, ou algum Haendel?

A ocasião não pedia o Hino Nacional Brasileiro.

A primeira e única confissão que fiz na vida foi feita ao Zé Macaco.

Confiança se paga com confiança, disse a ele. Poucos dias antes da sua morte. Esmeralda era o nome da minha namorada. A surda. A da pele cor de jambo. Ela se tornou minha esposa e mãe dos meus dois filhos.

Posso te contar um segredo?, perguntei-lhe à queima-roupa. "Chuta!", ele disse. No circo tinha adquirido um vocabulário expressivo e colorido, tomado de empréstimo ao pouco de inglês que estávamos aprendendo com o professor Dante, recém-chegado dos Estados Unidos.

Perguntei se ele queria saber como conseguira roubar o coração da Esmeralda. Não disse que sim, não disse que não. Depois da indiferença, esbugalhou os olhos. Demonstrava curiosidade pela baba que lhe escorria dos cantos da boca. Ou seria saliva?

De joelhos, disse-lhe.

"De joelhos?", ele perguntou.

Confirmei: De joelhos.

"Ela é santa?", perguntou.

Que santa, qual o quê!, respondi. Encantoei-a contra o poste, assim, ó!

Estendi os braços e cruzei-os por detrás do imaginário corpo feminino. Trazia o vácuo contra meu peito, contra meu corpo, enquanto me rebolava, esfregando-me todo no vazio. Um mímico francês não faria melhor.

Se exigiu detalhes é porque estava tendo prazer em me escutar. Zé Macaco tinha ouvido musical. Não se empolgava com palavras. Continuei o relato.

Cara a cara. Na base da bolinagem. Mãozinha aqui, na xoxota (esticava o indicador direito, fazendo-o trabalhar para cima com a intenção de atingir o clitóris e massageá-lo). Dedinho lá, no cuzinho (esticava o fura-bolo esquerdo, que se movimentava em vaivém). Na base do amasso. Da esfregação. Da xumbregação. Passeei a boca pelos seios, que nem bebê-chorão. Pelo direito, pelo esquerdo. Nadei entre um e o outro com a língua, deixando o rastro de saliva. Alisei com a pontinha da língua um biquinho, depois o outro. Chupei-os que nem bico de mamadeira. Sou especialista, você sabe.

Esmeralda fazia barulho de quem chupa cana, ou de roceira que limpa os dentes com o ar. Estava gostando.

Os olhos de Zé Macaco se acenderam definitivamente.

Desci a língua para a barriga. Flagrei o buraquinho do umbigo com a pontinha. Girava-a como um saca-rolha.

Ela soprava e chupava o ar. Fazia trabalhar os músculos bucinadores, num ritmo de ginasta que ia perdendo as forças, derreando o corpo contra a parede. O som de vaivém do ar, inspirado e expirado pela boca, foi logo abafado pela sua mão direita espalmada. Ela pedia trégua. Perdia o fôlego, os sentidos. Desmaiava de prazer. A mão esquerda puxava-me os cabelos de Sansão. Arrefecia. Reganhava forças, ao querer desenraizá-los de vez do couro cabeludo.

Minha Heddy Lamar! O caminho estava livre e desimpedido para Victor Mature, o sedutor de olhos mortiços, olhos de cocainômano. Ganhei distância do corpo dela. Ajoelhei-me. Se ajoelhei, tinha de rezar. Fui à reza.

Esmeralda se dobrou inteira sobre o meu corpo ajoelhado, sem entender – e adivinhando – aonde boca, lábios e língua queriam chegar. Ela implorava os versos do meu salmo.

Declamei-os.

Zé Macaco pedia mais com olhos inconfidentes.

Pidão, comentei.

Ele pediu de novo. Implorou. Chutei.

De joelhos, levantei a saia. Abaixei a calcinha dela. Afrouxei o elástico, esticando-o. Enfiei a cabeça. Uma barraca me protegia e me abrigava que nem bolsa amniótica. Silêncio total. Estrelas no céu da calcinha branca, rendada, apertadinha. Abocanhei.

Nhoc.

Uma coxa se espremeu contra a outra, num frêmito, tornando inviolável o reduto.

Afastei-me. Abaixei mais a calcinha. Deixei-a a meio-pau, nos joelhos. Beijei os pequenos lábios. Eles se entreabriram. Finalmente sorridentes. Felizes. O elástico rebentou. Merda!

Fui lá, ó, no borogodó. De língua e tudo. No vão. No rosa-choque. Até então impenetrável e impenetrado. A língua metralhava tá-tá-tá-tá-tá, que nem uma metralhadora importada dos filmes de guerra americanos.

Sorvi no cálice a embriaguez do vinho – arrematei o relato para os olhos arreganhados do Zé Macaco.

"Beija-flor!", ele disse. "Eu te batizo Beija-flor!"

Eu me desvirginei pela boca, confessei envergonhado. Minha língua é caralho. As penugens do meu rosto, pelos pubianos. Meu queixo, testículos.

"Cara de pau", ele disse.

Não espalhe o segredo! Não quero virar a chacota das gentes.

Zé Macaco congratulou-se comigo. Deu-me um beijo na testa. E me disse, abusando do linguajar poético combinado com o chulo. Envergonha-me a combinação esdrúxula. Não recomendada pelos manuais de estilística. Sou obrigado a transcrever as palavras dele. Que você não se sinta envergonhado, caro leitor. Se sentir, pule para o próximo capítulo. Ei-las *ipsis litteris*:

"Beija-flor, tu és o meu sacerdote. A saia profanada de Esmeralda é a nossa tenda no deserto. Pena que não me deixes ajoelhar a teus pés e comungar no altar da tua braguilha. Boca, lábios, dentes, língua e o que mais for. Sorver o doce néctar da porra. Afinaria a voz. Já toco pelo cu todos os instrumentos duma orquestra. Não me foi dado o dom do canto. Não tenho voz afinada. Afiaria e afinaria a minha voz. Ganharia a garganta profunda dum querubim."

Em tom menos apoteótico – e ainda grosseiro – me confessou que o galego só gostava de enrabar. Não apreciava uma chupetinha. Era ativo e sôfrego. O barbeiro.

Na cama não era chegado à postura de repouso do guerreiro. Estava sempre montando nas costas dele. Tirava uma. Chegava a tirar duas, três nos dias de tempestade. Clarões de relâmpago. Estrondos de trovão. Porra aos borbotões.

Tempestade tem alguma coisa a ver com tesão?, perguntei.

Zé Macaco não sabia.

Será que relampejava e trovejava no dia em que morreu?

Reabro os olhos na manhãzinha do meu décimo nono dia de vida. O obstetra me dá alta da tenda de oxigênio. Deixo o berçário nos braços da enfermeira-chefe. Enrolado num cueiro de flanela cinza e vestido num macacãozinho de lã azul. Ela me passa para os braços duma outra enfermeira, menos graduada, sem uniforme e toda emperiquitada. Saímos da maternidade e nos encaminhamos para a ambulância, que nos aguarda no pátio. Jogo rápido e furtivo.

Não me despeço de mamãe. Será que ainda está por aqui? Posso olhar, pensar, chorar, ainda não posso falar. Abro o bué. Ao ser ninado pela enfermeira me extasio com os berloques e pingentes dourados que soam como sininhos de chocalho. Me distraio com o sol matinal que se reflete neles.

Sou transportado de ambulância para a casa dos meus pais. Os falsos.

A enfermeira menos graduada me entrega na porta dos fundos da casa de Copacabana. Como carrocinha, que entrega pão e leite em domicílio. "Padeiro!" "Leiteiro!" Embrulho de pão e garrafas de leite entram pela porta dos fundos e são recebidos pela cozinheira. Madrugadora. Satisfazem a fome matinal dos burgueses, sem despertar os dorminhocos.

Cheguei depois do pão e do leite.

"Enfermeira!", a cegonha gritou. Os moradores se regozijaram com a esperada boa nova.

Meus novos pais vieram me receber à porta da cozinha. Não sei quando me enrolaram numa manta azul. Não sei se o abrigo de lã me esperava na ambulância. Ou se foi ideia da cegonha. Sei que cheguei embrulhado nela. Destoava do cueiro cinza e combinava com o macacãozinho de lã.

Nada trazia comigo. Nem chupeta nem chocalho. Devia ser silencioso e dócil. Já tinha comportamento coibido de enjeitado.

Meus novos pais foram despertados pela sirena da ambulância ou pelo grito alvissareiro da enfermeira? Não sei.

Por que se mostravam tão surpresos com o tão esperado presente? Não sei.

Estavam surpresos porque cheguei de ambulância? Não sei. Estavam surpresos porque entrei pela porta dos fundos? Não sei.

Estava tão sobressaltado com a transferência de domicílio no primeiro mês de vida, que não pude perceber o motivo para a surpresa deles.

Sei que fui direto para os braços abertos e desajeitados de mamãe, que não era mãe. Não me disse uma única palavra. Recebeu-me como se recebe uma sacola do caixeiro em loja de tecidos. Observando, para ver se todas as compras estavam lá dentro e não havia engano. Dali me levou para o berço.

Pelo caminho, entre a geladeira e a mesa da cozinha, fui sendo intoxicado pelo fedor de creolina e o mau cheiro de outros produtos de limpeza doméstica. Pelos quatro cantos da casa, camufladas pelos armários e as *étagères*, ratoeiras recendiam a queijo *faisandé*. As folhas de papel mata-mosca não estavam escondidas dos olhos. De relance, vi nas prateleiras da dispensa bombas de flite e latas de cera Parquetina. Ao lado, garrafas de álcool e garrafões de querosene.

Meu pai ficou na cozinha. Deu-nos as costas. Nós as demos a ele, ao nos distanciarmos para os aposentos nobres da casa. Acertava não sei que contas – até que sei – com a enfermeira.

Enfeitada e esfuziante, sem o modelito branco hospitalar, a cegonha estava mais colorida do que árvore de Natal. E mais sorridente que Papai Noel.

Papai não tirou a carteira do bolso. Tirou um maço de notas graúdas, dobradas, presas por elástico. O montante tinha sido acertado com antecedência e seria rateado entre o obstetra, a enfermeira-chefe e a cegonha. Nessa ordem, valor decrescente. Não nasci como a maioria. De graça. Por obra e efeito da fertilização natural. Custei os olhos da cara aos meus pais adotivos.

A caminho do berço, mamãe tacava beijos atrás de beijos na manta de lã que, em lugar de servir para me proteger do orvalho primaveril, passou a me asfixiar. Mais do que a manta, sufocavam-me as ondas de flite. Sobrenadavam no quarto fechado, com as cortinas descidas. Não seria picado por mosquito, pernilongo ou borrachudo. Disso tinha certeza. Nem sobressaltado pela corrida desenfreada das baratas pelo chão e a cama. Antes de subirem as escadas, os ratos teriam caído nas ratoeiras. Dizimados no quintal, a golpes de vassoura.

Depositou-me no berço.

Sôfrega. Tirou-me do berço, onde me sentia mais à vontade. Queria me ninar. Não conseguia. Não sabia acalentar. O berço tinha os quatro pés plantados no chão. Não balançava. Não embalava o neném. Pés de berço e braços dela comportavam-se de maneira idêntica. Estavam tensos que nem cabos aéreos que sustentam ponte suspensa. Longe do corpo, os braços mantinham uma coisa delicada e friável que, se não chegava a causar pânico, assustava.

Mamãe, a falsa, se traía mais pelos braços retesados do que pelos olhos assustados. Estes eram doces e meigos. Se traía mais pelos braços esticados do que pelos lábios. Estes faziam biquinhos voláteis de colibri.

Que emoção estranha deve estar sentindo, pensei.

Suspenso pelos braços retesados dela, tinha a sensação de não ter passado pela sua boceta. Tinha dado à luz por cesárea?

Que língua de bebê mais chula!, penitenciei-me.

Nasci grosseiro e impertinente. Incapaz de selecionar a palavra adequada ao interlocutor e ao ambiente. O que que eu posso fazer? Foi a primeira das muitas vezes que cocei os olhos da imaginação. De pés juntos implorei de volta a tenda de oxigênio do berçário.

Entre o artificial humano e o artificial tecnológico optava pelo segundo. Era menos dispendioso emocionalmente.

O mal-estar tomava conta dela. Tomou conta de mim. Com o correr dos anos, fiz leituras e me tornei especialista no assunto. Lembrando-me pelo avesso do primeiro dia na casa de Copacabana, anotei num bloco as minhas observações sobre o comportamento da mãe depois de ter dado à luz uma criança. Eram longas e fastidiosas, fiz o resumo. Reproduzo-o agora.

> A lassidão pós-parto afrouxa os músculos retesados da parturiente. A ascensão ao céu infernal da procriação deixa indolente o corpo da mãe. A gravidade sem a força contrária. O afrouxamento das carnes. A verdadeira mãe – a não ser confundida com Donana, mera cópia tardia e a carbono – sobrevoa. Os braços relaxados. Capazes de se moldarem à perfeição a qualquer corpinho embrulhado que tomem nos braços. Aconchegam-no aos seios. Substituem o envelope interno do útero por um envelope externo. Ninar prolonga a vida do bebê fora da bolsa amniótica. Ninar é expressão da pasmaceira causada pelo exercício do parto. É também o modo de a mãe, depois da experiência de o ter sido, voltar a ter contato com o meio ambiente, enredando à pele sensível o fragmento do próprio corpo que tinha se desprendido como ente autônomo.

Os beijinhos de galinha choca que recebi ao chegar em casa eram diferentes dos beijinhos do carinho materno. Donana tinha medo de tocar a pele do bebê com os lábios. Os beijos seguidos na manta foi o modo que encontrou, coitada! de mostrar menos a afinidade visceral ao filho, de mostrar mais a alegria interior que a tomava. Estava pouco a pouco gerando um descendente que não tinha sido tirado – ou saído – de dentro dela pelas vias convencionais. Que passou a ser dela no momento em que a porta dos fundos da casa foi aberta em resposta ao motor da ambulância, ao grito da enfermeira ou à campainha tocada pelo motorista. Só anos depois é que Donana foi se liberar do trauma. Graças à minha ajuda.

A enfermeira cegonha tinha batido asas e, embolsada a grana, voado de volta à maternidade.

Donana estava a sós com o filho. Comigo. Deitou-me no berço.

Sozinhos, no quarto de dormir. Mamãe abaixou a manta azul, soltou minha mãozinha direita do cueiro. Agarrou-a sem sofreguidão. Examinava-a como um datiloscopista colhe e examina impressões digitais. O gene dos pais não passa ao filho pelas impressões digitais. E pode passar. Há casos construídos pela imaginação. Como este. Ela começou a me possuir, e eu a ela, pelas mãos. Pelos dedos. Nossa primeira zona de contato.

Pôs-se a pensar (ela não tinha coragem de se expressar em voz alta, com receio da bronca do marido) que eu ainda não era, logo seria carne da carne dela. Sangue do seu sangue.

Entrei em transe. De repente me senti de volta à bolsa amniótica, no dia em que bracejei em busca da saída. Só por um segundinho ilusório.

O marido entrou no quarto. A esposa lhe pediu que tocasse com cuidado a coisinha fofa que eram os meus dedinhos. Ele tocou. Éramos habitantes da primeira zona de contato.

Ali, foi selado o contrato da vida a três.

Não bastava. Queriam ver-me nu. Como tinha vindo ao mundo. Nuinho da Silva.

Foram me despindo, a partir da mão direita. Despiram-me do cueiro e do macacãozinho azul. Da fralda. Nu e cru. Como o menino Jesus.

Examinaram-me dos pés à cabeça.

Dá a mão, louro. Era um louro obediente e dócil. Peladinho no berço. Sorria.

Passei no segundo exame de identificação a que fui submetido. Não a pronunciaram, intuí a palavra – no grau diminutivo que unia marido e esposa na adoração ao recém-nascido, de pernas, mãozinhas e passarinho levantados:

"Perfeitinho!"

Era digno de ser filho deles. Não era um enjeitado ou um espantalho. Perdia a condição de extraterrestre e de bastardo. Perfeitinho!

"Coisinha fofa da mamãe", ela finalmente me reconheceu como filho. Olhos nos olhos. Lançou o olhar cúmplice ao marido, que tinha a voz embargada pela emoção, e de volta a mim. "E do papai", ela concluiu a cerimônia.

"Tu serás Samuel", disse o papai em voz alta, batizando-me. "Ao Senhor o pedi, o Senhor me atendeu", Donana arrematou com os olhos cheios de lágrimas. De posse do neném, ia enfrentar de igual para igual as demais irmãs procriadoras. "Também eu sou mulher parideira. Procrio. Graças ao meu Deus."

Não sei se conto. Conto. Na minha certidão, a data de nascimento não é a do meu nascimento. É a data da minha morte para os meus pais. Os verdadeiros. O dia do meu nascimento na certidão é o do meu renascimento na casa dos meus pais. Os falsos.

Nasci e morri aos 19 dias de vida no berçário da maternidade. Com o nome verdadeiro. Ressuscitei-me ao deixar a tenda de oxigênio.

Tive papai e mamãe. Perdi-os no tempo e espaço. Falta o atestado de óbito.

Renasci na casa paterna. No berço do quarto de dormir do casal. Em Copacabana. Com o nome que trago.

Somos dois. Somos um. Um é cópia do outro. Gêmeos, vá lá, já que ninguém morre nesta história.

"Você pode ser acusado de falsidade ideológica", ouço a voz do leitor, rábula de porta de fórum, que me mete em brios.

Não posso, lhe respondo.

"Prove que não!", ele insiste.

Uma semana depois de ter sido depositado na casa do doutor Eucanaã, fui levado ao cartório para o registro. Dia 6 de outubro.

O tabelião perguntou ao papai o dia em que (eu, a cópia) tinha nascido. Papai olhou para os meus padrinhos.

"Há uma semana", disseram todos em voz e ritmo ensaiados. O tabelião olhou a folhinha e fez as contas. Logo em seguida consignou no livro de registros: Samuel, nascido no dia 29 de setembro de 1936, filho de Eucanaã de Souza Aguiar e de Ana Carneiro. Lá ficou consignado meu nome, seguido dos nomes dos novos pais.

Nasci (eu, o original) na maternidade, no dia 10 de setembro. Tenho certeza. O bebê original é 19 dias mais novo do que a cópia. É o que não dizem os documentos pessoais. A certidão de idade, que tenho arquivada no escritório, diz que não minto. São eles que mentem. Um dia ainda pego um atestado na maternidade. Para provar a verdade aos autores de verbete de enciclopédia. Meu nome já aparece na *Larousse Cultural*. Insistem em datar equivocamente o meu nascimento.

Problema insolúvel. Não tenho informação sobre nome e localização da maternidade. Se conseguir localizá-la, não sei por onde começar a busca. Não sei o nome da mulher que me pariu. Nem o do meu pai, que a fecundou. Não sei o nome que me foi dado lá. Não sei o nome do obstetra, da enfermeira-chefe ou o da enfermeira cegonha. Tenho uma data, 10 de setembro, e anos-luz de distância dos fatos.

E pior. Vou mexer em história de enjeitado. Fede à distância.

Dezenove dias a mais, sai vencedora a cópia. Dezenove dias a menos, sai vencedor o original. Será que faz diferença? Por mais que me tranquilizem, sei que faz. Faz diferença, e muita.

Ninguém volta impunemente do signo de Libra, a sétima constelação do zodíaco, para o signo de Virgem, a sexta constelação. Menos impunemente se arrebata alguém do signo de Virgem para jogá-lo no signo de Libra. Para trás ou para a frente, vira barata tonta. É odiado quem quer ser mais moço. Na devassidão da vida social é a bandalha que menos se acata. Acata-se de bom grado a diferença para mais na idade.

Outro dia uma mocinha com quem transei no ateliê me chamou de velhinho safado. Entrei na linguagem dela. Entendi o jogo. Não me queria mal, queria valorizar a técnica esmerada e o esforço despendido. Receber algum a mais. Não recebeu. Dei-lhe de volta interjeições de tédio. Paguei o justo e presenteei-a com o desprezo.

Tenho, tinha um amigo que nasceu em 1933, que resolveu criar a própria cópia. Remoçada. Com a ajuda dum calígrafo, especialista em subscritar à tinta nanquim envelopes com letra gótica.

Mandou o profissional fechar em círculo os semicírculos superpostos do final 3 de 1933. Em todos os documentos de identidade. Passaram a certificar que o portador tinha nascido em 1938. Cinco anos a menos. Boa conta de não chegar. A morte inesperada num hotel de Salvador obrigou o defunto a acertar as contas com o calendário.

O médico foi convocado às pressas pelo gerente. Chegou, constatou a morte. Incômoda a presença dum morto num hotel de luxo. Despacharam rapidinho o cadáver para o Instituto de Medicina Legal. Sem passar por hospital. Havia o registro no hotel. A data do nascimento era a falsa. Havia a conversa telefônica com a irmã mais velha. A data era a verdadeira.

Como provar no Instituto que o cadáver correspondia ao corpo original?

Valia o original? Valia a cópia? Quem tinha morrido?

Não se consignava o atestado de óbito.

"Nasceu em 1933 ou em 1938?", perguntavam as autoridades aos parentes que tomaram um avião de carreira para resgatar o corpo do IML a fim de entregá-lo livre e desimpedido à cova do cemitério carioca.

Na dúvida telefonaram para o tabelião da cidade natal do defunto. Parte dos registros do cartório tinham desaparecido, devido a um incêndio de grandes proporções na pequena cidade do sertão baiano. Com o fogo foram-se todos os papéis anteriores a 1935.

Os peritos trouxeram os documentos relativos a um primo, com o mesmo nome do falecido e nascido em 1938. Era o original, ou era a cópia? Havia coincidência ou não?

"Ele não é o primo homônimo, nascido em 1938. Ele é ele", repetiam os familiares à porta do necrotério.

Imaginem o meu estorvo ao ler nos jornais e revistas a seção de astrologia.

Leio uma entrada, *Virgem*:

"Sua presença, hoje marcante junto a amigos, revela caminho muito importante. Por isso, não se coloque em posição crítica apenas para se mostrar contrário pelo prazer disso. Tudo ao seu redor contribui para que você se afirme sem problemas nos seus relacionamentos."

Depois a outra, *Libra*:

"Ao longo deste sábado, libriano, você deverá se concentrar em seus planos relacionados à vida pessoal. Mas faça isso de forma mais racional, sem projetar ambições sociais ou políticas que, não realizadas, podem trazer-lhe frustrações e angústias. Pense um pouco mais antes de agir."

Quando estou de bom humor, aposto na diferença entre o original e a cópia. Entre Virgem e Libra. Dezenove na cabeça. Quando não estou, acato o mais otimista dos prognósticos. Ponho a culpa nos meus pais para o desatino dos presságios pessimistas. É um meio de sufocar a depressão do dia. Hoje sou Virgem:

"Não se coloque em posição crítica apenas para se mostrar contrário pelo prazer disso."

Podia ser Libra?

"Pense um pouco mais antes de agir."

Hoje sou definitivamente Virgem.

Ninguém no círculo familiar dos Carneiro e dos Souza Aguiar me queria enjeitado. Muito menos bastardo. O calor humano era tão natural e tão dissimulado, que eu só podia ser um bastardo recolhido pelo profundo amor da minha mãe falsa. Um filho legítimo. Fruto da afeição dos pais.

Alguém poderia imaginar? Séculos depois do bem-sucedido sequestro, a enfermeira cegonha bateu à minha porta. Melhor dito. Ano, ou ano e meio depois da morte de Eucanaã, a safadinha da enfermeira tocou a campainha de casa. Dessa feita, a da porta da frente. Atendo e me dou de cara com ela.

À minha frente. Uma velhinha humilde e cheia de perequetés. Cara chupada que nem mamucha. Rosto de lábios pintados de carmim. Orelhas adornadas por pingentes dourados. Cabelos prateados, alourados, que sei eu. Evidentemente tingidos e rinçados com xampu e condicionador importados. *Platinum blonde*. Seios caídos. Uma tanajura vestida para baile de carnaval. Sapatos vermelhos. Meias negras, rendadas.

Vade-retro, Satanás – minha primeira reação.

Apresentou-se. Tantos anos, não? Mais de meio século.

Não a reconheci de imediato. A fala pastosa acendeu as luzes da memória.

A qual das duas me dirigir? À humilde esmoler que batia à porta? À rameira emperiquitada que gritava *aqui estou, para o acerto final de contas*?

Ela pôs ponto final no suspense da *ouverture*, fazendo uma pergunta precisa.

"O senhor tem visto dona Ana?" – com a pergunta protocolar abria novas sequências de cortar a respiração.

Ela não perguntou se tinha visto *dona Ana*. Corrijo-me. Disse *Donana*, para mostrar intimidade. Calculei.

Respondi que sim. Sempre que posso vou ao apartamento da mamãe, no Humaitá. Anda acamada, acrescentei. Desde a venda da casa e a morte do marido, nunca mais foi a mesma. Os anos pesam – ela percebeu que eu a media de alto a baixo, avaliando cada detalhe do corpo e da vestimenta.

Perguntou por dona Esmeralda, minha esposa.

"Está em casa?"

Saiu, respondi.

"Eu sei", me disse, "há dias que estou de tocaia na esquina à espera desta oportunidade. O senhor sozinho em casa. Não gosto de misturar gavetas. E muito menos de misturar papéis".

Não estou entendendo aonde você quer chegar, disse-lhe de modo ríspido e mal-humorado. Usei o tratamento *você*, lembro-me bem. Esmoler que se traveste de piranha do asfalto, versão *platinum blonde, made in* Hollywood – tranco nela!

Na frase seguinte a velha humilde e a cocote emperiquitada se reencontraram no segredo e no favor:

"Vim aqui para revelar um segredo ao senhor. E lhe pedir um favor. Só o senhor, ninguém mais pode me socorrer."

O favor sufocou o segredo. A esmoler pediu a palavra e foi a primeira a levantar a voz. Queria garantir o delas. Direto ao pedido de favor. A concessão de alguma coisa por mim, na certa de dinheiro, condicionava a revelação do segredo – decifrei calado a fala da piranha, que estava por detrás das palavras da mendiga.

"O finado seu pai foi um homem fino, gentil e generoso. Que Deus o tenha! Uma flor de pessoa", me garantiu ela, beijando os dedos em cruz.

Qual dos pais? quis interrompê-la. Desisti, diante dos olhos cismarentos da esmoler. Invocavam em sua ajuda a musa rediviva da memória.

A esmoler tomava a liberdade de passar-me as informações necessárias para que eu pudesse compreender a situação aflitiva em que sobrevivia numa cidade tão cara e perigosa quanto o Rio de Janeiro.

Desde o meu nascimento, papai (ela se referia, é claro, ao meu falso pai, Eucanaã) depositava mensalmente, na sua conta bancária, uma mesada. Nos últimos anos, devidamente atualizada pela correção monetária. Fez um comentário irônico sobre o desgaste da nossa moeda em relação ao dólar. Fiz questão de não ouvi-lo e esquecer o detalhe. Em compensação.

Em compensação entendi melhor o antigo maço de notas, notas graúdas, dobradas e presas por elástico. O maço que papai lhe passou às escondidas no dia em que entrei em casa pela porta da cozinha.

Como é que o hábil industrial que era o papai não tinha percebido a tramoia que a compra do silêncio estaria montando nos meses seguintes? Como é que o rico comerciante no atacado não tinha adivinhado que a piranha se valeria do ardil para todo o sempre? Como é que este inocente que vos fala foi ganhar de presente dos pais, ao final da sua passagem pela terra, a presepada?

Dei à esmoler os ouvidos que queria ter negado. Por que não lhe bati a porta na cara?

Escutava o que continuava a me dizer.

Acontecesse o que acontecesse – certificava-se o papai depois da entrega dos primeiros bônus mensais –, a enfermeira deveria manter total e absoluto sigilo sobre a identidade do recém-nascido e as circunstâncias jurídicas da sua adoção.

Reconhecia na fala dela os adjetivos de rábula, isto é, do papai. Silêncio. Olhos nos olhos.

No momento – acrescentava ela depois de pausa, em que os olhos se levantaram aos céus em pedido de clemência – passava por grandes dificuldades financeiras. Isso desde a morte do doutor Eucanaã. Era precisa na datação do período de nova desgraça. A aposentadoria do INSS – eu devia saber – era uma miséria. Não dava nem para o aluguel. Enfermeira no Brasil – eu também devia saber – dedicava-se como mãe a milhares de pacientes nos hospitais públicos e recebia em troca o esquecimento dos políticos e dos ministros da Saúde. As freiras têm pelo menos o amparo da Ordem ao final da vida.

"O doutor Eucanaã foi uma verdadeira mãe para mim. Uma flor de pessoa", reiterava.

Nunca se esquecia da humilde enfermeira. Lá no seu cantinho. Ano após ano. Todos os meses. Sempre no mesmo abençoado dia. Chegava.

No aperto atual, pensara. Se o pai fora generoso, o filho também será. Transformava o filho de peixe em peixinho. O peixinho estava sendo fisgado pelo anzol. Por razões bem diferentes das que levaram meu pai a mordiscar a isca. Queria também comprá-la.

A razão motivadora do meu impulso de generosidade? Evidentemente a oposta à de papai.

Eu não queria o silêncio. Queria que ela abrisse o bico. Ali, na bucha. Desse todos os detalhes do sequestro. Dissesse tudo. Nua e cruamente.

A curiosidade coçava mais a garganta do que os dedos a carteira de dinheiro. Se ela me revelasse tim-tim por tim-tim o conteúdo do segredo familiar, deixaria que tilintassem na sua bolsa de plástico, *made in* Hong Kong, as moedas da caridade cristã.

Adiantei-me.

Estipule você mesma o valor da mesada.

Como esquecer o espanar aflito dos cílios postiços?

Fez olhos de santa. Fez olhos de megera.

"Posso confiar na sua generosidade?"

Tive medo da fidelidade dela ao dinheiro do papai. Tantos anos! Insisti na minha proposta. Abandonei o tratamento *você*. Fui cerimonioso. Pago pelo segredo o valor que a senhora estipular. Implorei. Suplicava-lhe que fizesse a revelação prometida. Tinha-me nas mãos, a cínica.

Negaceou. Enfermeira do mal, cegonha do bem. A espertalhona não queria um maço de notas graúdas e desvalorizadas. Queria a promessa de gratificação mensal, com correção monetária. Não cobrava atrasados. Longe dela. Garantido o bônus mensal para o futuro, revelaria o segredo.

Estipulou o valor da mesada. Quatro salários mínimos.

Pagaria seis, oito, dez salários mínimos. Pelo segredo. Controlei-me. Quatro salários mínimos. De acordo. Todo dia seis, na sua conta bancária.

"Seu pai era bígamo" – com o bodoque da língua atirou-me a frase na cara.

O doutor Eucanaã!, exclamei.

"Ele mesmo, o doutor Eucanaã."

Bígamo! Não consegui esconder a perplexidade que me tomava. Ela me ganhava e valia mais do que quatro salários mínimos. Uma pechincha!

"Mais do que bígamo, polígamo. Um pai-d'égua" – confirmava e se traía. O hábito faz o monge. A expressão *pai-d'égua* desenhava a ascendência rural ou nordestina dela. Compreendi de imediato que baranguice e cupidez eram irmãs siamesas na construção da sua personalidade. Ambas produto do deslumbramento da caipira com as maneiras finas da capital federal.

Não tive mãe. Tenho pai. Tenho pai-d'égua.

Sou filho do papai. Não sou filho da mamãe.

Serei filho da puta?

Nasci por patifaria do papai?

Em poucas e rápidas palavras, eis o que – contra a entrega futura de quatro salários mínimos por mês – a enfermeira revelou ao basbaque do filho.

O doutor Eucanaã sempre quis ter filhos e família. Era patriarca por natureza e convicção. Machista também. Tinha se casado com Ana, mulher estéril e infeliz. Tão infeliz que não saía da igreja. Todos os dias, assistia a seguidas missas. Das seis até as dez. Papa-hóstias de missas. Corria na sociedade carioca que o banco em que se sentava na igreja já estava gasto. Tão gasto no assento quanto no estrado, onde os joelhos sustentavam o corpo por horas a fio. Tanta intimidade tinha com as coisas da religião, que conversava frente a frente com Deus. De igual para igual. Ali, no quente do altar-mor.

Deus é chegado a uma chacota diante do zelo de beata. Não perdia oportunidade para provocar a ela e a outras que não saíam da sacristia e monitoravam, no mês de junho, o sucesso das barraquinhas de São João. As patronesses da paróquia, como eram conhecidas.

Certo dia Donana chegara à igreja completamente transtornada. Fora de si. Uma louca diante do altar. Uma vez mais tinha sido humilhada pelas irmãs parideiras.

Do alto. Deus lhe disse. *Você parece uma bêbada. Andou exagerando no vinho?*

A boba. Desmentiu Deus.

"O Senhor não faz ideia do tamanho da minha dor."

Deus teve piedade dela e mandou-a em paz de volta à casa.

Diante do diálogo com Deus na igreja, que a esposa lhe narra, e das ideias extravagantes que passavam nos últimos meses pela cabeça de Donana, o futuro papai não titubeia. A mulher está doida de jogar pedra. Quer porque quer um filho. Montou num tigre. Quem monta em tigre não consegue apear. Tinha de matar o tigre para salvar a mulher.

Estendeu-lhe a mão, que Deus lhe tinha negado.

Papai colecionava amantes. "Fez vários filhos em outras duas antes de te entregar à esposa." Referia-se a mim, filho único. Eram meninas as que me precederam. Ofereceu-as uma a uma a Donana.

Ana batia o pé. Desprezava as bastardas. Queria filho varão. Exigia.

Minhas irmãzinhas, quem serão elas hoje? fica a pergunta no ar. Alguma delas será minha irmã de pai e mãe? outra pergunta estronda nos ares. Por onde andarão as duas enjeitadas pela amante e pela esposa legítima? Não quero crer que as teria enjeitado uma outra vez. Por favor. Senhores delegados de polícia, ponham os seus subordinados à cata delas. Por favor. Divulguem as circunstâncias, já que não temos fotos nem nomes.

Mamãe chorava e jejuava.

Presunçoso, o meu pai. Numa das crises dela, o marido não se conteve: "Então eu não valho para você mais do que filhos?"

Recebeu mais lágrimas de volta e a ausência da esposa na mesa do jantar.

Papai resolveu engravidar e engabelar uma das amantes, a mais bonita e elegante. Mulher da alta. Mal comida pelo marido. Bem transada pela natureza. Acertou na mosca. Tanto no período de ovulação, quanto no jato de esperma. Acertou também no pressuposto psicológico.

Fui concebido.

Adúltera e católica. Mamãe, a verdadeira, purgava a traição em novenas infindáveis. Culpada, não teve coragem de mandar tirar o feto.

"Adúltera, sim, eu sou, mas assassina, nunca. Jamais."

Combinou detalhes com o obstetra. Assinou todos os papéis legais na maternidade. A enfermeira cegonha lhe foi apresentada como pessoa de total confiança. Eu (o original) nasci. O médico assinou. A maternidade atestou. A mãe desapareceu. Entrou em cena a cegonha e logo depois, ao ritmo do fedor de creolina, sabão preto e cera Parquetina no assoalho, entrei pela porta dos fundos da casa em Copacabana, acolhido pela nova mãe. Ao lado do verdadeiro pai.

Nascia a cópia.

Não mamei leite materno nem leite de vaca na mamadeira tamanho família.

Também não beijei o rosto do meu pai morto. No dia do enterro dele no São João Batista. Isso por ordem expressa da mamãe. Se a falsa ou a verdadeira? Não sei.

"Não tocarás em defunto" – uma velhinha elegante ao lado do caixão do papai me disse, enquanto trocava olhares suspeitos com mamãe.

Seriam cúmplices? Não podiam ser. O olhar lançado para mamãe não era correspondido. Mera reação de quem está sendo olhado.

Fingiam que se desconheciam?

Queria saber quem era a velhinha. Não soube. Levantei uma hipótese. Bem plausível e passível de retoque.

O retoque fica por sua conta, caro leitor. Vou no plausível.

A velhinha, a dos olhos suspeitos, era mamãe. A verdadeira. A adúltera e católica. Que ironia! Só vir a conhecê-la no dia da morte do amante. No dia da morte do papai verdadeiro, ou do falso?

Vou chamá-la de Senhora X.

Bem ao gosto dos afro-americanos. Acrescento. O anonimato melodramático envolvia-a numa atmosfera de radionovela.

Levava-me a distingui-la de maneira bem nítida da minha mãe, a falsa. A Senhora X nascera na *belle époque* parisiense, como poderia ter nascido gueixa em Tóquio, africânder em Johannesburgo, camponesa em Ottawa ou islâmica no Afeganistão. Filha de embaixador brasileiro. Diplomou-se em teologia pela Universidade de Oxford, na Inglaterra. É cidadã carioca.

A Senhora X não arredara pé durante a vigília dos parentes e amigos. Sozinha, não tinha a aparência de velha dama indigna. Contrita, nada tinha da antiga adúltera.

Sem esconder o olhar, o véu camuflava a direção e a intensidade dos olhos. Movia os lábios em silêncio e dor. Bem composta e elegante. Num *tailleur* escuro e bolsa idem. Autênticos modelos Chanel. Destacava-se um broche de brilhantes. Joia de família. Esqueci os traços do rosto. Guardei o olhar preservado pelo véu. Perseguia-o. Armazenei o olhar intermitente, envolto pelo tecido negro e transparente. Olhar zombeteiro, quando minha mãe, a falsa, recebia os pêsames dos familiares e amigos. Acalorado, quando se voltava para nós quatro (Esmeralda, meus dois filhos e eu). Fervoroso, quando ousava um passo a mais em direção ao caixão. Ardente, quando o olhar se voltava para dentro, introspectivo.

Por que não tinha se preservado das firulas do tresoitão do papai? Por que não lhe pediu que o camuflasse com camisinha de vênus, a legítima Cacique?

Não quis me evitar? Deu o seu consentimento inconsciente? Nasci por desejo? Nasci por acaso? Nasci da conveniência? Nasci do amor? Será que o papai significou para ela algo além de muita saliva na boca, sucessivos *push ups* e curtíssimos jatos de sêmen, ao som de gemidos de prazer?

Será que existo?

Esmeralda interrompeu minhas dúvidas. Ciumenta. Com gestos me perguntava quem é a velhinha enxerida. Acompanhara de perto o meu interesse e curiosidade. Toda surda é possessiva. Teve de prescindir de tantas coisas. Não conseguia abstrair as que tinha.

A Senhora X – sussurrei-lhe no ouvido.

Donana nada me perguntou, nada me disse. Só observava.

Donana sabia quem era a Senhora X? Tinham selado pacto silencioso a meu respeito?

Perguntei à enfermeira se mamãe pusera os pés na maternidade. Garantiu-me que ela dera à luz na maternidade.

Não falo da outra, fui ríspido. Estou falando da Donana.

"A sua mãe não é sua mãe" – voltava a se valer da pedra no bodoque da língua. Exímia bodoqueira, quando queria.

Donana foi visitar a amante do marido na maternidade, quando esta me deu à luz? – retomei a pergunta inicial. Não conseguiria ser mais claro na explicitação.

Respondeu que não. Tinha certeza. Absoluta. A primeira vez que Donana me viu foi quando fui depositado nos braços dela, nesta casa.

Donana sabia quem era a outra?

Ela achava que sim, ela achava que não.

Escutei o tinir de moedas.

Donana sabia o nome da amante do marido?

"Não, não sabia."

Mais alto o tinir das moedas.

"Donana sabia que a outra era dona casada. Sabia que o marido e ela sempre estavam nas colunas sociais do Jacinto de Thormes, no *Diário Carioca*."

Mentirosa! Como é que Donana não sabia o nome da mamãe, a verdadeira, se acompanhava as aventuras do casal na coluna social.

Pulei do bonde andando. No dia 6 a soma estará depositada na sua conta. Ela ficou com cara de pingente.

Será que ela temeu a minha rispidez final?

Cumpri a promessa. A enfermeira recebeu o bônus estipulado e exigido até o mês da morte. Quatro salários mínimos. Com correção anual. Devia soltar foguetes em louvor das boas ideias sobre economia nacional do ministro Delfim Neto.

Como deve ter-se emperiquitado ainda mais. Cílios postiços, cremes hidratantes e de combate às rugas, camadas de panqueiques, ruges vivos, batons de cores apetitosas e esmaltes flamejantes. Devia ser uma ratazana de salão de beleza. Tudo pago por mim. O trouxa. Colares, gargantilhas, anéis, badulaques, pulseiras. Devia ser uma ratazana de camelô do Saara. Deixaria para todo o sempre de parecer esmoler. Ao final da vida, a enfermeira cegonha se transformou no seu duplo. A enfermeira piranha. Piranha do asfalto. Aposentadoria do INSS mais quatro salários mínimos, que boca!

Serei eu um babaca empedernido?

Venham a mim as marombeiras do mundo. Mandarei que elas habitem o reino dos salões de beleza e o universo dos camelôs.

Perde-se o dinheiro, ganha-se a verdade. Perde-se a cabeça, ganha-se o coração. Perde-se a vida, ganha-se a alma.

Ou será vice-versa?

Há uma terceira e mentirosa versão que descreve as circunstâncias excepcionais do meu nascimento. Circula na família da mamãe, a falsa. Pura maldade, fruto de inveja e cobiça das irmãs parideiras. Como ir além do juízo de aparência no caso delas. Das minhas tias guardava distância em virtude dos bracinhos rosados das priminhas que não se chamavam Dorothy.

O diálogo familiar na família de Donana é sempre estreito e hipócrita. Mamãe tinha casado com homem rico. As irmãs eram reprodutoras exemplares e passavam necessidades. Mamãe era estéril e milionária. Nas reuniões familiares era o alvo preferido das ofensas. A pobreza é mãe da maledicência e tia do latido de cão policial.

Erro ao adjetivar a terceira versão como *mentirosa*. Se há (eu) original e (eu) cópia, por que não pode haver um terceiro eu? Passo de gêmeos a trigêmeos.

O gêmeo mais velho – filho de uma qualquer com um qualquer. O gêmeo mais novo – filho da Senhora X com papai.

Ou será que todas as três versões são falsas? Ou será que todas as três versões não são falsas? Eu existo duas vezes. Ele existe uma terceira vez conosco. Nós existimos, os três.

Insisto. As duas primeiras versões têm de ser falsas, para que surja uma terceira? E se a mais fantasiosa das versões for a verdadeiramente verdadeira?

Verdade nada tem a ver com senso comum. Ou tem?

Senso comum nada tem a ver com bom senso. Ou tem?

Bom senso nada tem a ver com senso moral. Ou tem?

Com a palavra o meu trigêmeo, até agora silencioso.

Ana não podia ter filhos. Tinha virado a chacota preferida da família nas festinhas de aniversário dos sobrinhos e sobrinhas. (Eu ainda não existia para defendê-la. E, quando passei a existir, lá não podia pôr os pés.) As chacotas eram ditas e cantadas como ciranda, cirandinha, e traduziam principalmente o menosprezo da irmã mais velha, que tinha filhos em penca. Para emprestar, dar e vender. Desesperada, Ana resolve inventar gravidez. Bola o mais comum e o mais previsível dos estratagemas.

Ir enchendo uma almofada de algodão.

Pouco a pouco. Quinzena após quinzena, mês após mês. Uma lenta gravidez. Passível de ser controlada pelos olhos. Em casa. Diante do espelho da penteadeira.

Estofa. Cirze.

Descostura. Estofa. Cirze.

Um dia amanheceria grávida de nove meses. Com todos os sintomas. A seu favor tinha a palavra do obstetra que, tocado pela piedade, tinha concordado em levar a fraude até o dia do parto. Daria entrada numa maternidade. Comunicaria a todos que tinha dado à luz um bebê. Varão. Forte e saudável. Não era estéril. Provava por *a* mais *b*.

Na madrugada de 29 de setembro, dia de São Miguel, aconteceu o milagre.

(Poderia ter escolhido qualquer dia, por que o dia de São Miguel?)

Saio de dentro da almofada de algodão. Estofada e cerzida pela minha mãe. Legítima e única.

Seremos os gêmeos tão desmiolados a ponto de acreditar nesse trigêmeo?

No exame de DNA, terei origem vegetal? Serei constituído de fibras de *Gossypium herbaceum*? Serei mais comprido do que largo? Mais branco do que rosado?

Tudo verdade.

Não nasci de cesariana. Tenho certeza de que nasci do buraco que fica entre as pernas de mulher.

De onde vem tanta certeza?

De dona Maricota, a costureira da mamãe.

Donana fora menos esperta do que o marido. Não comprara com generosas mensalidades o silêncio da cúmplice. Não precisei esperar a velha conselheira morte para começar a agir.

Dona Maricota sempre fora paga de acordo com a tabela em vigor na praça. Nem mais nem menos. Honestíssima. Não aceitava gorjetas. Só presentes de aniversário e de Papai Noel. Teria de continuar prestando serviços à família até o dia em que não pudesse mais se levantar da cama. Era hoje a costureira de Esmeralda.

Acabei comprando a fala da costureira. Colocada pelo dinheiro contra a parede da verdade, abriu o jogo.

Aproximei-me de dona Maricota e lhe perguntei sobre as fantasias de Donana na época do meu nascimento. Ela se fechou em copas. Adivinhava aonde eu queria chegar. Estávamos no mês de julho. Fazia frio. Cobria-se com um xale negro. Cinza-escuro, de tanto sabão preto e tanque. Insisti. Mais insistia mais ela repetia:

"Não sei do que o senhor está falando, seu Samuel."

Sabe, sim.

Fixei os olhos nas mãos descarnadas e geladas. Consumidas pelo manuseio diuturno da agulha. Notei pequenos pontos negros nos dedos. Cicatrizes de furinhos. Não usava dedal. Os dedos indicadores eram circundados por band-aid. As unhas foram comidas pelo sabão preto e o sapólio. Roupa suja lavada, panela sendo areada. No dorso das mãos veias grossas e salientes marcavam a pele morena.

Lavadeira, arrumadeira, cozinheira, costureira, alcoviteira... Muita eira para tão pouca beira.

Não valia a pensa insistir. Mudei de assunto. Perguntei-lhe pelos filhos e netos. Quantos?

"Quatro filhos, seis netos."

Comentei. Difícil a vida de viúva e mãe de quatro filhos. Avó de seis boquinhas famintas. Vaidosas e sequiosas de saber.

Concordou comigo. Vida dura a de pobre. Vida pior a de viúva. Pior de todas, a vida de mãe solteira. Sabia do que falava. Eram duas as mães solteiras na sua casa.

Honestíssima – lembrei-me do juízo feito por mamãe.

Honestíssima?

Acenei-lhe com pequenos favores para os guris. Falei em pagar escola para os netos. Comprar uniforme e sapatos, cadernos e livros para eles. Ajudar de vez em quando no orçamento doméstico. Um vestidinho aqui, um tênis ali, um maiô acolá.

Ela tirou os quatro olhos da máquina de costura. Esbugalhou dois deles por detrás das grossas lentes. Virou-os pra mim. Via lobisomem à sua frente.

Vi lobisomem à minha frente.

Disse-me de maneira clara e decidida:

"O doutor está querendo comprar o meu silêncio?",

como teria dito:

"T'esconjuro! filho do diabo!"

Fui claro e objetivo na resposta: Estou, dona Maricota. Estou. Quanto custa o seu silêncio?

Ela perdeu a empáfia e os olhos arregalados. Honestíssima. Passou a se esconder por detrás das lentes de fundo de garrafa. Cabisbaixa, me narrou os detalhes que já narrei referentes às circunstâncias da minha chegada ao mundo.

Menos um.

Indaguei sobre ele.

Garantiu-me que nunca tinha estofado a almofada de algodão. Ou cerzido a almofada depois de estofada. Isso era lá trabalho de Donana. Os vestidos e a roupa íntima é que ficaram sob a sua responsabilidade. O resto era coisa dos dois, dela e do marido.

A terceira versão pode ser mentirosa. Não deixa de ser verdadeira. Milagres acontecem.

Por que eu não seria fruto da gravidez duma almofada e não do jato de sêmen de qualquer garanhão de aluguel, ou do doutor Eucanaã?

O trigêmeo nasceu de dentro de uma almofada de algodão. Não passou pelo buraco entre as pernas de mulher.

Saí frustrado e mais pobre de toda a empresa. Sábias essas mulheres do povo. Pagava agora duas mesadas mensais.

Mulher de profissão em eira não fica sem beira.

Há uma quarta versão. Recuso-me a contar-lhes. É triste. Triste triste. Minha língua coça. Coça que coça. Não aguento. Resisto à tentação malsã? Não conto. Conto? Dou uma dica, uma dica só? Rapidinha.

Na quarta versão, a mãe morre para salvar o filho. Eu, filho órfão, adotado por papai e mamãe, os falsos.

Papai, o falso, era advogado de profissão. Com banca montada no centro da cidade. Em edifício da avenida Rio Branco, quase esquina da rua do Ouvidor. Quem subisse até o sexto andar do prédio, tocasse a campainha e fosse convidado pela Teresa a entrar, dava com a sala de espera, onde ela e telefone tomavam assento. Transposta a porta interna, encontraria escritório bem instalado e toalete privativos.

Papai fez da bela Teresa uma secretária aparentemente solitária. Bibelô de sala de visitas. Trancada a porta de entrada, tirava o disfarce. Virava uma garota e tanto. Do balacobaco. Não conheci Teresa pessoalmente. De ouvido, pelo telefone. E de olhos, pela foto em corpo inteiro. Em noite de lua cheia a surrupiei da carteira de papai. Vestia maiô duas peças e fazia pose de *pin up girl*. Ao fundo, o Pão de Açúcar.

Candidata escolhida entre as várias que responderam ao pequeno anúncio de oferta de emprego. A principal credencial não fora o curso de datilografia, feito numa escola de comércio do Catete. Antes, a vitória num concurso de Miss Suéter, patrocinado por um clube de futebol da zona norte. O Bangu ou o Olaria. Quem se lembra? Mostrou ao papai a faixa de Miss, devidamente acondicionada numa caixa de lingerie Valisère.

Durante a entrevista, seus argumentos foram convincentes.

Bastos cabelos negros ondulados, caindo sobre os ombros. Sobrancelhas arqueadas e altas. Boca escarlate. Lunar falso. Gostava de usar blusas de cetim. O decote discreto escondia e modelava à perfeição os seios fartos. Beba leite! A saia negra, sem pregas e insinuante, interceptava a blusa e descia pelo corpo até os joelhos. O cinto largo, de fivela dourada, desenhava a cinturinha de vespa. Violão afinado. Os saltos altos emprestavam-lhe o porte de deusa. Maria Félix por força da civilização hispânica na América Latina. À espera das carícias e dos beijos ardentes de Arturo de Córdoba, meu pai. Sentada, as divinas pernas se trançavam como tesoura. Joelhos bem torneados serviam de eixo e geometrizavam o cruzar das lâminas.

Xoxota *caliente*. Imagino-a Miss Suéter, jovenzinha, guardando-a a sete tesouradas. Desafiava e enfrentava o invasor atrevido com golpes dilacerantes.

Papai não negava fogo. Ainda não o sabia pai-d'égua.

Na adolescência de pus e espinhas na cara, entre a fase ternurinha com Donana e a fase arranca-tampo com Esmeralda, a secretária foi meu Édipo tempo parcial. Disputava-a com papai, o falso. Ela era motivo das audaciosas incursões da imaginação fértil pelos meandros gozosos da masturbação no banheiro. Competia com Virgínia Lane. Estampada em cores na revista O *Cruzeiro*. As duas, de maiô, me roubavam os olhos. Temperavam os excessos da libido adolescente.

Mocinha, Teresa foi secretária-modelo. Sem o ser. Até as quatro da tarde permanecia silenciosa ou tricotava palavras pelo telefone. Papai passava pelo escritório àquela hora, lia os recados, assinava o que tinha de ser assinado e – já imaginam o espetáculo que proporcionavam às quatro paredes até as cinco. Fim do expediente. Despediam-se. Cada um para o seu canto.

Balzaquiana, Teresinha de Jesus passava o tempo a olhar para o telefone mudo, a agenda vazia e o bloco de recados. À espera do amado patrão. À noite, as radionovelas ensinavam-lhe a rebeldia contra o macho impune. Mostravam-lhe como dar os primeiros avanços. Não podia mais tolerar as ausências do amante. Falta de respeito ao amor que lhe devotava. A expressão "falta de respeito" estava noutra mensagem. A que tinha lido no "Consultório sentimental", coluna semanal do jornal *A Noite*. A consulente endossou a expressão e a usou três a quatro vezes na carta que enviou a Madame Natasha.

"Não perca seu tempo. Vá à luta pelo seu verdadeiro homem", acrescentava Madame Natasha, ao respondê-la.

Decisão. Nada de jogar conversa fora pelo telefone com familiares, amigas e colegas. Não ia perder mais tempo.

Foi à luta. No saguão do edifício, ao saudar os porteiros. Dentro do elevador, ao se mirar no espelho do fundo. Ao caminhar sensualmente pelo corredor do andar em que trabalhava. Tricotava flertes em público. A campainha do escritório tocava. Abria a porta. Tricotava beijos na sala de espera. Cálidos e sinceros. Sentada na escrivaninha do escritório, desfivelava o cinto. Tirava a saia para não manchar. Abaixava a calcinha. Espichava-se pela escrivaninha. Atendia de corpo e alma aos reclamos dos profissionais liberais.

Tinha preferência pelos que vestiam jaleco branco. Ou vice-versa.

Nunca desabotoava o sutiã. Os seios da Miss Suéter eram de uso exclusivo do amante amado e desrespeitoso. Tabu.

A campainha tocava. Já era outro. Eram outros.

"Uma megera a minha mulher. Sou casado, não nego, e infeliz. Levo uma vida miserável. Ainda bem que te conheci" – o quarto repetia o terceiro que repetia o segundo que repetia o primeiro. Parecia senha que dava direito ao uso do escritório de advocacia e à trepada em cima da escrivaninha. Acreditava piamente no que um a um e todos lhe iam dizendo. Via os homens desejados, um depois do outro, lhe escaparem por onde tinham entrado.

Teresinha era crédula e discreta. Não avançava o sinal, com insinuações sobre casa, comida, filhos e roupa lavada. Um lar para os dois. Bem treinada pelo papai desde a mais tenra juventude. Teresinha era também infeliz, como os amantes. Só que não reclamava nem lamentava. Não cobrava pelos serviços prestados nem chorava pela dor que lhe seria infligida. Tarde após tarde. Não deixava de atender à campainha. Sabia do chute que a esperava tão logo se despedissem e a porta do escritório fosse trancada.

Era invejada por todas as colegas de ofício. Acreditavam que tinha descoberto a tal maquininha de fazer dinheiro. Era também respeitada pelos ascensoristas, que não podiam ficar cegos ao entra e sai de garanhões. Um mais afoito e maldoso dizia que para o escritório do doutor Eucanaã virar mictório masculino só faltavam fedor e moscas voando. Havia um quê de verdade na maledicência.

Teresinha de Jesus virou dona Teresa. Papai não chegava a trocar duas palavras com ela por semana. Se as trocava era por telefone. Madame Natasha tinha esgotado o estoque de palavras de consolo e de incentivo à independência feminina. A psicóloga de plantão, assessora de Madame, tinha desistido do seu caso. "Vira logo puta e ganhe o seu dinheirinho extra", Madame tinha vontade de escrever na coluna. À guisa de conselho prático. Esbarrava na censura do jornal.

As cartas de Teresa deixaram de ser atendidas pelo jornal. Para seu grande pesar. Seduzida e abandonada por todos os homens e pelo "Consultório sentimental". Pobre gueixa tupiniquim! Ensimesmou-se.

Quando papai rompeu o caso de vez, os gaviões de jaleco branco também deixaram de sobrevoar o escritório. Tinham levantado voo para outra freguesia naquele ou noutro prédio.

Dona Teresa passou a fazer tricô de verdade. Driblava o correr das horas, o silêncio do telefone e a falta de companhia masculina. Ludibriava as marcas do tempo no rosto. Seios despencados e murchos. Pelancas nos braços. Nádegas volumosas. E as varizes. Não conseguia mais trançar as pernas como se fossem lâminas de tesoura. Os joelhos reagiam mal ao salto alto. Despediu-se deles numa tarde de chuva.

Perdeu o equilíbrio numa falha de pedra portuguesa na calçada. Levou tombo. Quase quebrou a perna. Por recomendação médica, passou a andar de sandália. Perdia o porte de Miss Suéter, enquanto tricotava camisas de lã e pulôveres para irmãos e sobrinhos.

E para mim também.

"Presente de dona Teresa", recebia o embrulho das mãos do papai.

A caixa vinha envolta em papel de seda colorido, com laço de fita ainda mais colorido.

"Mandou com um cartãozinho. Leia!"

Abria o envelope e lia: "Tricotada com muito carinho para o Samuel. Lembrança da Teresa." Naquela noite o banheiro veria um menino olhando uma foto e fungando em cima duma camisa de lã.

Dona Teresa tricotava também cachecóis, meias e luvas para o inverno das cidades na serra. Mantilhas aportuguesadas para as grã-finas da zona norte, que delas ainda se serviam no verão carioca, quando cobriam a cabeça durante a missa.

O médico ortopedista foi claro e explícito no diagnóstico. Nada mais a fazer. Alguns meses e não poderá se levantar da cadeira. Induzido pelo senso de justiça cristã de Donana, papai a presenteou com uma quitinete da Lapa. Tecia paninhos para centro de mesa e guardanapinhos para canapé. Sua especialidade e seu ganha-pão.

Morreu solteirona e sentada na cadeira de balanço. O corpo foi descoberto por um sobrinho-neto, que se incumbia da faxina semanal e da compra de mantimentos.

O patrão quis ter de volta a quitinete. Emprestada e não dada de presente. O dinheiro andava curto na família Souza Aguiar depois de décadas de prosperidade. Os sobrinhos da dona Teresa entraram na justiça e ganharam o direito de posse.

O doutor Eucanaã frequentava seleto círculo de médicos cariocas. Ao alardear que era advogado criminalista no foro do Rio de Janeiro, ao dar como oficial o endereço da avenida Rio Branco, papai camuflava e mantinha em segredo a única fonte de renda da família.

Era capitão duma das indústrias mais lucrativas no campo farmacêutico. Com sede no bairro de São Cristóvão. Na zona norte. A indústria floresceu na passagem da década de 1920 para a seguinte. Substituía o comércio de produtos importados. Quebrava tabus coloniais. Trouxe ganhos substantivos para o país e ganância para o papai. A indústria, digo, os produtos fabricados em São Cristóvão prestaram serviço militar obrigatório durante os anos da ditadura Vargas. Na Segunda Grande Guerra, fumaram a cobra da Força Expedicionária Brasileira. Época áurea.

Em fins dos anos 1940, os negócios de papai começaram a não ir lá bem das pernas. Poucas vendas, estoque amontoado no depósito. Preços abaixo do custo. Dispensa de funcionários qualificados. Dívidas na praça. Falência.

O produto que papai fabricava tinha os dias contados no calendário do progresso na ciência farmacêutica.

A desgraça que pôs abaixo o império familiar teve o chute inicial dado por um busca-pé farmacológico, soltado num centro de pesquisas do hegemônico mundo anglo-saxão. O diabinho maluco escapou de lá, ricocheteou mundo afora, atingiu o Brasil e mudou da água para o vinho a nossa indústria farmacêutica. Em menos de vinte anos de Deus nos acuda! fez a fortuna da família do doutor Eucanaã escorrer pelo ralo até despencar na vala comum da miséria. Papai teve de vender a casa de Copacabana (para mim) e ir morar com Donana num apartamento alugado no Humaitá (pago por mim). Aceitei como herança só o escritório da avenida Rio Branco, que transformei em ateliê de pintura.

Quem pôs fogo no busca-pé foi o cientista sir Alexander Fleming, de gloriosa memória.

Papai tinha poucos, pouquíssimos amigos entre advogados. Era íntimo de muitos, muitíssimos médicos – urologistas e sanitaristas. Cercava-se também de figuras da alta política local e nacional. Não desprezava os militares. Eles o tinham em alta conta, embora gostassem de manter distância.

Meus olhos infantis faziam às vezes de lente de câmara indiscreta que, do alto da escada, mergulhavam na sala de jantar. Rodavam o filme da vida social em família. Papai era chegado a um banquete comemorativo. Muitos se sentavam à mesa, menos o filho. As empregadas, desventuradas! nem tinham acesso à sala. Garçons contratados nos bons restaurantes cariocas serviam o jantar regado a champanha francês. De *summer*, gravatinha-borboleta e mãos enluvadas de branco, apresentavam-se tão ou mais impecavelmente vestidos que os convidados.

Papai tinha seus inimigos, quem não os tem? A maioria deles podia ser encaixada na categoria dos sanitaristas. Papai era um cão perdigueiro do bem. Acolhia o jovem talento como a um filho. Dispensava-lhe atenção. Proporcionava-lhe oportunidades excepcionais, ajudando-o no crescimento profissional e financeiro. Tanto no setor privado, quanto no serviço público. Cobrava em troca.

"Pouco, pouquíssimo, quase nada", ele me disse certa vez quando discorria sobre o desequilíbrio emocional de alguns protegidos. Franco Moretzohn foi enquadrado. Mau pagador.

Um dia Franco apareceu sem avisar. Convidado a entrar pela empregada, papai o encontrou nervoso e desorientado no escritório.

"Minha secretária me passou o recado. Não vai pensando que vou cair numa nova esparrela armada pelo senhor", gritou. Recruta repreendido, arrependido de ter batido continência para o sargento.

Naquela época, ir para a cadeia era ainda coisa vergonhosa. Se ele fosse parar detrás das grades – acrescentava com laivos de vingador –, iria antes denunciar o mandante ao Ministério Público. Arrolou uma lista caótica de insultos e ofensas. Aqueles desqualificavam a dignidade do capitão de indústria. Estas, graves, gravíssimas, manchavam o caráter do homem público.

Cão perdigueiro do bem, papai não pediu que baixasse o tom da voz. Não interpelou o visitante inoportuno nem o desmentiu. Não lhe cortou a palavra. Sorria dos insultos e das ofensas. Portava-se como um ser digno e superior. Poderia agir de maneira diferente? Frente a um fracassado da vida, com a mente visivelmente perturbada? nunca. Perguntou ao doutor Franco se precisava de advogado. Ele se oferecia para representá-lo de graça.

"Tenho as costas quentes", papai não argumentava. Informava ao jovem sanitarista a sua condição junto às instituições públicas e às autoridades cariocas.

Presenciei a cena sem que os dois soubessem que, por detrás da porta do escritório, lá estava eu. Algo me incomodou. Não foram as muitas palavras ditas pelo doutor Franco, ou as poucas proferidas pelo papai. Não foi a falta de diálogo ou entendimento final. Não foi seu sorriso generoso e superior diante do profissional debilitado pelas circunstâncias políticas desfavoráveis. Não foi o modo como conduziu o colega até a porta, apontando-lhe o suicídio como único caminho a ser trilhado.

Foi um esgar dos lábios. Quase imperceptível do lugar onde eu estava. Estava escurecendo, papai tinha acabado de acender as luzes. O lustre iluminou repentinamente o seu rosto. Tive certeza. O sorriso era zombeteiro.

O papai, cão perdigueiro do mal? Não podia ser.

Podia.

Não darei o nome de outros inimigos. Não eram *de casa*, como se dizia. Perco o controle sobre a decisão. Nomeio mais um dos inimigos. O principal deles. O sanitarista José de Albuquerque.

Compenso a falseta de filho ingrato. Faço a lista dos notáveis que frequentavam nossa casa. Poderia ser bem mais extensa, contento-me com os destaques: os doutores Oscar Pena Fontenele, Afrânio Peixoto, Belisário Pena, Eduardo Rabelo, Leonídio Ribeiro, Oscar da Silva Araújo e Reginaldo Fernandes. Com o tempo os nomes dessas sumidades foram sendo esquecidos. Escoaram pelo sumidouro da história da saúde no Brasil.

Conheci-os do alto da escada, por ocasião dos jantares espetaculares que papai dava em casa. Conheci-os também de leitura, pelas matérias em jornal e as fotos nas revistas semanais. Ao final do expediente das segundas-feiras, eles e outros mais passavam lá por casa. Para o drinque e as piadas, os palavrões e as patadas nos ausentes, a troca de ideias e de favores. De quinze em quinze dias eram comensais ao lado das respectivas mulheres. Às sextas-feiras. Não era raro encontrar à mesa figuras proeminentes no palácio do Catete, na prefeitura do Distrito Federal e no Ministério do Exército.

Papai gostava, se gostava, de levantar brinde e entoar palavras de loa a sicrano e a beltrano. Vitória de um nos negócios. Trinta anos de profissão do outro. Prêmio internacional ou nacional recebido pelo terceiro. Exitosas artimanhas políticas do quarto. Casamento recente dos filhos. Nascimento de netos. Não *dimenticava* suas próprias vitórias. Aproveitava a ocasião para o jantar dos jantares, com direito a palavras-chaves em inglês, francês e italiano. Verdadeiros lugares-comuns no linguajar cosmopolita da capital federal.

As palavras em língua estrangeira eram o modo como deixava a modéstia se expressar. Vim a saber.

"Elogio a si é como palavrão, só fere os ouvidos do outro na língua materna" – estancou o meu sarcasmo, quando lhe perguntei se não se julgava exibicionista e ridículo, ao soltar palavras estrangeiras pelo ar, como se fossem foguetes na passagem do ano. Econômico em palavras, generoso em iguarias.

Caminhávamos pela orla de Copacabana.

Naquele dia, lembro. Mandou eu reparar num mendigo. Trazia um balão vermelho atado por um barbante. O balão se sobrepunha a um guarda-chuva verde, aberto em manhã de sol escaldante. Não lembro das palavras que disse sobre o balão e o guarda-chuva. Lembro como concluiu a conversa. Na aparência, balão e guarda-chuva não combinavam. Os dois, por sua vez, não combinavam com o mendigo e muito menos com o ambiente praieiro. Para o maltrapilho, balão vermelho e guarda-chuva verde tinham nascido um para o outro. Formavam um par perfeito. Luxo só. Não podia eleger um em detrimento do outro. A lógica do mendigo é correta. A contradição está na cabeça do observador.

(Posso garantir que foi a primeira lição de estética que recebi.)

Jantar de gringo era jantar de gringo. Nada de xereta. Papai, mamãe e o convidado. Raro era o estrangeiro que vinha ao Rio de Janeiro acompanhado da esposa. Em compensação pelo celibato forçado, papai oferecia ao visitante um laboratório de pesquisas ao vivo, equipado com material de primeira qualidade para a análise das mazelas causadas nos trópicos pelas doenças sexualmente transmissíveis. Um antigo motorista da firma se incumbia de proporcionar-lhe um tour pela cidade, diurno e noturno. Época áurea do Cassino da Urca e da Pequena Notável. E da Lapa, por que não? Muitos deles eram chegados a uma boa mulata tanajura.

Ao lado de tantos perus e tantas peruas, mamãe – se a falsa ou não, já pouco me importava – se sentia uma galinha fora do cercado. Desde a poda dos meus cabelos louros e a rejeição da mamadeira gigante, pintou na minha horta uma imensa ternura física por ela. Derretia-me como manteiga na frigideira. Dengoso além de manhoso. Voltava o vício da chupeta. Fazia beicinho para mamar, o quê? o vazio. Chorava. Ela reaparecia de repente. O beicinho se transformava em beijinho.

Mil beijinhos.

"Que beijinho doce!" – ela me dizia. Mamãe podia ser tão brejeira quanto uma adolescente provinciana. Ou Adelaide Chiozzo, com sua sanfona, em chanchada da Atlântida.

De resto pouco mudei na passagem da infância para a idade adulta. Sustento até hoje as velhas opiniões formadas sobre tudo.

Garfo e faca não são instrumentos que me agridem durante as refeições. Colher, sim.

Se o leite forçar a passagem pelos lábios, logo encontrará a muralha dos dentes e o vômito. Doce de leite também, e queijo.

Bacalhau, não como até hoje.

Coca-cola continua minha bebida favorita.

Mantenho inabaláveis tanto a admiração pelo Zé Macaco, quanto as obsessões em torno das circunstâncias do meu nascimento.

Já tive, não tenho mais, uma opinião formada sobre Mário, o mentor, que vocês ainda não conhecem. Vão conhecer.

Donana não gostava da companhia de mulheres. Compreensível. "Fofoqueiras! Todas."

Não tinha amigas, nem inimigas. Depois do meu nascimento, perdoara as irmãs e as tinha na conta de amigas. As únicas que invadiam e tomavam conta da casa a qualquer hora do dia ou da noite.

Não entendia conversa de macho nem de médico urologista. Muito menos de sanitarista. Era de poucas palavras e poucos olhares durante os banquetes. Nenhum gesto singular. Ao contrário do papai. Verdadeiro *capo* da máfia farmacêutica. Um zagueiro capaz de chutar a canela do atacante mais afoito e xingar o juiz de ladrão por ter marcado pênalti. Só não era expulso de campo porque, à mesa, era dono da casa e do champanha.

Donana era inimiga dos amigos do marido. Era cerimoniosa à mesa. Na nossa conversa ternurinha ficava à vontade. Misturava doses homeopáticas de *Bíblia sagrada*, com situações tomadas aos romances de M. Delly, que lia em francês, e cenas dos dramalhões mexicanos, que pululavam pelas telas cariocas. Era fã de Libertad Lamarque, a sofredora, cantora de tangos nos bordéis da vida. Odiava Maria Félix, uma exibida. Sai à rua em busca de maridos como meninos vão à praia catar conchas.

"Tem mais prazer em mostrar ao mundo a coleção de machos, do que de ostentar o amor diante do escolhido."

Donana fechava os ouvidos aos impropérios que os comensais proferiam sobre o destino pecaminoso e maligno do homem sobre a terra. Se ouvia alguma frase, discordava.

"O ser humano tinha nascido doente. Defeituoso e frágil."

"Tudo em que toca fica podre."

"Qualquer descuido com objeto cortante, ferida no dedo."

"Qualquer tombo, quebram-se os braços e as pernas."

"Qualquer acidente, lá se vai a vida."

"No prazer está o gozo, é verdade, e também a sífilis."

Mentira, mentira, mentira, Donana ficava repetindo para si mesma, silenciosamente, durante o jantar.

Entendia conversa de padre. Era seu ponto fraco. Memorizava as palavras do sermão dominical como outros sabem poemas de cor e salteado.

"Qualquer dia destes" – comentava comigo, depois do jantar festivo – "os brasileiros vão estar batendo às portas de Sodoma e Gomorra. Vão ver que irão se abrir de par em par para deixá-los entrar. A todos. Não perdem por esperar".

Donana era um incensório ambulante. Soltava fumaça benta pela boca sob a forma de palavras decoradas, que calavam raso na sensibilidade do doutor Eucanaã:

"Minha casa será casa de oração. Vós fizestes dela um covil de salteadores."

Implorava-me de pés juntos:

"Não tenha os adultos como modelo. Quando você crescer, não aja nem fale como eles. Seja como você é."

Não tolerava o fumo (até hoje nunca pus um cigarro na boca). Mandava eu reparar no linguajar impróprio e solto dos homens. No pigarro. Nas freadas bruscas do nariz no lenço. Nas gargalhadas despudoradas que ribombavam como bumbo nas bochechas rosadas.

"Contraste esse quadro" – me aconselhava, ao ver papai reunido com os amigos no escritório – "com o silêncio compungido das esposas durante os jantares. São os vendilhões do templo que invadem nossa casa".

"Parece que são eles que padecem as dores ao dar à luz netos e netas. Se julgam" – continuava a me dizer – "os reis do mundo. Incapazes de perdoar. Pensam que são deuses e santos e de nada valem. Do pó vieram e ao pó hão de voltar. São todos pecadores. Incapazes de desculpar as ofensas recebidas. Mentem por orgulho e vaidade. Mentem sempre. Trabalham pelo dinheiro. O vil metal pode comprar tudo, não compra o reino dos céus".

Está escrito no *Eclesiastes*.

Pontificava: "E eis que tudo é ilusão e corrida atrás do vento, e nada havia de proveitoso debaixo do sol."

A partir dos fins da década de 1930, quando era bebê de mamadeira, papai pouco voltou a pôr os pés no escritório do centro da cidade. Advogado pra inglês e pra família ver. Nunca pisou no foro. Pelo menos depois de formado. A verdadeira e volumosa fonte de renda da família ficava a descoberto num misterioso e fidalgo retrato, que ficava dependurado na parede da sala privativa do escritório. Por detrás da escrivaninha dele.

O misterioso e fidalgo retrato tinha companhia. Ficava ao lado da gravura de conhecido e influente pensador inglês do século 18 – a do economista e pastor anglicano Thomas Robert Malthus, que tinha lançado o brado de alerta contra a pobreza crescente da humanidade e a fome permanente dos homens.

"Sempre fique com dois pássaros na mão. Não eleja um, mesmo se o bom senso ou o radicalismo dos amigos te aconselhem o contrário. Assenhore-se de duas, três descendências intelectuais. Abiscoite duas, três medidas culturais. Duas, três moedas simbólicas." À guisa de aprendizado da vida, essa era a raiz das ideias marotas que papai, o falso, me passava por ocasião das nossas caminhadas matinais pela calçada da avenida Atlântica.

Recebia de bom grado as lições de vida. E as assimilava. Preparava-me para o exame de admissão ao posto de capitão de indústria. Creio eu. Assimilava-as mesmo desconhecendo os motivos que o levaram a eleger aquelas duas fontes do conhecimento. Os dois retratos dependurados na parede.

Desnecessário dizer. Digo para ratificar. Papai era sócio do Flamengo e do Fluminense (e não era contra o Vasco, muito antes pelo contrário). Nunca quis se definir, candidatando-se a diretor ou membro da diretoria. Era povão e pó de arroz. Um dos times perdia, não ele. Saía sempre ganhando num Fla x Flu. Mudava as cores do time estampadas no rosto. Não mudava a cara. Nem o sorriso de vencedor. Se desse empate, a culpa não era dos jogadores. Do técnico. Futebol profissional sem vitória não existe. É pelada de amadores. Para melhorar, só botando na rua a comissão técnica.

Desnecessário dizer. Direi. Papai menosprezava sem convicção o ditador Getúlio Vargas e todo e qualquer presidente em exercício. Admirava os opositores ao regime pelo espírito de luta, da mesma forma como os odiava por saírem sempre perdendo. Político tem de ganhar sempre.

Quando pôde votar, votou em branco.

Não escolhia candidato. Trabalhava contra e a favor dos nomes escolhidos pelo próprio ditador. Pelo sindicato e contra o povo. Pelo burguês e contra o sindicato. Contra o burguês e a favor da aristocracia dos Guinle. Contra os Guinle e a favor dos industriais. Perder não perdia um Primeiro de Maio no campo do Vasco da Gama. Distribuía caixas de foguete aos empregados, que faziam a festa nas arquibancadas apinhadas de trabalhadores. Encaminhava todos para saudar e agradecer ao Pai dos Pobres. Assistiam de graça a um clássico do futebol carioca.

Não sei quantas vezes papai passou por marmiteiro na época de Ademar de Barros e foi a favor do peleguismo no Ministério do Trabalho.

Os dois retratos dependurados na parede.

Ao lado da gravura de Thomas Robert Malthus, luzia o misterioso e fidalgo retrato. Não era de bisavô rico, algum abastado desbravador das riquezas naturais das regiões subequatoriais. Não era de avô milionário. Não era de senhor de engenho ou de explorador de lavras de ouro ou diamante. Não era de estrangeiro que pôs os pés na Terra de Santa Cruz. Não era tampouco de brasileiro que tinha posto os pés na Europa. Não era de personalidade histórica, capaz de ganhar verbete até nas enciclopédias chinfrins. Não era, enfim, figura tão conhecida no mundo quanto o economista e pastor anglicano.

O fidalgo retrato assenhoreado pelo doutor Eucanaã era de ilustre desconhecido italiano. A gravura era obra original, datada da época romântica. Estava pomposamente emoldurada. A moldura equivalia a cinco adjetivos numa única frase. Nunca discuti o estilo do papai em frases e molduras. Constato.

E abjuro.

A gravura retratava Gabriel Falópio (ou Fallopius, como o sobrenome foi escrito no renascimento latinizado). Conforme os dizeres da legenda, era o autor de *De Morbo Gallico* (1564).

Trazia o destino no próprio nome. Às claras. Estampado nas quatro primeiras letras do sobrenome, f-a-l-o, que poderiam ter sido desmentidas pelas três letras finais, p-i-o, e nunca o foram. Vejam que contrassenso: um falo pio!

O retrato de Falópio não era símbolo. Mero adorno em escritório de advocacia. Prova? Não se via na estante um exemplar de *De Morbo Gallico*. Nunca encomendara o tratado a antiquários europeus ou brasileiros. Nunca se interessou por perguntar a algum sanitarista amigo seu se tinha o volume em casa e podia emprestá-lo. No caso de Falópio, o escrito não valia. Só valia a figura retratada. Esta ele buscou por ceca e meca.

Papai e Falópio comungavam ideais secretos. Falocráticos. Querem exemplo? Ao dependurar o quadro no escritório, papai deixou Teresa de vez.

Nunca atinei ao certo com o significado da entronização do retrato de Gabriel na parede e a desgraça de Teresa no escritório. Os amigos que sabiam do romance estabeleceram a ligação. Não a explicavam passageira nem definitivamente. Tinham versões. Muitos anos depois escutei dum terceiro a última justificativa para a separação. Garantiu-me estar envolvido no caso. Daí o ar de verdade que a envolve.

Vamos à primeira versão. Papai confessara a um colega que a Maria Félix carioca tinha se metamorfoseado em Bette Davis. Jezebel, para ser explícito. Tinha virado uma castradora ensandecida. Comparava o tamanho e a grossura da trolha do papai. Papai saía perdendo para os afoitos rapazes de jaleco branco. Media em minutos e segundos o tempo de foque-foque em cima da escrivaninha. Papai era um coelho diante dos concorrentes. Tinha ejaculação precoce.

Outra versão dá o caso como terminado no dia em que um afoito jaleco branco tinha transgredido a fronteira entre o que era só *dele* e o que era de *todos*. Tabu. De um só golpe o irreverente rasgou a blusa de cetim de Teresa e puxou o sutiã como se retesasse bodoque. Pularam os botões. Plaft! plaft! Encaixou as duas laranjas baianas nas duas mãos. Abiscoitou-as com casca e tudo, como a duas chupetonas. Tanto bolinou e chupou, que os seios intumesceram como ondas de mar. Depois que o intrépido aventureiro dos mares saiu, Teresa sentou-se na cadeira. Ficou ouvindo o marulho das águas.

Há uma correção para essa versão. Ela dá nome e emprego ao intrépido aventureiro. O nome é Juquinha, na Cinelândia vulgo o Tripé. Tão pequenininho, tambor tão grande. O emprego é o de motorista particular do papai. Juquinha era voyeur. Seguia as conversas do banco de trás pelo espelho retrovisor. Ficava a par de todos os detalhes sobre as aventuras amorosas de papai. As manhas da secretária, as mumunhas dos médicos. Entusiasmou-se. Quis pôr-se no lugar dele. Num dia de folga, não pensou duas vezes. Vestiu jaleco e calças brancas, calçou sapato branco, tomou de empréstimo um estetoscópio do farmacêutico do bairro. Subiu ao sexto andar, tocou a campainha e ta-ta-tá-tá no seio esquerdo, ta-ta-tá-tá no seio direito. E pluft! afogou o ganso no centro inferior, anterior e posterior.

Que ganso mais guapo e musculoso! Teresa não quis mais outro pelo resto da vida.

A vida amorosa de papai no escritório começou e terminou nos seios de Miss Suéter.

Donana não se esqueceu de fazer o sinal da cruz, assim que soube da separação e das lágrimas choradas pela secretária.

Não acredito na primeira versão. Intrigas plantadas pela inveja. Ou inventadas por algum marido corno. O tresoitão do papai não negaceava fogo, nunca negou uma longa e insistente saraivada de balas. Era famoso por Copacabana e adjacências. A cabeçorra era desproporcional ao pau da bandeira. Um despropósito, quando desabrochada. Chamada a rosa púrpura do Cairo pelas odaliscas de plantão. Papai gostava de terno de linho branco. Exibicionista. Como os demais da sua geração. Durante as reuniões de pais e alunos no Colégio Andrews, despertava os risinhos maliciosos e contidos das professoras, que se abanavam por detrás de leque, e das colegas de colégio, que diziam, as safadinhas, a gente fica molhadinha diante do pinto calçudo.

Sem convicção, endosso a segunda versão. Será que papai se distanciou de Teresa por obra e artes dos ciúmes despertados pela revoada dos gaviões de jaleco branco em torno da inocente e generosa ovelha? Faz sentido. Endosso a segunda versão e acredito na correção. Papai teria flagrado o Tripé no ato e o despedido na hora?

Ficam dúvidas.

Teria se distanciado de Teresa por obra e artes das ondas emitidas pelo retrato de Falópio? Não tenho certeza. Teria detectado mistura de furor uterino com misoginia? Talvez. Papai não tinha nada de bobo. Não ia deixar comida de primeira, boa e barata, apodrecer na geladeira do escritório. Ou ser servida gratuitamente aos ratos que infestavam a Rio Branco.

Teresa tinha feito uns cinco abortos, segundo a conta corrente das colegas secretárias. Não sei se de fetos engendrados por ele, ou pelos visitantes de jaleco branco, ou pelo definitivo Tripé. Teresa não tinha tido filhos.

Isso a livra de ter sido minha mãe, a verdadeira.

Será que a livra? Por que Teresa me presenteava com camisas de lã, tricotadas por ela? Com muito carinho. Nunca entendi o porquê dos presentes vindos da quitinete na Lapa, em tempos de aposentadoria minguada, artrite reumatoide e artrose. Recompensa por que serviços prestados?

O filho dela trocado por uma quitinete? Logo na Lapa. Por que Donana tinha sido tão compreensiva e generosa com a amante do marido?

Não elejo a Miss Suéter da zona norte como minha verdadeira mãe. Abiscoito mais uma candidata ao título.

E passo adiante.

Os ideais que papai comungava com Malthus eram menos secretos socialmente do que os partilhados com Falópio. Menos dissimulados também. Na estante estava a obra completa de Thomas Robert Malthus, no original inglês, na primeira edição. Livros encadernados em pelica, com lombada adornada por letras douradas, comprados em antiquário britânico. Caríssima a compra. Um conjunto magnífico, de fazer inveja a bibliófilos. Além do quê. Ficava jogado discretamente sobre a escrivaninha um exemplar avulso e ilustrado de *An essay on the principle of population* (também conhecido como *A view of its Past and Present effects on Human Happiness*). Para quem quisesse vê-lo e folheá-lo ao sabor da conversa e das circunstâncias. E fazer ilações.

Teresa não seria a leitora do acaso. Contentava-se com o volume do volume. Um catatau.

O ensaio de Malthus muitas vezes serviu de calço para o traseiro dela diante do macho de pernas compridas. Tão volumoso quanto dicionário ou lista telefônica. A escrivaninha do escritório não era alta. A da sala de espera até que era. Já pensaram. Papai abre de repente a porta e dá com o quadro ao vivo e em cores. Teresa, de pernas escancaradas, sentada em cima do adorado Malthus. Se o macho tivesse vestido o galo invasor com camisinha de vênus, ainda podia perdoar. Sem o invólucro protetor, heresia das heresias!

Papai cultivava modos de vendedor de apólices de seguro. Começava o capítulo das vendas contando aos possíveis fregueses as últimas piadas e fofocas. Atropelava a mente dos ouvintes. Se estivessem em casa, servia uísque 12 anos. Inebriava os sentidos. Quando os ouvintes estavam em ponto de bala, mudava o registro.

"A verdadeira Bíblia dos tempos modernos" – exibia o tratado de Malthus, adjetivando-o de maneira inescrupulosa. E asseverava: "A bom entendedor, meia palavra basta. Neste livro até o mau entendedor se dá conta de que, sem o controle da natalidade, morreremos todos de fome num futuro bem próximo."

Conduzia o restante da conversa com os futuros fregueses por perguntas em nada retóricas. A primeira. Infalível.

"Por que o ser humano gosta de se reproduzir em número maior do que lhe permite a comida de que dispõe para alimentar os filhotes?"

Ganhava atenção e silêncio pela surpresa. Trazia à baila a resposta já engatilhada na sua cabeça. Recitada num diapasão em nada burlesco nem retórico:

"A produção de alimentos só cresce em proporção aritmética, enquanto a população tem a tendência de aumentar em progressão geométrica. É preciso que o homem aprenda a frear não o desejo (pausa) e, sim, a vontade de procriação." Exemplificava, caindo no popular.

"Fodas à discrição do cliente. Taxa de nascimento zero. O ideal? Taxa de nascimento menos um. Pobreza crescente, miséria permanente. Controle da natalidade."

Nada o tirava da reta do raciocínio. Engatava pérolas licenciosamente pudicas à espinha dorsal das reflexões malthusianas, em que tinha se envolvido desde o momento em que o distinguira com a condição de autor da bíblia moderna. Continuava:

"Sem o controle das doenças venéreas morreremos todos de peste no dobrar do milênio."

Chegava a ser catastrófico, sem na verdade o ser.

"Por que não matar dois coelhos de uma só cajadada? Um só tiro. Na procriação e na doença sexualmente transmissível."

Efeitos pirotécnicos no céu cor de anil.

"Preservativos a preço de banana, é disso que o Brasil precisa. Antes tarde do que nunca."

Através das pérolas que enunciava na reta final do bate-papo já não estava se referindo às ideias do pastor anglicano. Mero ponto de partida para as suas reprimendas patrióticas. Referia-se ao desconhecido italiano. Gabriel Falópio. Truques retóricos do papai. Eficientíssimos do ponto de vista publicitário e comercial.

Entre o desesperado economista inglês, Malthus, e o inventivo anatomista italiano, Falópio, papai ficava com os dois.

Falópio era o patrono dos seus negócios escusos e de alta rentabilidade. Com o beneplácito dele montou uma indústria legitimamente brasileira, ergueu um império internacional e sustentou o alto padrão de vida dos Souza Aguiar.

Nos jantares em casa e nas mansões de gente da alta, nas festas no Copacabana Palace ou pelos corredores do Theatro Municipal e do cassino da Urca, em suma, na vida social carioca, não havia por que não se esconder por detrás do pastor inglês. Falópio era desconhecido, nada filosófico e qualquer palavra sua seria atentatória aos bons costumes católicos da nação brasileira.

Malthus era modelo de dedicação à ciência e à religião. Modelo de coragem cívica no combate às armadilhas e mazelas que a vida moderna nos prega.

Papai argumentava.

Conquistas filosóficas em favor da paz e da tranquilidade mundial têm também o seu lado científico, como a cura das doenças sexualmente transmissíveis e o controle da subalimentação nas regiões miseráveis do planeta. Pela paz, contra a pobreza.

As conquistas filosóficas esclareciam que o tão elogiado crescimento populacional nos países pobres, como é o caso da Índia e da China, ou das nações coloniais africanas, é apenas um bem aparente para a grandeza das nações em desenvolvimento. Cavoucando a crosta do bem, descobre-se, camuflado, o espectro da fome. Com sua foice impiedosa.

Papai foi o mais legítimo dos mestres de Josué de Castro, o da *Geopolítica da fome*, e o mais legítimo precursor da teologia da libertação.

Nas nossas perambulações matinais, ele me dizia ser um combativo soldado da modernidade brasileira. Inspirava-se no exemplo do grande patriota que era Monteiro Lobato. Preferiu exilar-se na Argentina a abandonar a luta diuturna pelo petróleo brasileiro. Desenhava a si como personagem dum quadro épico, digno da paleta de Vítor Meireles. Empunhava a lança do santo contra a serpente da ignorância, assim como a tinha empunhado contra o dragão da mamadeira na minha infância. E vencido. Quando me tornasse adulto – dava-me uns tapinhas carinhosos no cocuruto –, quando fosse um profissional, que eu me inspirasse no seu exemplo! Me preparasse para substituí-lo à frente dos negócios familiares.

Teria me preparado bem para assumir a incumbência, se o meu cupincha sir Alexander Fleming, quando seus negócios iam de vento em popa, não lhe tivesse passado uma rasteira. Rasteira definitiva. Depois que os laboratórios de pesquisa farmacêutica soltaram o busca-pé no mundo anglo-saxão, a indústria carioca começou a descer a ribanceira da vida. Levava de roldão o proprietário.

Entre os banqueiros cariocas e a gente de dinheiro era notória a fonte de renda do papai.

Junto aos antigos colegas da Faculdade de Direito, no pilequinho comemorativo de mais um ano de formatura, falava em *aborto* com a mesma naturalidade com que os outros falavam em *tocar um processo*. Será que não desconfiavam que, por detrás do *aborto*, havia um enxame de abelhas farmacêuticas, que lhe produziam o mel da prosperidade?

Em casa, sob os olhos de mamãe e os efeitos do incenso que soltava pela boca, o doutor Eucanaã escondia Falópio, para se passar por ardente defensor da abstinência sexual para a arraia-miúda da sociedade brasileira. Sem a assistência do Estado e dos homens ricos, diminui a natalidade no país e não enfrentamos o risco da miséria e da revolução popular. Seguia ao pé da letra os ensinamentos dados pelo pastor anglicano na sua Bíblia dos tempos modernos. Nunca chegou a contrariar as ideias de fidelidade no casamento, defendidas por Donana, a santa. E menos contrariava suas amigas de chá das cinco.

E menos ainda contrariava o vigário da paróquia de Nossa Senhora de Copacabana.

Mamãe servia de embaixadora do marido junto ao representante da Santa Sé no Rio de Janeiro. Era testemunha da sua profunda fé. De pouco valiam os argumentos da advogada de defesa. No Palácio São Clemente, o bispo Ferrari o tinha na mira:

"Esse papa-hóstias não me engana. Advogado criminalista duma figa! Filho de Belzebu, isso sim, comandante dos seis mil e seiscentos e sessenta e seis demônios que habitam essa cidade e essa paróquia."

Papai compensava o lado demoníaco da sua personalidade privada com exibicionismo explícito. Se compensava. Era o filantropo mais elogiado no púlpito da paróquia de Copacabana. Sem ele, sem a sua generosidade, sem a sua prodigalidade, sem a nobreza de coração dele e da distinta esposa etc. etc. O benemérito.

Pagava caro por cada elogio feito nos jornais por sua Eminência, o Cardeal. Em espécie. Para as obras pias.

Não se lava mais dinheiro sujo como antigamente!

O ódio de sua Eminência, o Cardeal, tinha nome.

Reginaldo Fernandes, fundador e diretor do *Jornal de Sífilis e Urologia*. Na calçada da avenida de Copacabana e na praia, na rodada de uísque no Vilarinho e nos salões elegantes da praia do Flamengo e do Morro da Viúva, o doutor Eucanaã não escondia a preferência pela companhia do renomado e amaldiçoado médico. Tão íntimos quanto irmãos siameses.

Iam do ti-ti-ti ao palavreado fraterno. Da troca de olhares cúmplices e irônicos ao brinde em louvor da cidade maravilhosa. Deste às piadas e às gargalhadas homéricas e escaldantes. Juntos, papai podia ser tão chulo na fala quanto o amigo. Tão ruidoso quanto ele na risada e no assoar do nariz. Juntos, eram bem cariocas no gosto pela maledicência e a chalaça.

O doutor Fernandes – ao contrário do papai, daí a amizade e a admiração – não era homem de disfarçar ideias em público. Expunha-as com a graça e a coragem de evangelizador jesuíta junto aos índios tupis-guaranis.

Papai amealhava os argumentos do outro. Se a concordância imperasse no ambiente, batia palmas.

Reginaldo batia de frente. Nada de argumentos piedosos a favor da abstinência sexual.

"Foder" – asseverava – "está na cartilha de Malthus. Desde que nos entendamos". E entregava de graça o seu lema: "Quem não gosta de trepar é porque é maricas ou brocha, e não sabe." O lema de Reginaldo percorria os anfiteatros da Faculdade de Medicina, despertava valha-me-nossa-senhora-imaculada! pelas sacristias e era lei na Lapa e nos randevus burgueses de Laranjeiras.

Na falta do doutor Fernandes, papai se valia do truque das citações por escrito. Trazia copiada numa folha de papel uma declaração bombástica do Reginaldo, retirada de artigo publicado na revista que dirigia. Se o parceiro ria durante e após a leitura, vangloriava-se de ser conviva espirituoso. Encostado contra a parede pelo ouvinte, a frase não era dele. Mostrava.

"Aqui está o nome do autor. A assinatura não me deixa mentir."

Podia ser a favor das ideias que a frase defendia. Também podia ser contra. Dependia. Ficava feliz se a roda de amigos concordava com o palavreado e o bom humor do achado.

"Manuel Bandeira não teria se expressado melhor nos seus papos acadêmicos" – concluía altaneiro e debochado.

O doutor Fernandes sabia como fazer desafetos entre os burgueses católicos e inimigos entre os políticos da saúde. Considerava ridículos os apelos da Igreja à castidade masculina e feminina. Dos pobres e miseráveis. Dos metropolitanos e dos capiaus.

"A abstinência sexual" – pregava em altos brados, qualquer que fosse a tribuna – "é daninha à saúde". A frase dele, copiada por papai e compartilhada com os amigos em ocasiões bem especiais, rezava:

"Apelar para a castidade como elemento de êxito num programa de luta contra a disseminação da sífilis seria o mesmo que acreditar nas vantagens reais da cura da diarreia pela sutura total do ânus."

Papai ia querer que suturassem bocetas, cus e bocas do Rio, da roça, dos altos mares, do mundo? duvido.

Ia querer que se guardasse o borogodó da masculinidade por detrás de braguilhas abotoadas? nunca.

Queria mais é que se embrulhassem profilaticamente os caralhinhos, os caralhos e os caralhões do planeta Terra!

Sua descoberta, sua indústria, seu comércio, sua ambição desmedida.

Sua fortuna. Nossa fortuna.

Seus jantares, seu champanha, seu uísque 12 anos.

Nossos convivas. Seus amigos.

Falha nossa!

Foi intensa a minha empolgação durante a feitura do retrato do papai. Tão intensa, que acabei negligenciando a figura do misterioso fidalgo italiano. Deixei-o recluso nos camarins do capítulo anterior.

Para conduzi-lo até o palco, não precisava tê-lo vestido como nobre renascentista. Calçado peruca, meias e escarpins. Empoado as faces. Camuflado o cê-cê com perfume francês. Vestimenta e acessórios de beleza pouco ajudam a enriquecer o retrato do personagem. Não explorei devidamente a visão de mundo do renascentista. Seu modo de estar e ser. De agir e pensar.

Bastava ter escolhido dois ou três objetos simbólicos para colocar em cena. Sou pintor e sei que todo pintor conhece bem essa artimanha retórica. Dois ou três desses objetos que servem para enriquecer psicologicamente a personalidade do retratado, ecoando e sublinhando dados profissionais e postura ética. Os objetos silenciosos teriam falado mais do que as palavras. Se o herói é desprezível e ignaro. Se é sedutor e carismático.

Vejam onde houve falha.

Ao fundo do capítulo anterior, um crânio humano em destaque. Poderia tê-lo retirado das mãos de Hamlet no momento em que começa a recitar o célebre monólogo. *Memento mori*: Lembra-te que deves morrer.

A relação entre os venenos da vida dissoluta e a invenção do italiano não teria passado despercebida. Falo do veneno sorrateiro e noturno que, em cada alcova pecaminosa, espreita o ser humano para se inocular. Algum leitor teria anotado na margem palavras sobre a obsessão de Gabriel com a ameaça extemporânea da morte na vida sadia. No que teria toda razão.

"A saúde é matéria de risco", escreveu o anatomista italiano no seu tratado. Tendo acrescentado a seguir: "O risco diminui com a precaução."

Séculos depois suas afirmações ecoaram nos laboratórios científicos de Louis Pasteur. O sábio francês retomou a deixa do italiano e consignou no seu diário:

"O risco diminui ainda mais com a higiene diária."

O recurso a jogo anacrônico explícito poderia ter sido também de ajuda ao esboçar a personalidade do italiano. H. G. Wells não inventou a máquina do tempo para isso? Poderia tê-lo feito viajar para a frente do século 16. Depois viajar para trás daquele século.

No século 18. Por que não deixá-lo trocar ideias com Malthus sobre o controle na reprodução da espécie?

Na Idade Média. Por que não recobri metaforicamente a excelsa figura de elmo, couraça e malha? Minhas palavras não poderiam ter--lhe emprestado um avultado escudo de guerreiro?

O leitor teria depreendido dessas duas passagens – em nada por nada renascentistas, na verdade anacrônicas – que Gabriel pesquisava o modo como o homem, a fim de sobreviver intacto ao meio ambiente hostil em que é atirado pela vida sexual depravada, se defendia, recobrindo com chapas e fios metálicos cabeça, tórax, membros superiores e inferiores.

Nada disso se encontra escrito no capítulo anterior. Ah! Se tivesse tido a ideia de alguns jogos anacrônicos.

Falha minha!

A simplicidade é o nosso forte. De Gabriel Falópio e meu. Também a ineficiência dramática. Já repararam. Somos escrupulosos em matéria de autopublicidade. Inconscientemente. Estive querendo que ele surgisse neste capítulo como a prima-dona que só irrompe no palco – e toma conta dele – ao final do primeiro ato. Não antes. Não deixo por menos. No palco do Teatro Scala de Milão. A prima-dona fica de pé intacta. Rouba a cena com gestos e voz. Passa a ser o protagonista principal da ópera.

Eis o meu Falópio.

Penitencio-me.

Raríssimas vezes abri uma nesga no capítulo anterior para que Gabriel aflorasse e respirasse os ares marítimos de Copacabana e se tornasse íntimo do leitor. Personalidades cariocas pouco interessantes, e já nossas íntimas, se tornaram mais íntimas. Nomeio duas em esforço de autocrítica. O sanitarista Franco Moretzohn e o médico Reginaldo Fernandes. Emprestaram sua graça à vida de papai? emprestaram. Graça circunstancial e em nada significativa no processo de constituição de um Brasil moderno e livre das doenças sexualmente transmissíveis.

Diante de figuras do porte do doutor Eucanaã, Franco e Reginaldo são marionetes. A zabumba e os clarinetes da indústria familiar ajudavam direta ou indiretamente a amplificar suas vozes no cenário do Estado Novo. Sem o apoio do instrumental paterno não teriam amealhado fortuna e fama. Não teriam expressado modo de pensar. Suas ações na área da saúde pública não teriam sido esmiuçadas pela imprensa carioca. Julgados polêmicos ou iconoclastas.

Nos poucos segundos em que Gabriel entreteve o leitor, o fez de maneira culposa e ressabiada. Envergonhada.

Confesso. Posso ter cometido equívocos no capítulo anterior. Cometi-os, sem dúvida. Volto ao jogo anacrônico. Por que não coloquei a figura modesta de Gabriel Falópio próxima da contagiante e encantadora personalidade do sábio religioso britânico? Tive medo. Medo de que Malthus lhe empanasse o brilho da invenção. Longe disso.

Em momento algum quis passar a mensagem que se segue. Na corte britânica do século 18, o renascentista Gabriel Falópio teria se comportado como um rastaquera, cujo enriquecimento rápido fora tão ilícito quanto os detalhes dourados da moldura rococó, que o enquadrava num retângulo constrangedor para as pessoas de bom gosto. Como é o meu caso.

Se alguém tomou como tal o contraste entre as duas grandes figuras históricas, foi por pura maldade. Nada a ver comigo.

Não censurei Gabriel. No máximo cerceei sua fala. Deixei-a em segundo plano. Isso não é novidade para quem conheceu o modo como papai o tratava no dia a dia. Nas conversas muito, pouco ou em nada licenciosas que ele mantinha com os amigos do peito e as autoridades, fazia com que *il signore* se escondesse por detrás das ideias de Malthus. Pura covardia. Do papai, é claro.

Era outra verdade. Papai ia até o esconderijo de Gabriel para de lá retirar ideias subversivas, que iam rechear e nutrir de atualidade os argumentos de Malthus. Se para o papai Malthus era o rei e o poder, Gabriel era o cardeal Richelieu e a cabeça. Graças a ele, papai foi além, muito além do que anunciava o tratado *An essay on the principle of population*. Transformou-se no vanguardista por excelência na área da medicina preventiva. No Brasil e no mundo.

Ao despistar a atenção do leitor pela figura de Falópio não quis imitar a postura covarde do papai. Longe de mim o papel de hipócrita. Papai receava as repercussões, na comarca e no episcopado, das suas palavras licenciosas sobre Falópio.

Busquei um modo diferente de tratar o italiano. Com escrúpulo e decência. Encontrei o modo. Gabriel merecia passar algum tempo no purgatório dos camarins. Quando seu corpo e ideias aflorassem nas águas límpidas e sinceras destas memórias, não haveria dúvidas quanto ao valor da sua contribuição para o bom desenvolvimento da saúde na sociedade ocidental. Em outras palavras. Que fosse aguardado no palco como se aguarda a entrada de Maria Callas ao final do primeiro ato.

Não resta dúvida. A falha foi minha e também dos demais envolvidos. Se maior não foi, foi por causa da paranoia do papai e da modéstia do italiano. O forte do *signore* Gabriel Falópio não é e nunca foi o proscênio ou o retrato 3x4. No jogo dos sete erros, que é o modo como a história representa o entra e sai da sua descoberta nos últimos cinco séculos, são poucos os observadores que teriam conseguido distinguir sua figura no quebra-cabeça infernal. Até na sua época ele não era chegado a um *close up*, para usar a linguagem da técnica cinematográfica. Homem de bastidor, como não o foi Leonardo da Vinci. Homem de camarim, ou da antecâmara, como estou esboçando o seu perfil.

Sua invenção infernizava os homens e os transformava em seres desconfiados. Do próprio sangue. Dos próprios fluidos. Da própria sombra. Acendia o pânico da mulher diante do amante. Deixava o menino – curioso da razão para se ter um pênis – semelhante a uma lagartixa subindo pela parede. Levava a autoridade no poder a acionar o estado de alerta, para evitar o tumulto no púlpito das igrejas ou a peste nos logradouros públicos.

Gabriel era um poderoso tímido. Um tímido poderoso. Não media o valor do pequeno objeto que tinha inventado. Não conhecia o peso em ouro da invenção. Ali, nas suas mãos. Nas mãos de todo e qualquer um. Algo simples e útil. De valor universal. Passível de ser reproduzido em grande escala e oferecido ao mundo. A preço módico. Se tivesse patenteado sua invenção e cobrado royalties, se se chamasse Bill Gates e fosse nosso contemporâneo, seus descendentes estariam hoje sentados em cima dum império em dólares. Mais vultoso do que o da Microsoft.

Escondido por detrás das grossas cortinas de veludo vermelho, no fundo da alcova dos nobres venusianos, Falópio gostava de ficar urubuzando. Buscava uma solução preventiva para os grandes dramas sentimentais que se passavam a dois (ou a muitos) nos recintos fechados da realeza italiana.

Um acanhado, o nosso Gabriel. E ousado. Essa mistura desanda até maionese, quanto mais um italiano renascentista. No papel de figurante tímido era desprezado como hipócrita pelos poderosos do momento. No país dos Borgias, foi julgado um envenenador de mentes a mais. Um inventor fajuto. As voltas com seus fantasmas de castração. Projetava os fantasmas para todo e qualquer adulto. Projetava-os a fim de liberar-se deles e poder cumprir com competência o papel de macho tesudo junto às amadas. Com seus delírios, empesteava o universo até então carnavalesco e funambulesco dos bordéis, das tavernas e das zonas de meretrício.

No papel de figurante ousado era imolado em praça pública.

Chegou a ter os passos vigiados pelos zelosos clérigos da Santa Inquisição. Fogo nele!

Concluo. Não foi por incompetência narrativa que deixei nos camarins nosso querido Falópio. Tinha nascido, vivido e morrido sob o signo do segredo. Um pouco como o papai. Se não tivesse se passado por advogado criminalista. Viajei pelas palavras, ao ritmo do percurso biográfico dos dois. Percurso pela época renascentista. Percurso pela época do Estado Novo e da Segunda Grande Guerra. O negócio dos dois era o das artes do esconderijo e da clarividência. Ambos. Profetas das trevas. Mergulhadores das entranhas.

Heróis?

Falópio não podia vir assim, ó, sem mais nem menos, para o primeiro plano das minhas memórias.

Esteve melhor no lugar em que acabou ficando, do que no lugar que teria ganho por merecimento.

Soube cedo da obsessão do doutor Eucanaã pelo italiano. Tinha escutado conversas telefônicas que menino não escuta. Conversas que, se menino escutar, não pode memorizar. Se menino memorizá-las, não deve refletir sobre elas. Aconteceu. Escutei a conversa. Gravei o nome de Gabriel Falópio. Esqueci as circunstâncias. De repente, reencontrei tudo – como se o todo fizesse parte de um só pacote – no dia em que tardiamente abri a porta do escritório de advocacia do papai para transformá-lo em ateliê. Meu ateliê de pintura.

Dependurado na parede o objeto das conversas telefônicas.

"Qualquer que seja o tamanho ou o preço do quadro. Pode ser pintura a óleo, pode ser gravura. Só não pode ser cópia impressa, reprodução vagabunda." Eis as diretivas soltas que dava ao encomendar o quadro a antiquários famosos daqui e do estrangeiro.

Exigiam dados biográficos precisos.

Não os tinha. Passava-lhes dados bibliográficos no telefonema seguinte. Pouquíssimos. Conseguidos em pesquisa nos alfarrábios da biblioteca da Faculdade de Medicina da Universidade do Brasil. Gabriel, um maldito. Amaldiçoado pelos contemporâneos e a história.

Foi informado de que *De morbo gallico* só se encontrava no *inferno* das bibliotecas nacionais europeias. Entre as obras excomungadas pelo Santo Ofício. Não lhe interessava o volume. Reafirmava. Só queria o retrato.

Procuraram o retrato do italiano por ceca e meca. Em vão.

De repente, não mais que de repente, o retrato foi entrevisto.

Pelo papai em viagem de negócios a Paris. Ironia do destino. Em viagem motivada pela invenção de Gabriel Falópio. Entrevisto assim. Sem quê nem por quê. No varal dum buquinista das margens do Sena. Uma gravura da época romântica. Imediatamente adquirida. A preço de banana.

Ironia do destino? sim. Golpe de sorte? sim. Retribuição do além? sim. Recompensa à obsessão? sim. Lei do acaso? sim.

São justas as cinco respostas.

Perdido num quiosque de buquinista. O retrato gravado de Falópio esteve à espera dos olhos e da atenção dele, até o dia em que houve uma manhã de outono. Esteve assim, estatelado. Ao ar livre da *Rive gauche*. Por dias a fio. Por meses a fio. Por anos a fio. Foi visto por todos os turistas que passaram pelo local e se detiveram sem repará-lo.

Estatelado entre horrorosas e desprezíveis gravuras turísticas de Paris. Ao lado de avitaminados cartões-postais da Torre Eiffel, da catedral de Notre-Dame e do Arco do Triunfo. Meio que por baixo de reproduções descoloridas dos quadros célebres que se encontravam nos museus do Louvre e do Jeu de Paume.

Em êxtase, papai romanceou o encontro inesperado. Todos os originais e reproduções dependurados ali, no varal do buquinista, estavam sendo acariciados e beijados pelas folhas secas e embalados pela brisa matinal de outubro.

Papai tinha deixado o hotel bem cedo. Passado parte da manhã passeando pelas margens do Sena. Galhos esbeltos e nus anunciavam o inverno em desenhos abstratos, a que ele procurava dar forma para poder emprestar-lhes significado pela palavra. Era cismarento meu pai, o falso. Às vezes penso que, por detrás do homem de negócios, dormitava um homem da palavra.

Um poeta? Não exageremos. Um retórico? Está quente, quase pegando fogo. Recapitulemos a cena, tomando de empréstimo as palavras dele em inúmeros relatos aos amigos.

Cais do Sena. Dobrava o corpo. Esticava o braço direito. Com a mão enluvada, varria o assento dos bancos públicos. Pequenos montes de folhas secas, úmidas de orvalho, eram moldados com os pés de Leônidas, o Diamante Negro. Logo depois os montinhos eram carinhosamente chutados em direção às águas do rio. As folhas secas boiavam. Seguiam o destino ao ritmo das águas.

(Interrompo. Já no Rio de Janeiro, anos mais tarde, ia se lembrar do episódio em ocasião festiva para o futebol carioca. Foi papai quem sugeriu ao jogador Didi que apelidasse de *folha seca* o chute enganoso e original inventado pelo craque botafoguense.)

Deu-lhe vontade de comer um croissant, com média de café com leite. Subiu as escadinhas do cais. De volta ao hotel no Boulevard de Saint Michel. Caminhou rente à mureta. Só e pensativo. Observou à direita as bancas de livros usados, os cartões-postais e as velhas gravuras expostas. De repente.

Reconhece a figura. Gabriel Fallopius. Os traços do retratado coincidem com os reproduzidos nas enciclopédias e livros científicos. Lá estava a gravura de época. Emoldurada por *passe-partout* branco. Envolvida em papel celofane. O preço escrito a tinta no celofane.

Uma pechincha.

Aproxima-se.

Ao ler os dizeres gravados em latim, certifica-se da autenticidade.

Lá embaixo, as águas do Sena. Acobertadas pelas folhas secas que nem nenúfares em quadro de Monet. Abençoadas pelas torres centenárias da catedral de Notre-Dame. Elas correm e servem uma vez mais de espelho para o êxtase dum mortal brasileiro.

De volta ao Rio de Janeiro, não mostrou o conteúdo do canudo aos familiares. Mentiu. Tinha comprado uma obra de arte italiana num antiquário da *Rive gauche*. Uma gravura de época. Para dar de presente a um médico amigo dele, em paga de serviços prestados gratuitamente a Teresa. Só não mentiu sobre o pouco dinheiro gasto. Comprada a preço de banana.

Adiantava querer saber a qual dos médicos ele se referia?

Adiantava indagar se as mazelas de Teresa a que ele se referia eram mais um aborto? Só um aborto criminoso merecia presente vindo diretamente de Paris. Adiantava indagar sobre as circunstâncias do achado e da compra? Adiantava querer saber o preço verdadeiro da obra de arte italiana?

Se alguém pusesse os pés no escritório da avenida Rio Branco teria podido desmentir as palavras do papai. Quem? Teresa e o séquito dos visitantes de jaleco branco. Como iriam reparar nos dois quadros dependurados na parede? Eles nada enxergavam. Tinham olhos para o prazer e pressa. Agiam acuados pelo medo de serem surpreendidos. Em caso de exaustão, relaxamento ou repouso dos corpos deitados na escrivaninha, os olhos se dirigiam para a porta e os ouvidos para o ruído de chave na fechadura.

Meu pai era chegado a um segredo. Tanto os de alcova, quanto todo outro e qualquer. Podia ser tão mudo quanto Esmeralda, a minha mulher. Esqueceu-se duma testemunha silenciosa. O filho. Escutava as suas conversas telefônicas. Nunca confessei a mania. Armazenava, sempre armazenei informações sobre os familiares. De menino é que se torce o pepino do memorialista.

Espicula-cula foi um outro apelido meu, dado pela italiana com fedor de bacalhau.

Depois de emoldurada, a gravura de Falópio ficou no escritório, ao lado do retrato de Malthus. Papai supervisionava o zelador do prédio. Mandou-o pregar o prego na parede. Dependurar o retrato.

Teresa não entendeu o motivo para o exagerado arroubo de alegria demonstrado pelo doutor Eucanaã. Os olhos do amante gritavam Vitória!

O advogado ficou frente a frente aos dois rostos. Em beatitude. Do lado direito, Malthus. Do lado esquerdo, Falópio. Ao centro, a escrivaninha de trabalho. Dele.

A mentira do presente dado ao médico criou raiz, tronco e galhos para virar verdade na vida diária de papai no escritório. Agora queria mudar de posição. Ter o rosto empinado e livre para apreciar a parede. Tinha pedido a Teresa que, todas as tardes, se ajoelhasse e regasse de saliva a rosa púrpura do Cairo. Quando a rosa desabrochava de todo, persignava-se diante das imagens de Falópio e Malthus. Com uma única finalidade. Digamos, espiritual.

Terminada a função, feliz, ficava a escutar a conversa entre os dois.

A patogenia de Falópio polemizava com a sociologia de Malthus.

O anatomista e o religioso digladiavam. De igual para igual. A realidade pragmática da profilaxia dava o troco às reflexões sociológicas de caráter religioso.

Papai entendia melhor o mundo em que vivia. A fábrica que levantara num galpão de São Cristóvão e adquirira foros de indústria farmacêutica com reputação mundial. As perseguições políticas, as acusações de *dumping*, vindas do estrangeiro, e as desavenças com os sanitaristas. A hipocrisia humana.

Ficava a escutar o debate entre o corpo e o espírito. Entre o indivíduo e a sociedade.

"Freio moral", pregava Malthus.

"Que nada, contracepção preventiva!", liberava Falópio.

"Contracepção programada", corrigia Malthus.

"Que nada, proteção do pênis contra as doenças venéreas!"

"A consciência moral do indivíduo."

"Que nada, camisinha nele. Sob medida, pra não esfolar a cabecinha careca, filhinha do papai. Lubrificante na camisinha, para não esfolar a engole-cobra da mamãe."

Eis o resumo das conversas que o papai escutava no seu escritório de advocacia. O industrial ia lá se espairecer com a jardineira chamada Teresa e enriquecer com as palavras dos sábios, antes das suas viagens cada vez mais frequentes para o exterior. Dias depois. a conversa entre os sábios estaria sendo repetida por ele à sua clientela cosmopolita.

As viagens ao estrangeiro eram a negócios. Como a feita a Paris no outono da grande e definitiva descoberta do retrato. Viagens curtas e misteriosas. Itinerário guardado a sete chaves. Principalmente dos familiares. Ganhava montes de dinheiro. Mais rapidamente se enriquecia ao ritmo do progresso nos meios de transporte internacional. Longas viagens tornaram-se curtas. Duas ao ano passaram a ser seis no mesmo período. Começou indo de carro de aluguel ao píer da praça Mauá e terminou por ir de táxi ao aeroporto Santos Dumont.

Viajou primeiro de navio. Acompanhado de baús e sacolas de couro. Depois, exclusivamente de avião. Escoltado pelo peso e o desenho aerodinâmico das malas de material sintético. Sempre sozinho. Os baús cheios se esvaziavam e o conteúdo se perdia, ponhamos, pelo meio do oceano. O número de baús, sacolas e malas minguava na volta.

Nunca enviava cartão-postal para a família. Chamada telefônica internacional, segundo ele, era uma áfrica. Até mesmo para os assinantes da capital da república – justificava-se diante do ponto de interrogação colocado pelos olhos de Donana e do filho. Mandava cartas estilo bilhete. Sem endereço do remetente. Pelos selos os envelopes traíam o país de origem. França, Alemanha. Estados Unidos da América. Paris, Berlim, Nova York, San Francisco. A aparência de turista biliardário escondia o sucesso e as aflições do caixeiro-viajante.

"Chegou carta do seu pai", me dizia Donana. Não abria o envelope, ou fingia que só iria abri-lo na hora de dormir.

Envelope subscritado. Dentro, papel de carta em branco. Tenho certeza.

Papai apostava corrida com os correios & telégrafos. Era comum chegar na frente das cartas. Lia o nome do destinatário. O da esposa. Comentava:

"Sem nome de remetente."

Ria. Sem abri-las, rasgava as cartas durante a primeira refeição em comum. Nada nas mãos, o doutor Eucanaã dava o nome por completo do remetente. O seu. Ria de novo e acrescentava:

"Notícias velhas. Caducas. Aqui estou eu. São e salvo. Me deliciando com a genuína e saborosa comida caseira. E isso é mais importante do que qualquer carta."

A formalidade capenga e hipócrita do viajante não encobria desleixo afetivo ou sentimental. Papai gostava de mamãe, ambos gostavam de mim. O teatrinho paterno à mesa encobria.

Encobria o quê?

Encobria os negócios do papai no exterior – que passaram a proporcionar resultados mais lucrativos do que os realizados no Brasil.

A partir do final da década de 1930, as raízes pouco vigorosas da fábrica de São Cristóvão começaram a ser estercadas com as idolatradas verdinhas. Logo rejuvenesceram. Ganharam vigor. Espraiaram-se por dois outros galpões no bairro. O magnífico conjunto virou um seringal na encosta da Mata Atlântica. As árvores floresciam e davam mudas. Estas eram transportadas primeiro de navio, depois de avião – para os vários e diferentes países ricos do Ocidente. Plantadas em múltiplos e ubérrimos terrenos. Brotavam, cresciam, multiplicavam-se e davam mudas de montão.

Papai voltava das suas viagens ao estrangeiro como se fosse uma bananeira carregada de cachos de dólares. Um autêntico *tutti-frutti hat* de Carmen Miranda, tirado dum filme musical coreografado por Busby Berkeley.

Milionário de uma década para a outra.

Enquanto o dinheiro rolava e se multiplicava no seringal da zona norte, eu engatinhava no posto 5 de Copacabana, virava menino pela orla marítima da zona sul e chegava a ginasiano no Colégio Andrews.

Papai vivia de negócios honestos e escusos. De negócios camuflados. O recurso ao disfarce era coisa corriqueira no ramo de indústria a que se dedicava. Suas expressões de comerciante eram compostas com a ajuda da palavra *pano*. Quem não o conhecesse à frente da indústria pensaria que tinha parte, não com o demo. Com o alfaiate da esquina. Panos quentes. Pano lento. Pano rápido. Dar pano para mangas. Ter pano para mangas. Por baixo do pano. Pano de fundo.

Tradução. Encobrir-se. Deixar encobrir-se. Passar por outro. Passar por ninguém.

Caso fosse preciso adotar uma identidade, que fosse por baixo do pano.

A comercialização da mercadoria singrou os mares em navios italianos. Depois voou pelas asas da Panair e da Pan Am. A maioria dos negócios era feita por debaixo do pano do Conselho Federal do Comércio Exterior. Sob o beneplácito de alfândegas corruptas. Se não tivesse sido, o montante dos valores negociados teria concorrido em cifrões com os números relativos à exportação do café paulista. Divulgados pelo Ministério da Agricultura.

Como industrial e comerciante, o doutor Eucanaã não jogava truco, pôquer ou na roleta. As cartas de que se valia na compra de matéria-prima na Amazônia e na venda pelo mundo do produto manufaturado traziam efígies humanas, nada simbólicas. As cartas do baralho tinham rosto, nome e, principalmente, bolsos. Sabia como ninguém embaralhar ouros, copas, paus e espadas, distribuindo-os e lançado-os no pano verde do comércio exterior. Aliava inconsequência com ganância. Tornou-se, é claro, politiqueiro de mão cheia. Nos bastidores da capital federal, o produto que exportava tornou-se a alavanca-mor das fofocas ministeriais e das polêmicas nos corredores.

Caso o produto fosse definido com todas as letras, não teria entrado – como não entrou – nos papéis oficiais negociados e, posteriormente, subscritos pelos ministérios do exterior brasileiro e norte-americano. Os Acordos de Washington favoreciam a produção agrícola e têxtil brasileira e, de modo geral, a matéria-prima barata. Papai não exportava o látex da Amazônia. Valia-se do processo de tratamento da borracha conhecido como vulcanização. Seu produto de exportação era manufaturado. Até que tentou incluí-lo nos Acordos. Pôs a boca no trombone. Foi para os jornais.

A capital federal versus os vagões puxados pela locomotiva chamada estado de São Paulo. A nação brasileira fazia as vontades dos latifundiários. Desde o Brasil colônia. Cite o nome de político ou de administrador da coisa pública que não tenha o rabo preso numa fazenda de café ou de algodão, numa casa-grande nordestina ou num seringal. Cite o nome de um único e eu te darei o cetro do mundo.

Os capitães de indústria que se fodam no inferno da modernidade que o governo tanto apregoa!

Pai herói. Orgulhei-me dele. As vendas ilegais para os Estados Unidos iam de vento em popa. As malas vazias do contrabandista e os bolsos cheios do industrial assanhavam a cobiça e a volúpia das casas de câmbio estrangeiras, que se aclimatavam no Brasil. Tinham sido jogadas para escanteio pela recente nacionalização dos bancos. E estavam a ver nenhum. Malas vazias e bolsos cheios acendiam também os olhos ambiciosos dos urologistas e sanitaristas. Tornavam-se sequiosos de fatias cada vez mais leoninas no parte e reparte do bolo. Um certificado de qualidade passou a custar uma baba na bolsa de valores da ilegalidade. Papai virou joguete na baia dos inescrupulosos. Como o doutor Franco Moretzohn, lembram-se?

1942. Lá. Donana e eu ouvíamos os comentários de papai sobre a entrada dos Estados na guerra. Jantávamos. Entre uma garfada e outra, reparava. Seu rosto era de expectativa e felicidade. Dizia que estavam enviando jovens, bem alimentados, robustos e reprimidos – GIs, como os chamavam – para longes e exóticas terras. Naquele ano, o valor dos negócios fechados pela indústria paterna ultrapassou o montante alcançado pelos cafeicultores. Sem mencionar o fato de que estes tinham o grosso da exportação financiado pelo Instituto Brasileiro do Café, secundado pelos famigerados Acordos de Washington.

Não há que quebrar a cabeça para descobrir o motivo do sucesso da indústria de São Cristóvão. A razão é surpreendentemente simples. Tudo o que não é moído pela máquina do sexo, como é o caso do café brasileiro, fracassa nos Estados Unidos. Os gringos julgavam erótico o café colombiano do señor Valdez e davam preferência aos produtos profiláticos *made in Brazil*. Como deram preferência a Carmen Miranda e, nas últimas décadas, às mulheraças de Ipanema, depilação vaginal e biquínis fio-dental.

1942. Vendia muito lá, vendia pouco aqui. As vendas no mercado interno só foram crescer nos anos finais da Segunda Grande Guerra. Papai sacou o lance que ia ser dado em Natal e foi comprando pouco a pouco a bancada na Câmara do Nordeste brasileiro. Na política da boa vizinhança – de que passou a ser propagandista e cúmplice –, os militares tiravam os sanitaristas para o foxtrote do treinamento intensivo militar nas bases americanizadas do Nordeste. O par rodopiava pelo salão e controlava o item "compra de drogas e medicamentos". Previsto pela Comissão de Abastecimento do exército.

Cá no Sul maravilha, o doutor Eucanaã mexeu os pauzinhos na grelha onde Oswaldo Aranha bronzeava o seu barbecue. Para os amigos da América. Arrombou a festa. Tirou o par de militares e sanitaristas para a contradança. Concordava com eles.

Recruta brasileiro era anêmico e cheio de parasitas.

Lombrigueiro neles!

"E que meu colega na indústria de vermífugos e Tio Sam os tenham!", anuía.

Sugeria-lhes um adendo tiro e queda à receita infalível.

Piscou o olho para o Zé Carioca, recém-chegado de périplo pelas terras californianas. Zé Carioca pegou a deixa de papai, piscou de volta e chalreou:

"Pracinha que não é cagão é fodão."

A maioria dos pracinhas brasileiros é de fodões. Não podem sair do país sem o invólucro profilático, indispensável no combate que se trava na área da higiene pessoal. Sem aquele "escudo" que estava previsto pelo Artigo quarto da Comissão de Abastecimento do exército.

Papai foi o maior e o mais aquinhoado fornecedor de material profilático para os pracinhas da Força Expedicionária Brasileira, que foram combater os soldados do Eixo na Itália. Muitos deles acabaram descansando carne, ossos e ideais de liberdade no cemitério de Pistoia.

O custo da vitória por baixo do pano nas concorrências públicas? Uma ninharia. Corria na boca pequena que papai tinha financiado os carros alegóricos que a União Nacional dos Estudantes fez desfilar pela avenida Rio Branco em 1942. Incitavam o povo a lutar contra as forças do Eixo. Lembram-se do carro alegórico que trazia o retrato de Hitler? Foi o que mais sensibilizou o público e ele. No capô trazia a seguinte legenda (de autoria dele, segundo as más línguas): "O encantador de serpentes." Conheci o carro pela fotografia que papai mandou dependurar no escritório de casa. Depois de devidamente acondicionada em *passe-partout* vermelho e moldura negra.

1945. Os negócios no front internacional e nacional começaram a minguar. Ano fatídico para o bem-estar da família Souza Aguiar! Nada a ver com o fim da ditadura Vargas. Com a liberação de Paris. Com a morte de Mussolini e Hitler. Com a rendição do Japão diante das bombas atômicas jogadas naquele país. Nada a ver com a vitória dos aliados sobre as forças malignas do Eixo.

Nossa casa de Copacabana. Os produtos de alimentação supérfluos escasseavam nas prateleiras da despensa. Juquinha, o Tripé, foi dispensado. Também o jardineiro. Papai, motorista do próprio carro. Na entrada dos anos 60, a vida social da família já era dada como decadente pelos salões e corredores da cidade do Rio de Janeiro. Tudo por causa do busca-pé que sir Alexander Fleming tinha soltado nos laboratórios de pesquisa farmacêutica do Hospital Saint Mary, em Londres.

Papai era dono duma indústria que até agora não ousei (*et pour cause*) dizer o nome. Não me recriminem nem me apoquentem. Vali-me dos recursos ao disfarce que ele usa. Alonguei a camuflagem até onde foi possível. Abro o jogo.

Papai não se valia de Falópio nem de Malthus. Valia-se dos dois. Dependia da ocasião. Papai ganhava dinheiro, e muito. Por baixo do pano. Por baixo do pano de Malthus. Era dono de uma indústria que só ousei dar o nome através das alusões à gravura de Falópio. Indústria localizada no bairro de São Cristóvão, bem longe do luxuoso escritório de advocacia da avenida Rio Branco.

No escritório suburbano não havia gravuras de época. Nem molduras douradas. De gosto hiperduvidoso. Apenas um quadro, sem imagem, só com dizeres. Na estante de metal, estavam enfileirados altos e grossos livros de caixa. Encadernados em capa preta, sem indicação de conteúdo na lombada. Não havia mulheres funcionárias. As secretárias eram homens expeditos.

Papai tinha medo das fêmeas? Ou vergonha de ser denunciado por elas?

O corre-corre dos boys e o pipocar da máquina de escrever. As paredes brancas. Os aventais também brancos dos funcionários. De todos. O espaço desenhado de maneira multiforme. Seção de contabilidade. Seção de correspondência. Seção de despachos. Refeitório. Isso num edifício. Almoxarifado. Depósito. Num segundo edifício. E, finalmente, a fábrica. Um galpão de fazer inveja ao maior hangar do aeroporto Santos Dumont.

Nunca pus os pés lá. Ou será que pus?

Nos meses de inverno. A cidade acordava debaixo da bruma seca e o vento marinho arrefecia. Exalava de lá uma catinga de pneu queimado. Terror dos narizes sensíveis da cariocada encasacada e mal-humorada. Não sei como os cartunistas da época não publicaram uma charge do Cristo Redentor pinçando com os dedos as narinas. Para afastar o fedor. Até que sei. Quantas campanhas difamatórias papai não deve ter sustado na fonte! Isto é, nas redações dos jornais. Com a proverbial generosidade.

Uma das paredes brancas do escritório trazia um quadro cercado por moldura rococó pintada de vermelho. Pare, sinal de perigo.

Em letras góticas, negras, estavam escritos os dizeres do médico-deputado e amigo Oscar Pena Fontenele:

O Contaminador! Eis uma personalidade que bem merece relevo. Quase sempre agente responsável por dezenas e centenas de infecções, que espalha largamente sorriso nos lábios, alardeando cruel hipocrisia. Enorme o crime que comete, quando a vítima é a moça ou o jovem descuidados ou o cônjuge confiante. Mas que pensar desse crime, já em si indesculpável e monstruoso, quando a vítima passa a ser a desventurada meretriz, destinada, e ele o sabe, a infectar uma multidão de pessoas?

A frase vinha assinada. Ao nome do autor seguiam-se o título do livro, *Os flagelos da raça*, e a data de publicação, 1931.

Embaixo da moldura vermelha e trabalhada por florões, imperava a cabeça ao vivo do papai. Se se tirasse uma foto, pareceria um quadrinho de gibi. O personagem sentado, saindo dele, num balão, o texto do pensamento.

Papai fabricava e vendia no atacado – entre outros produtos de menor importância – preservativos masculinos, conhecidos como camisas de vênus. Quando não estava em viagem de negócios, ficava sentado horas a fio à mesa de trabalho. Tocava senhorialmente os negócios. Prosperavam a olhos vistos. Dirigia cordialmente a chusma de funcionários. Todos o julgavam o pai que não tiveram.

Donana, eu e mais a torcida do Flamengo, do Fluminense e do Vasco jurávamos de pés juntos que era advogado criminalista. Com banca montada na avenida Rio Branco. Só o soube "urologista" ou "sanitarista" de profissão – valho-me do eufemismo quando cursava os últimos anos do Colégio Andrews. A curiosidade malsã foi despertada quando o dinheiro da mesada começou a minguar. As roupas e os sapatos de marca desapareceram do armário. Em casa escasseavam os produtos de alimentação supérfluos.

Volto no tempo e tento imaginar as muitas informações, dúvidas e interrogações que me ajudaram pouco a pouco a decifrar a verdadeira profissão do papai. Sua atividade industrial. Seu ramo de negócios.

Saído da tenda de oxigênio na maternidade, soube-os – a ele e a Donana – adeptos da limpeza caseira. Fedor de creolina na privada. Cozinha e copa lavadas. Escovadas com esfregão que levantava e engrossava a espuma de sabão preto. Assoalhos encerados com cera Parquetina. Ratoeira à espreita dos meus dedinhos descuidados. Gato, cachorro, coelho, papagaio ou porquinho da Índia em casa? nem pensar. Quartos de dormir empesteados de flite. Na escola primária

– e não em casa – é que vim a conhecer zumbido de pernilongo e comichão de pulga. E o insetozinho chamado barata. Na sarjeta da avenida Atlântica é que vi correr pela primeira vez uma gigantesca ratazana. Tão descomunal! pensei que fosse coelho. Alumbramento.

No percurso de casa até a escola o cheiro do ar marinho me inflava os pulmões sanitarizados.

Enumero dúvidas que se tornavam interrogações que, por sua vez, ajudavam a formular novas perguntas.

Papai era dedicado defensor das causas sociais e políticas, a alertar para o monstro da pobreza, que trincava os dentes de fome e nos espreitava desde a miserável Índia até a populosa China?

Num mundo tomado pela carnificina da guerra mundial, onde buscar – imaginava-o, perguntando às paredes brancas e esterilizadas do escritório – os meios de subsistência para dar de comer à população crescente do planeta?

Papai era o defensor do garanhão brasileiro?

Era a favor da foda indiscriminada e feliz?

Queria encorajá-la entre ricos, remediados e plebeus? A favor do controle da natalidade?

Papai era higienista? visionário? apóstata? ou hipócrita enviado de Satã?

Sonhador, protegia o macho do acidente das doenças sexualmente transmissíveis, como a gonorreia e a sífilis?

Queria desinfetar as zonas de meretrício e os bordéis?

Papai era ministro da Educação e Saúde do governo Vargas? por que me teria escondido função pública tão nobre?

Era por idealismo que fornecia o saquinho descartável, onde o esperma prolífero se suicidava no próprio caldo e batia as canelas?

Era por nobreza que fabricava e vendia o saquinho de borracha vulcanizada que evitava o indesejado bastardo e as temíveis doenças?

Era juiz de futebol a acompanhar passo a passo o centroavante arrojado, que ultrapassava o meio de campo e descia em disparada, controlando sozinho a bola? era o juiz a marcar pênalti quando o jogador perdia de repente o domínio da pelota e cometia *foul* na área?

Era o todo-poderoso patrono das prostitutas de plantão? Para ele seriam elas o pulmão da sanidade adolescente?

Era o protetor dos machos ingênuos? dos adolescentes inexperientes?

Quer gozar, goze! Não deixe rastro de porra na xoxota ou no cu dela nem vírus de doença na sua própria trolha.

Atirava as atividades paternas contra a parede da verdade. As doces ilusões da juventude caíam por terra. As perguntas desencontradas do ginasiano tinham respostas desengonçadas, que faziam sentido. Papai, o falso, um verdadeiro escroque do dinheiro público. Especializara-se nos jogos de influência. Com dados viciados, ganhava fortunas no forro de veludo verde das concorrências abertas pelo governo federal.

Em que pedestal repousa a estátua de papai que fui esculpindo com o cinzel da inquisição? De que material era feita: de bronze? de mármore de Carrara? de barro? de papier mâché?

Não parei para lavar as mãos. Como Pôncio Pilatos. Não sou cético da justiça pelas próprias mãos. Queria desenhar a qualquer preço o retrato autêntico do profissional da camisinha de vênus. E não simplesmente endossar a vida de faz de conta. Imposto no diário da vida a três.

Também compreendia outras verdades, que agiam a meu favor. Para nos proporcionar o bom e o melhor da vida burguesa carioca, papai juntava Malthus a Falópio. Ganhava dinheiro. Muito dinheiro.

Qual era o papel de Donana? Mártir?

Bruxa?

Coadjuvante?

Cega?

Favorecida?

Nunca tocamos no assunto. Ainda a visito no apartamento do Humaitá. Não tenho coragem de lhe perguntar o que quer que seja.

Se descobrisse que o outro andaime que me sustentava nas alturas da burguesia carioca fosse perdendo firmeza, equilíbrio e estabilidade, e se me desse conta de que, de repente, estaria ruindo sobre mim, atirando-me na sarjeta da rua das ilusões perdidas – já pensaram o que seria deste escrito?

Na verdade. Papai era um aficionado da Marinha brasileira. Partidário da crença no lema do almirante Barroso: "O Brasil espera que cada um cumpra o seu dever." Convicto das excelências lógicas do *toma lá dá cá*. Também patriota, tipo *em se plantando tudo dá*. Preceito que usava para justificar a fortuna amealhada no seringal da zona norte e o número de bastardos que deixou esparramados pelo Rio de Janeiro. Um contraditório, como todo patriota. Para que fabricar camisinha e pregar o seu uso indiscriminado, se o próprio sêmen espirrava, livre de amarras, no interior das xoxotas amigas, fecundando os óvulos?

Não era um *thinker*, era um *doer* – como os gringos lá do norte classificam os semelhantes a ele que transitavam vitoriosos pela estrada do pragmatismo financeiro.

Em comparação. Papai, um obscuro mentiroso. Amante anônimo do lucro. Por duas décadas teve renome regional, nacional e internacional. Semelhante a tantos milionários novos-ricos da era industrial, cuja fortuna se perpetuou nos descendentes e por eles foi ampliada. Semelhante e diferente. A diferença começava por eu não ser verdadeiro descendente dele.

Éramos falsos. Ele, na paternidade. Eu, na descendência.

Se. Que quarteto de ouro! Ao lado dos Rothschild, que se enriqueceram com a usura. Dos Kennedy, que se locupletaram com a venda de bebida alcoólica durante a Lei Seca. Dos Rockefeller, para quem o petróleo do terceiro mundo florescia em jatos e vômitos de ouro negro. Papai não faria feio. Juntava a fome com a vontade de comer e lambia os beiços. Como Malthus.

Papai se acreditava o Falópio da modernidade.

Para chegar até ele, a invenção de Gabriel Falópio teve de percorrer muitos caminhos, atalhos, bulevares metropolitanos, ruas calçadas e avenidas asfaltadas. Da carroça à carruagem. Desta ao trem de ferro e ao navio. Destes ao automóvel e ao avião. Da arte de trançar o invólucro peniano com as próprias mãos à técnica da sua fabricação em massa.

"Não é por coincidência que plantei minha indústria ao lado da Quinta da Boa Vista", pensava frente aos dois retratos, enquanto Teresa regava de saliva a rosa púrpura do Cairo. O corpo republicano de novo-rico era assaltado por veleidades monarquistas. Chegou a encomendar o próprio retrato ao já consagrado Cândido Portinari, recém-chegado de mais uma temporada como artista em Paris. Já imaginam o conteúdo do terceiro quadro na galeria do escritório. Serviria para subverter a tradição pátria. Serviria para introduzir seu nome na história das ideias no Ocidente e a nação no ciclo econômico das exportações.

"Já estamos exportando produtos manufaturados", disse ao artista, quando lhe pediu que simbolizasse, como pano de fundo da sua imagem de capitão da indústria, a passagem do artesanato campesino para a industrialização citadina. O estágio atual da evolução econômica da nação se confundia com ele. Assim como, nos livros de história pátria, a propriedade latifundiária do senhor de engenho se confundira com o patriarca.

"Quero nuvens negras ao fundo da tela. Alastram-se por cima da paisagem, onde se destacam a fazenda e os campos de terra roxa, plantados de café. Quero o primeiro plano iluminado por cometas incandescentes, metáfora para a camisinha de vênus."

Desilusão. Portinari aprovava as diretivas para o pano de fundo. Rejeitava a linguagem metafórica para o primeiro plano. Os cometas incandescentes lhe pareceram de gosto duvidoso. Preferia chaminés de fábrica. A fumegar.

"Prometo que serei o mais realista possível", confiou ao papai. Pedia-lhe carta branca para imaginar e pintar o retrato.

Papai não a concedeu. Não podia aceitar que o rastro dos cometas que desciam dos céus para destruir a mãe terra fosse substituído pelos falos empolgados, que se erigiam como mastros a emporcalhar os céus com fuligem. Sua imagem e seus feitos se interpunham contra o ataque genocida dos cometas. Não queria que seu rosto virasse uma bandeira hasteada no mastro duma chaminé.

Desentenderam-se no terceiro encontro. Iriam falar de dinheiro, que, aliás, não era problema.

A invenção do processo de fabricação com borracha vulcanizada se deu em tempos próximos de Malthus. Na década de 1840. Afirmação da indústria. Preços baixos. Produtos de fácil disseminação junto a todas as classes sociais. Acessíveis a todos os bolsos. Operários, burgueses e aristocratas.

Minto. Os aristocratas eram caso à parte. Continuaram fiéis ao ceco dos carneiros. Tinham verdadeiro pavor do produto fabricado com borracha vulcanizada. Ceco de fabricação limitada. Limitadíssima. De uso exclusivo.

Cada balido, um carneiro morto. Cada carneiro morto, um ceco. Cada ceco, uma foda. Cada aristocrata, um carneiro. Quantas manadas de carneiros não foram imoladas em louvor do sexo seguro dos nobres de sangue e de gosto?!

Em 1921 morria o último aristocrata legítimo. Naquele ano desaparecia do mercado a camisinha autêntica. A animal. Tão animalesca quanto o coito humano, que protegia.

Requiescat in pace!

O processo primitivo de fabricação com borracha vulcanizada era... primitivo. Requeria moldes de madeira. Um estoque de caralhos com pesos e medidas variados, que serviam para a fabricação de camisinhas em variados comprimentos e larguras.

Papai não é a reencarnação moderna, é apenas descendente tardio de Falópio. Um elo auriverde na cadeia da moderna invenção das camisas de vênus – a fabricação com borracha vulcanizada. O Brasil tinha a cobiçada matéria-prima. A borracha. Mais cobiçada ainda pelos países ocidentais durante a guerra. Os japoneses invadiam e tomavam conta dos países asiáticos. Ladrões das nossas mudas de seringueira. Bastava à indústria nacional importar as máquinas necessárias da Europa. O negócio das camisinhas floresceria.

Por cima do pano, papai fabricava ainda vários tipos de seringa ginecológica, conta-gotas para remédios e outras e variadíssimas seringas para consultórios médico e dentário. A indústria paterna dominava soberana. A maior entre as poucas. Em poucos anos, a única.

O doutor Eucanaã tinha muitos parceiros nos negócios e um oponente feroz. José de Albuquerque. Médico e autoproclamado sexólogo. Fundador do Círculo Brasileiro de Educação Sexual. Ministrava cursos extraescolares nos bairros populares. Exibia filmes educativos ao ar livre na Cinelândia. Debatia-os com os espectadores mais curiosos e atrevidos. Causava escândalo. Arrancava aplausos. Vaias, assovios e uivos. Valia-se também do rádio como meio de comunicação com as massas analfabetas. Lourival Fontes lhe facultou os microfones da PRE 8, Rádio Nacional do Rio de Janeiro.

"O doutor Bisnaga" – assim papai o chamava em São Cristóvão, na Rio Branco e em Copacabana.

Imperdoável deformidade profissional. O doutor José de Albuquerque era contra o uso da camisinha de vênus. Devotava verdadeiro ódio contra a invenção de Falópio. Era contra a sua disseminação entre os machos brasileiros, independentemente de credo e raça. Contra a abertura de concorrências públicas para sua compra em grandes quantidades pelo Exército. Contra a publicidade em revistas de humor.

"Além de não oferecer total segurança" – dizia o doutor Bisnaga em recinto fechado, ao ar livre das circunstâncias evangelizadoras ou pelas ondas hertzianas –, "a camisa de vênus impede a plena realização do prazer sexual". Substituía o prazer por uma "sensação vaga e imprecisa, deixando o órgão genital masculino insatisfeito e irritadiço".

Não trapaceio. Ao contrário do papai, não sou chegado a caricaturas. Transcrevo as palavras do inimigo do papai como se fosse frade beneditino em convento medieval.

"A força de vontade contra o instinto. A favor da fidelidade conjugal" – eis o duplo lema de que se valia nas campanhas populares.

Numa frase. O doutor Bisnaga era a favor da assepsia pós-coito. Ele tirava a imagem de Falópio dos gráficos de venda ascendente da indústria paterna. Sentava Malthus no trono ocupado pelo papai. Suas palavras circulavam pelos corredores das faculdades de medicina. Serviam de ave-maria e padre-nosso na evangelização do novo sanitarista brasileiro.

Papai gostava de juntar em casa os inimigos do seu algoz. Seus cúmplices. Para falar mal das últimas parlapatices dele. Transmitidas para todo o Brasil pela PRE 8. Para defender direta e indiretamente o próprio negócio lucrativo. Só quê.

O inimigo Bisnaga manipulava tão bem as palavras e a retórica quanto papai, o tráfico de influências. Tinha adquirido o gosto por elas no convívio com os colegas higienistas do Instituto Pasteur, em Paris. Além de médico sanitarista, além de cuidar do bem-estar e da saúde dos pobres, além de ser a favor da família brasileira unida e feliz, lutava a favor de causas nobres. Um verdadeiro visionário e não um idealista de araque, como o papai.

Não se contentava em edificar as massas pobres, analfabetas e desprotegidas da nação. Bateu também à porta dos políticos e dos administradores da coisa pública. Buscou ter ascendência intelectual e moral sobre eles. Peso na hora da redação das novas leis.

Pregava a substituição da camisinha de vênus por caixinhas profiláticas. Portáteis. Podiam ser carregadas discretamente no bolso do paletó.

O conteúdo da caixinha. Uma pequena bisnaga com pomada mercurial, papel higiênico, sabão e algodão. Modo de usar. Assepsia e aplicação. Imediatas.

Poderiam ser apanhadas pelo usuário em mictórios de restaurantes, bares e leiterias.

O macho solteiro ou casado trepava na rua, na zona ou no randevu. Não precisava transpor a porta do lar para a indispensável profilaxia. Às escondidas dos familiares, fazia a limpeza na toalete do restaurante, do bar ou da leiteria da esquina. Entrava literalmente limpo em casa.

A solução profilática proposta trazia o fim do flagelo das doenças venéreas. Conscientizar o indivíduo da necessidade da higiene pós-coito era torná-lo imune às doenças sexualmente transmissíveis.

Ia mais longe na sua proposta político-social. Caixinhas distribuídas gratuitamente pelo Estado. À disposição do cliente nos banheiros públicos da cidade, de qualquer cidade brasileira.

Papai conseguiu barrar o item "profilaxia individual", que devia figurar entre as conclusões finais da primeira conferência nacional de defesa contra a sífilis. Realizada em 1940 no Rio de Janeiro. Muito uísque bebido, muito champanha derramado em banquetes, muita lábia, muitos presentes de pequenas joias às esposas e filhas, muitas doações a instituições de caridade. Teve o apoio da classe unida dos donos de farmácia e farmacêuticos, insatisfeitos com a proposta populista e demagógica do homem da bisnaga. O inimigo propunha atingir o consumidor sem passar pelo comércio.

"Coisa de comunista", os donos de farmácia mandaram espalhar pelos corredores dos hotéis, onde estavam hospedados os congressistas, sob o olhar preservativo dos espias do Departamento de Imprensa e Propaganda.

Uma porta se fecha, outra se abre. Discussão acalorada em plenário. Capítulo das prioridades. Pela primeira vez papai abria as portas, as janelas e o estoque da sua indústria para as forças armadas brasileiras. Graças ao doutor Bisnaga. Através de firmas conceituadas da praça do Rio de Janeiro. Supririam os quartéis do Brasil com camisas de vênus da melhor qualidade. Papai conseguiu tanto o apoio da classe médica quanto da classe farmacêutica. E do chefe do Corpo de Saúde do Exército, general Souza Ferreira.

Clientela. Os recos, os cabos e os sargentos do Brasil. Famosos por suas proezas sexuais com domésticas, garçonetes, comerciárias, secretárias e toda e qualquer mulher de plantão à porta de residência burguesa. A estratégia promocional propunha que se começasse a campanha educativa pelos jovens.

Um ano depois. A camisinha acendia o cigarro da cobra. A cobra tinha ido fumar e trepar nos campos de batalha da Europa.

Jantares em casa, pra que vos quero?!

Esqueço o doutor Bisnaga, assim como a história o esqueceu.

Volto ao Falópio da gravura. Era homem da Renascença italiana. Um anatomista. Tinha posto diante dos europeus educados escudos de linho para a proteção do caralho e os descrevera de maneira realista e minuciosa em *De morbo gallico*. Capítulo 89. Sua invenção, um despropósito engenhoso e estrambótico. Desapareceu com o correr dos séculos.

No século 17 os envoltórios penianos já eram fabricados de membranas de peixe.

Um açougueiro anônimo aperfeiçoou a técnica do fabrico de profiláticos. Usava as vísceras de animais domésticos e sadios. Logo surgiram envoltórios feitos do intestino de carneiro. Extraía-se o ceco. Limpava-o, esterilizava-o. O artesanato dos embutidos estava a serviço do falo embutidor.

Linguiça por linguiça. Tudo é membrana, tudo é carne. Tudo é comida, segundo o anátema da Santa Madre Igreja.

Casanova foi quem primeiro preconizou *urbi et orbe* o uso de preservativo animal. Nas suas memórias. Foi logo seguido pelo marquês de Sade nos livros escritos na masmorra parisiense. A moda pegou entre os libertinos franceses, seguidores do divino marquês. Casanova e Sade. Os maiores fodões da história moderna. Os maiores cagões. Como todos nós. Não eram tolos.

Papai trazia por escrito no bolso citações de Casanova e Sade. Recitava-as aos amigos sanitaristas. No Brasil e no estrangeiro.

Garantia. Casanova tinha sido o primeiro a encher de ar os envoltórios feitos do ceco. Para testá-los. Excitava a si e à fêmea que ia possuir. Brincava de aviãozinho com o caralho voador.

Eu e alguns coleguinhas também os enchíamos no banheiro do colégio. Com uma mistura de água e álcool. Durante as aulas de *A música dos peidos*. Enchíamos as camisinhas para fazê-las explodir. Como balões em festa de aniversário. Assoviávamos, soltávamos vivas, batíamos palmas, xingávamos, pedíamos bis. Fazíamos tal alvoroço, que o inspetor de alunos vinha ver o que estávamos aprontando.

Durante os sonoros exercícios anais éramos bem comportados.

Zé Macaco nem estava aí para a brincadeira. Ficava no seu canto. Concentrado. Exercitando-se. Um perfeccionista.

Betinho me cobrava mais uma camisinha de presente. Todos os dias. Imaginei que fazia coleção. Ou que se exibia sabido e safado junto aos garotos mais novos da sua vizinhança. Errado.

Betinho gostava de se masturbar, vestindo a manjubinha adolescente com a camisinha. Indispensável. Estavam viciados. Ele e ela. Sem a camisinha o masturbador caía na letargia. E a manjubinha ficava mole mole. Molenga.

Virava para o pau encamisado e dizia:

"Nada tenho a te oferecer a não ser o castigo da mão fechada."

E tomava galeio.

Betinho não batia punheta. Garantia. Não estava batendo bronha quando usava camisinha. Entenda-se a sua teoria. Vendo-a pelo preço que me foi vendida. Tinha enfiado o pau nalguma coisa. Podia ter sido boceta de mulher, cu de galinha ou buraco de bananeira. Era numa camisinha. Tinha enfiado. Não importava. Punheteiro é que não era.

"Se não repare", me aliciava. "A porra vai ficar lá dentro. Depositada. Guardadinha. Não vai espirrar para os azulejos brancos do banheiro. E escorrer. Como acontece no caso da gozada sem camisinha."

"A camisinha é a foda", continuava a me aliciar para o partido dos meninos fodões, adversários políticos dos partidários do Zé Macaco, os meninos peidorreiros. "Menos do que a foda imaginada, a que é vivida como tal." Entrava em altas poesias e experiências sublimes: "A falta de contato da pele com a própria pele – a interposição entre elas da borracha vulcanizada – leva-me ao delírio."

Adivinhava a cena e me candidatava a voyeur de plantão. A argolinha acariciando a penugem no movimento de vaivém. Betinho estava certo. Era outra pessoa que o arrastava para o gozo e o prazer.

Betinho tinha o apelido que não merecia: punheteiro, dado pelos peidorreiros.

Sem o papai, Betinho não teria sido o nosso Betinho.

Já conhecem a razão para o destaque concedido, no escritório de advocacia paterno, à misteriosa gravura de Gabriel Falópio. Patrono dos venusianos. Já sabem a razão para as misteriosas viagens do papai pelo estrangeiro. Os baús cheios e pesados, que na viagem de volta tinham o conteúdo desaparecido num passe de mágica. As malas aerodinâmicas, que se extraviavam pelo meio do caminho. Vazias as malas. Carregados de dinheiro os bolsos. Papai só vendia *cash*. Modo de driblar as leis draconianas instituídas pelo Ministério da Fazenda. Devidamente reformuladas pelo nacionalismo de fachada do Estado Novo.

A liderança da indústria paterna no plano internacional nunca foi registrada nos anais. Disfarçada no Brasil pelo anonimato do industrial. Anônima lá fora pelo silêncio em relação à procedência do produto. Exigiam que a caixinha de papelão, que guardava e protegia a camisinha, viesse sem dizeres. Extraviava-se a marca registrada. Valia o produto. De ótima qualidade. Sem indicação de procedência. Eis o destino de capitão da indústria brasileiro. Eis o destino do produto nosso.

Lá fora a caixinha não trazia estampada o *made in Brazil*.

Para nós, brasileiros, camisas de vênus marca Cacique. E a carantona do chefe indígena eliminava imitações. Papai nunca me disse se inspirada por poema de Gonçalves Dias ou romance de José de Alencar. Cacique, as originais.

Em terra de gringo. Desaparecia a imagem do índio. O nome Cacique era substituído por outro, com apelo ao mundo helênico, *Trojans*. Tudo a ver com o cavalo de Troia. Atacava-se de surpresa na calada da noite. Nenhum dos combatentes saía ferido. Paz na terra aos homens encamisados.

"Quem não anuncia, se esconde. Quem se esconde, não vende" – papai conhecia os princípios do bom comércio. Sabia eleger os meios de comunicação certos para veicular a propaganda. Nos reclames em revistas de humor apimentado, liam-se, ao lado de mulheres desnudas, palavras que se tornaram conhecidas dos cariocas e repetidas:

"Couraça a favor do prazer, sim. Teia de aranha contra o perigo, não."

Seguiam-se os dizeres:

"Peça livreto educativo grátis e amostras à Cacique Indústrias Sanitárias Ltda."

Isto é, ao papai.

Nos Estados Unidos o primeiro contato das indústrias Cacique foi com a firma Merrill Youngs. Fantásticos ludibriadores das intolerantes leis estaduais norte-americanas. Interditavam o livre-comércio de produtos considerados atentatórios ao pudor público. Os legisladores gringos diziam ser profundos conhecedores do espírito sadio do povo norte-americano. Das regras do mercado competitivo.

Mentira. As leis queriam cidadãos santos, pela força delas. Merrill Youngs os sabia santinhos do pau oco. Pela força subversiva do instinto animal.

Quem quer procura. Quem procura sabe onde encontrar. Acha.

Merrill Youngs trabalhava em duas frentes comerciais. Vendia o produto *made in Brazil* direta e exclusivamente às farmácias. Passava por cima da fiscalização das *drugstores* e dos supermercados de alimentação. Punha preços altos na mercadoria proibida. Preços proibitivos, maiores lucros para os farmacêuticos. E para eles. E para o papai. Todas as farmácias queriam ter o produto. Nada da parca e regulamentada porcentagem ganha na venda dos remédios.

Alguns jornais de Nova York levantaram calúnias contra a indústria paterna. Logo desmentidas pelo Departamento de Estado. As folhas diziam que por detrás da política da boa vizinhança estava a guerra, de acordo, e também as camisinhas de vênus. Até lama jogaram na figura de Carmen Miranda. Incendiária. Incendiária, sim, das trolhas dos GIs. Um instrumento nas mãos dos aventureiros que moram ao sul das fronteiras com o México.

Papai deu-lhes aula de contrapropaganda:

"*Trojans* não é assunto para brincadeiras. É fabricada para pais de família responsáveis."

E ricos, acrescento.

Fui filho de milionário. Passei à classe média.

E à baixa classe média.

Da camisinha à penicilina. Desta à estreptomicina. Os reveses da vida.

Os reveses dos reveses – como poderia tê-los adivinhado naquela época?

A valsa do adeus!

O lucro com a venda das Cacique movimentava e atiçava as demonstrações explícitas de luxo em casa. O dinheiro grosso começou a escassear. O general Eurico Gaspar Dutra, amigo de papai dos tempos da FEB, subia as escadarias do palácio do Catete.

O doutor Eucanaã fora convocado durante as eleições. Fizera substantivas doações de fundos para a campanha presidencial do "cara de bunda". Como era apelidado pelos udenistas. E também pelo papai.

Às escondidas, no Clube da Lanterna, papai engrossava as fileiras dos partidários do brigadeiro Eduardo Gomes. "De um ovo só", como era apelidado pelos petebistas. Papai não negava fogo. Dizia que o outro candidato a presidente era a cópia conforme do novo modelo de carro da Studebaker. Capô igual ao porta-bagagem.

Havia um terceiro candidato. O doutor Eucanaã passou por cima dele como o cavalo de Átila. Má comparação. O animal não tinha duas nem três cabeças. Passou por cima como um trator. O trator tem várias rodas.

Nada impedia que papai continuasse a manter relações comerciais, profissionais e políticas com o ex-comandante das Forças Expedicionárias Brasileiras. Até que veio o primeiro golpe fatal. Do estrangeiro, como sempre.

O ministro da Saúde, Roberval Cordeiro de Farias, foi o porta-voz da indústria farmacêutica gringa. E dos novos tempos.

Ao final da Segunda Grande Guerra, anunciara a comercialização da penicilina na sociedade civil e militar. Falava agora como ministro. Recomendava aos urologistas brasileiros. Combatam as doenças venéreas com doses maciças de penicilina. Em associação com sais de arsênico. Desapareciam no ar os fantasmas da castração por doença sexualmente transmissível. Adeus, Falópio! Munidos de alfinetes, os sais combinados explodiam os balõezinhos de borracha vulcanizada. Pichiiiiit! Não tinham mais serventia.

Papai ficou tiririca com o liberou geral do ministro. Um escândalo. Sem precedentes num país de índole católica. Quase teve um piti. Quando se levantou, trazia a cabeça baixa.

Na nossa família a desgraça tem alvo certo. Ataca o pescoço. Ainda tenho de falar disso com o doutor Feitosa. Sempre me esqueço. Eu, com meu torcicolo tardio. Ele, de cabeça baixa.

"Consequência", me disse quando chamei sua atenção para o hábito ridículo, "da traição dos cúmplices".

Explico-me aos desconhecidos. Papai pegou o tique de ficar andando de cabeça baixa no escritório, para baixo e para cima. Não podia perdoar os mais chegados. Tinham abarrotado os bolsos em poucos anos. Com a queda do ditador e sua camarilha, com a palavra *democracia* escrita em todos os muros, esvaziavam os seus. Rapidamente. Sabia das novas da corte pelas folhas da manhã. Ele, o mais bem informado dos cortesãos. Não corria pelo Rio de Janeiro que os seus banquetes de sexta-feira eram reuniões secretas do DIP?

O professor Eduardo Acioli Rabelo hipotecou apoio incondicional às palavras do ministro. Sentava-se na sua cátedra na Escola de Medicina da Universidade do Brasil. Foi do alto dela que clamou pela união de forças em torno da modernização da indústria farmacêutica brasileira. Estavam criadas as condições necessárias para a implantação dum cartel farmacêutico estrangeiro. Sob os olhos do papai. Todos viam. Só ele não enxergava. Preocupado com as vendas no estrangeiro. Acompanhava a vitória dos Aliados, o retorno dos GIs ao *american way of life* e dos pracinhas brasileiros à vida dura de todos os dias. Todos purgando a vergonha pelo que tinham feito e querendo constituir logo famílias. Numerosas e estáveis. Nada de controle de natalidade.

Baby boom, chica bum, bum bum!

De volta a São Cristóvão. Papai se preocupava mais com a falta de convites para viajar ao estrangeiro do que com a formação do novo império industrial farmacêutico, com a união das firmas estrangeiras no país.

"A penicilina substituirá o uso de bismuto. E vai agir de maneira muito mais eficiente no organismo humano infectado", ensinava o profeta da Escola de Medicina. Em nova entrevista aos jornais dos Diários Associados. Uma coisa agradava o doutor Eucanaã. Em troca. O eclipse na imprensa do doutor Bisnaga.

Em troca da troca. Adeus medo de sífilis, cancro mole, cancro duro, blenorragia, gonorreia de gancho! Adeus fantasmas da loucura, da impotência sexual e da descendência mutilada física e intelectualmente!

Os machos unidos do Brasil passaram a recusar a camisinha.

Queremos o sexo natural. Sem medo. Língua contra língua. Pele contra pele. E também trolhinha no cu – que me perdoem as xoxotas, bunda é essencial. As mulheres concordavam. Mais íntimo. Mucosa passando fluidos a outra mucosa. Absorvendo-os também. Mais sensual. Volúpia. Eros Volúsia. A do show para o presidente Roosevelt na Casa Branca, reaparecia, com os requebros de Maria Antonieta Pons. Carmen Miranda, pobrezinha! tinha virado produto de exportação. Decadente. Luz del Fuego e sua ilha de nudismo, onde as cobras se enroscavam pelos corpos nus. As dançarinas vestidas de rede de pescador. Os mais experientes e ousados falavam de magnetismo animal. Os mais sofisticados de *frisson* diferente que incendeia a vida da gente.

Os machos unidos do Brasil jamais serão vencidos. Contra a camisinha!

"Coisa do passado!"

Potezinhos de creme Ponds. À venda nas Lojas Americanas.

Lubrificante insubstituível para as cabecinhas, cabeças e cabeçorras. Desprotegidas de qualquer vestimenta. Ao natural. Como vieram ao mundo e dele iriam para todo o sempre.

Qualquer acidente de percurso tinha cura. Dá-lhe, penicilina.

Papai não era médico. Não era advogado. Não teve para onde escapar frente à bomba atômica que abria espaço nos jornais, revistas e rádios, alardeando os novos produtos farmacêuticos que vinham do estrangeiro.

O baque financeiro foi sentido na redução drástica no número dos frequentadores da nossa casa. Adeus, jantares! Desapareceram os urologistas, os sanitaristas, os políticos, os administradores e os militares. Desapareceram os tios, as tias, os primos e as priminhas. Dorothy, já mocinha, continuava a me exibir os antigos braços rosados e roliços. Nada de nhoc! Tinham virado câmaras de ar. Que asco!

Agarrei-me aos ensinamentos do Zé Macaco. Definia a minha vida pelo amor aos pendores artísticos que admirava nele. Zé Macaco era meu ídolo. Encarnava meu adeus à família e à alta sociedade carioca. Meu desprezo pelos nobres ideais da educação burguesa a que tinha direito como aluno do Andrews.

Adeus eram cinco letras que riam no banheiro dos alunos.

A verdadeira sala de aula. A matéria preferida, a música. O instrumento de trabalho, o cu. O som, o peido.

Ou todos os gestos de adeus e toda a adoração pelo Zé Macaco não seriam mais do que traços passageiros de rebeldia juvenil?

Dependurei na parede do meu quarto um enorme retrato de Sir Alexander Fleming, que recortei na revista *Vamos ler*. Carantonha de escocês em cima de pescoço guarnecido de colarinho duro e gravata-borboleta. Terno escuro protegido por avental branco. Um cientista. Não era um industrial. Não era um comerciante. Não era um escroque das finanças públicas. Não era nem mesmo filósofo. Um homem da ciência.

A empregada me dedurou à Donana, que me dedurou ao doutor Eucanaã, que não gostou da brincadeira.

"De péssimo gosto", segundo ele.

Mandou a empregada arrancar o retrato do cientista. Mandou que o queimasse no quintal. Que jogasse baldes de água nas cinzas, para que não servissem de adubo para as árvores frutíferas. Referia-se aos pés de jabuticaba e de manga que tínhamos nos fundos de casa.

Fleming, meu primeiro herói de carne e osso. Meu idolatrado mártir.

Falópio e Malthus, heróis do papai. Continuavam dependurados na parede do escritório. Inutilmente. Minha vingança.

Os super-heróis do gibi morriam asfixiados na gaveta da memória infantil. Não os invejava mais. Nem a máscara de Batman nem a fantasia de Super-homem. Nem as chamas incendiárias do Tocha Humana nem o capacete de aço do Homem e da Mulher Bala. Nem a cartola do Mandrake nem os collants brilhantes e exibidos do Capitão Marvel. Nem o escudo do Capitão América nem o capuz do Fantasma.

O super-herói verdadeiro. Um homem. Com cara de homem. Vestido de homem. Pensando como homem. Fazia ciência. Salvava a humanidade. Sir Alexander Fleming.

Não tinha ainda conhecido Mário, o mentor.

Falópio, o desgraçado! Seu nome permaneceria ligado às trompas.

A tão popular camisinha caiu em desuso. Abandonou os balcões das farmácias. Deixou de ser item nas concorrências públicas. As forças armadas se lixavam com a higiene pessoal dos recos, cabos e sargentos. Adeus, políticas de profilaxia! Adeus, invólucros penianos! Adeus, caixinhas profiláticas! Adeus, doutores Bisnagas! Camisinha? só na zona boêmia das grandes cidades. A fatalidade da prostituição miserável. De lá vinham os minguados caraminguás que sustentavam o antigo complexo industrial de São Cristóvão. Reduzido a um único prédio. O hangar. Com o supersônico espaço redefinido em termos de vários cubículos.

A monarquia do papai apagava as luzes.

Os urologistas se safaram pela porta dos fundos. Viraram dermatologistas. Os sanitaristas mudaram de campo. Catalogavam as putas. Regulamentavam o meretrício. Levantavam cadastros municipais. Distribuíam cadernetas de trabalho. Comandavam as massas. Propunham avanços na legislação. Pregavam os princípios da medicina preventiva. Inculcavam a ideia de exame periódico nos hospitais. Os caciques ficaram na rabeira.

O Brasil se modernizava.

E nós nos modernizávamos sem ele.

O doutor Eucanaã entrava numa crise mística. Ali se instalou. Dali só saiu para os quatro palmos abaixo da terra.

"As putas estão sendo entronizadas como cidadãs", gritava na roda dos velhos amigos.

"Sujeitinho inconveniente", contra-atacavam.

Nos lares burgueses minguava a compra da camisinha como contraceptivo. Poucos pais de família se serviam dela. Trocavam o costume antiquado pelo calendário de menstruação. Abstinência durante o período fértil da mulher. A Igreja católica dava o troco ao papai. Aceitava e recomendava a nova prática burguesa. Consciência dos indivíduos. Controle de natalidade. Só esse processo era aceito no palácio de São Clemente.

Pelas vias indiretas do acaso, Malthus dava o troco a Falópio.

A ovulação dava o troco à libido.

Os ginecologistas seguiam novos ideais. Falavam de esterilização. Ligar as trompas. Aborto nem falar. País católico. Poucos recomendavam a abstinência.

Todos eram terminantemente contra o *coitus reservatus*. Até as mulheres repudiavam os ginecologistas desde a primeira investida. País de machistas: "Tirar o mandiocão do buraco na hora h, nunca!"

Eram postas em prática as rápidas pinceladas de psicologia e de psicanálise, que os estudantes de medicina passaram a receber na escola. Acreditavam no prazer e o pregavam. Indiscriminadamente. Incentivavam também os femeeiros mais audaciosos a não abandonar a arte da fornicação de desconhecidas. Contraponto pecuniário: a alta rotatividade das consultas aos médicos.

Eta classe unida! Jamais será vencida.

Papai tinha pavor dum cirurgião plástico de renome na cidade. O doutor Pitanga. Seu pai, médico envergonhado da praça Onze, ficara bilionário depois da invenção da penicilina. Pudera custear vida de playboy para o filho e a melhor faculdade nos Estados Unidos. A de Johns Hopkins. Na boca do doutor Eucanaã, todo substantivo que se referia ao pai do doutor Pitanga vinha acompanhado do adjetivo *devasso*. Justificava-se com palavras e expressões tomadas de empréstimo a Donana.

Já o rapagão era minha inveja. Passava as férias de verão de lá no inverno de cá. Estava sendo o que não podia ser – o encanto das moçoilas com a sua caríssima baratinha V-8. De capota arriada. E o que nunca cheguei a ser – garanhão de consultório médico. Punha pelo ladrão as mulheres lindas, sensuais e milionárias. Daqui, de lá e de acolá. Princesas milionárias caíam do galho nas suas mãos mágicas. Madurinhas.

Papai vestiu a máscara de moralista. Donana a vinha modelando desde o casamento. Caía como luva no seu rosto. O moralismo se abrigava sob a bandeira da camisinha. Contra o reino da permissividade. Instituído pela descoberta científica do doutor Fleming.

Bens de família penhorados. Saúde física do patriarca definhando. Saúde mental perdia terreno. Cedia terreno aos delírios. Procurava aliados entre os antigos amigos. Driblavam-no. Várias vezes foi rejeitado na roda de amigos. Julgavam-no insano. Chamado de paranoico. Pior: um chato de galocha. Tentava falar com eles pelo telefone. Nunca ninguém podia atendê-lo.

"Atendendo a cliente", informava a secretária. Telefonasse mais tarde.

Papai escutava a esposa, que lhe dizia e repetia:

"Duas coisas te pedi desde que nos casamos – não as recuses a mim antes de eu morrer. Afasta de mim falsidade e mentira. Não me dês pobreza nem riqueza. Sustenta-me com meu pedaço de pão."

Passávamos pelo regime cotidiano da abominável canja de galinha. Nada da carne branca do peito ou da carne escura da coxa.

Quando nacos de carne branca ou escura apareciam, vinham envoltos em pele. Os pés e as asas da galinha engrossavam o caldo.

Papai fazia de conta. Quem disse que não tenho amigos? Uma curriola de que só ele fazia parte. Aos que encontrava pelo acaso das circunstâncias dizia que a penicilina tinha assolado uma área imensa do campo médico. Tinha esvaziado os bolsos de vários outros velhos companheiros. Incorporava novos argumentos aos velhos e gastos.

Tinha reparado? Com a penicilina veio a bancarrota sucessiva dos vários sanatórios para tuberculosos. Os urologistas deviam se irmanar aos tisiólogos no combate à destrutiva droga inventada por sir Alexander Fleming. Os sanatórios para tísicos viravam asilos para loucos e para velhos. Velhice e loucura, as duas únicas doenças crônicas que mereciam o reconhecimento da velha classe médica.

Todos enxergavam papai como velho e louco. Ele não se enxergava velho e louco. Pelos cantos. De cabeça baixa. Recitava, o estribilho do poema elegíaco da raça brasílica:

Adeus sífilis, gonorreia, cancro!
Adeus camisinha de vênus!
Nosso suor, nossas lágrimas, nossa Vida.

De repente deu-se ares. De advogado, que nunca tinha sido. Dizia-se amador da causa jurídica. Agia como insano. Como messias. A sala de júri, o mundo. O corpo de jurados, os cidadãos cariocas. Falava como advogado de acusação nas suas conversas com os amigos da sociedade e da política. Tinha no banco dos réus um único e multifacetado criminoso. O ministro da Saúde. Nas mãos do criminoso, desenhava uma seringa com penicilina. Seus velhos amigos sanitaristas e urologistas, velhos companheiros de intemperança alcoólica e alimentar, eram os réus. Todos de bunda virada para a seringa com penicilina.

Fleming tinha de ser o meu super-herói na depressão, substituído pouco a pouco por Mário, o mentor. Homem de pés no chão.

Anos 1970. Papai morria pouco a pouco de insensatez. Morreu bem antes de Donana. Não tinha mais forças nem palavras para combater a pílula anticoncepcional. Na sala de júri do mundo. Passou a ter pavor de toda e qualquer pílula.

Morreu por desleixo na medicação. Escondia as pílulas no bolso. Jogava-as fora. No vaso, e dava a descarga.

Pela janela. Entre as páginas dobradas do jornal, junto com o resto de comida.

Se pílula fosse semente, o jardim da casa paterna teria reganhado as flores que tinha perdido com a dispensa do jardineiro.

Papai, o falso, definhava. A olhos vistos. Os médicos não entendiam. Ninguém entendia. Todos o davam como morto na cidade. A banca de advogado foi fechada. O conjunto de salas alugado para um escritório de contabilidade. Logo rescindi e rasguei o contrato de locação com a firma de contabilidade. Passei eu próprio a pagar o aluguel do conjunto de salas. No antigo escritório montei um ateliê de pintura. Aluguei um apartamento no Humaitá para os dois. Comprei a casa de Copacabana para minha família.

Um dia papai confessou a Donana.

"Estou tão só como quando te vi pela primeira vez", disse-lhe. Estava jogando fora as pílulas do dia. Nomeou a razão para o gesto. Ódio de médico. Ódio de remédio. *Bras dessus, bras dessous.*

Pediu para que nada dissesse ao médico que cuidava dele. "Isso é suicídio!", gritava Donana. "Não posso permitir que você se suicide na minha frente, na frente do seu filho!"

"Suicídio porra nenhuma", ele respondia, gritando mais alto. Esquecia-se de onde estava. Com quem falava.

"Que filho porra nenhuma! Um bastardo que a gente encontrou na rua. À míngua de água, comida e carinho. Um bastardo que cultua a figura de Alexander Fleming não merece a mínima consideração do fabricante de camisinhas de vênus. Ao inferno com ele! Com os dois!"

E ainda me perguntam por que eu sou triste!

Donana recuava assustada com a grosseria sincera do marido. Estava acostumada a muito rodeio e pouca sustança nas palavras.

Papai ficava em silêncio. A falta de medicação fazia a massa cinzenta exercitar o maxilar inferior com o ímpeto das ondas do mar. Se fosse animal, estaria ruminando. Como era homem, cismava ao ritmo do movimento apressado das mandíbulas. Puro osso recoberto por pele. Cadáver adiado. Roía-se por dentro. Corroía-se por fora. Acendiam-se as luzes da memória. O longo convívio com Donana não fora em vão. Palavras que seriam dela – que ela teria dito e repetido e ele escutado sem ter ouvido espocavam na sua boca como seixos que são enxaguados pela água cristalina do rio da vida. Perguntava-lhe:

"Nunca fui justo diante de Deus, por que você me pede para que eu seja justo diante de mim? Se durante anos habitei as trevas do mundo, que diferença há entre o meu corpo vivo e ele morto? Meu coração está paralisado dentro de mim. Será que algum dia vivi? Estou morto. Mortinho da Silva."

Donana escuta calada as palavras suas pronunciadas pelos lábios dele. Não concorda com elas na boca do marido. Não pode ir contra ele. Iria contra ela. Contra a sabedoria de quem se encaminha para a morte como se estivesse se encaminhando para o definitivo encontro com Deus. Abençoa-o na sua decisão. Pega as suas mãos. Delicia-se ao trazê-las até o rosto. Beija-as. Fala mais alto o carinho. Guardado por anos a fio de convivência. As mãos dele estão quentes de febre. O pulso fraco.

Prefere que ele se vá do mundo assim. Como deve ter vindo. Sem a ajuda de ninguém. Com as próprias forças. Antes, tão afirmativas. Agora, tão autodestrutivas.

Donana sente-se desfalecer diante da verdade atirada contra o seu rosto. Era forte diante de Deus. Fraca diante dos homens. Não tem forças para dialogar com o marido. Tem menos forças para contradizê-lo. Estaria contradizendo a si mesma. E nenhuma força para ir contra as decisões definitivas dele, que são de Deus.

O marido a acorda para a tomada de consciência. Recua. Tinha vivido no engodo. No engodo prefere morrer.

"Sou um puta dum suicida", grita ele.

Meu pai, o falso, me acorda para o reencontro comigo.

"Você é um filho da puta", me esclarece numa noite de febre e dispneia.

Um bastardo encontrado na rua. À míngua de água, comida e carinho.

Que peso dei às palavras dele? Segui a lição que aprendi. Dei dois pesos a elas. Duas medidas.

Um peso dizia *verdade*. Outro peso dizia *mentira*.

Uma medida dizia *sinceridade*. Outra medida dizia *delírio*.

Não elegi verdade nem mentira. Sinceridade nem delírio. Abiscoitei os quatro, dois a dois. Não elegi a condição de bastardo. Abiscoitei a condição de filho. Sem herança substantiva. A vaca tinha ido pro brejo. Podia assenhorear-me de tudo. Não podia ganhar sempre. Posse não é ganho. É um estado de espírito.

Esmeralda me escutava no desabafo. Nada dizia. Nada podia dizer. No dia do casamento prometi a ela que não morreríamos pobres. Não seria para todo o sempre bastardo. Ia-me enricar de vez. Não era eu quem tinha comprado a casa e alugado o apartamento onde moravam? Não era eu quem estava pagando as despesas com os remédios e iria pagar as despesas do funeral?

Mamãe buscou compreensão e apoio numa velha amiga, a Senhora X. Já a conhecem.

Era católica praticante. Não punha os pés na nossa casa. Considerava-a um antro do Mal. Da boca dos médicos que conversavam à nossa mesa, a Senhora X via escorrer a palavra do diabo. Buscavam o aviltamento da infância brasileira na sua inocência sadia. Nada havia de mais torpe do que o ensino precoce dos fatos concretos que cercam a vida sexual. Os sexólogos, com suas fotos e desenhos coloridos, transformavam as crianças em degenerados, psicopatas, tarados – era sua tese. Formavam futuros pervertidos pela exposição em cartazes e filmes pseudoeducativos da genitália em cores. Desde sempre lutava ao lado de Tristão de Ataíde contra o doutor Anísio Teixeira e a escola pública. A favor da escola católica. Educação sexual, só para adultos. Admitia a leitura do livro do padre Negromonte, *A educação sexual*. Pelos pais e educadores. Como convinha. Nunca pelos ginasianos.

Cursilhista. A vida universitária dormitava no campus aos sábados e domingos. Lá estava ela. Assídua aluna dos cursos ministrados pelos padres jesuítas da PUC. Pertencentes à Opus Dei. Rezava na capela. A Senhora X tentava incutir em Donana a ideia de que era necessário ser obediente à intenção do marido. O fim das suas ações é algo de grandioso. Uma lição para todos os pecadores.

"Donana", explicava ela, "o doutor Eucanaã não está realmente se suicidando pouco a pouco. Está à procura duma morte honrosa junto a Deus, remindo-se de toda uma vida de pecados".

"Se ele nunca amou a Deus", ela acrescentava, "nosso Deus não pode recebê-lo de braços abertos. Sua saída da vida pecaminosa está na busca insana pelo Deus que escreve certo por linhas tortas".

Donana entendeu a mensagem do provérbio. Sempre tinha duvidado de que Deus escrevesse certo por linhas retas. Poderia pedir-lhe uma vez mais que escrevesse certo por linhas tortas. O filho, ela não o fabricou com as próprias mãos? Dia a dia. Incansavelmente.

"O doutor Eucanaã", comentou a Senhora X noutra ocasião, "castiga-se a si na terra para evitar a punição derradeira no além. No inferno. Bem dirigido, o suicídio pode ser o cilício que compromete o corpo com a dor intensa. Assim se chega mais rapidamente à salvação."

O marido estava abrindo as portas do Céu. Morria. Alçava voo do Inferno. Sem deixar o rastro da vergonha. Viagem *non-stop*. Sem escala no Purgatório.

Duvidei como nunca de que a Senhora X pudesse ter sido minha mãe, a verdadeira. Qualquer outra versão sobre o meu nascimento tornava-se mais plausível.

Daí a poucos dias papai mandou a esposa chamar um padre. Do-nana obedeceu.

Veio o capelão do Hospital São José, amigo da Senhora X. Veio instruído para confessar um falso mentiroso.

Pela primeira vez em alto e bom som papai declarou a todos os familiares qual tinha sido a verdadeira fonte de renda dos negócios. Falou da banca de advogado para inglês ver. De Teresa, sua escudeira e fiel amante. Confessou as baixezas, as vilanias e os pecados. Abjurou a indústria de camisinhas de vênus Cacique. Tirou do altar Falópio e Malthus. Abjurou viagens ao estrangeiro, as malas cheias de mercadoria, a firma Merrill Youngs, a marca Trojans. Esculhambou o exército nacional e as Forças Expedicionárias Brasileiras... Paro. A lista seria infindável. Não deixou pedra sobre pedra. Com o desmonte delas enterrava o passado. Definitivamente.

Recebeu a eucaristia no leito de morte.

Há anos tinha perdido o reino na terra. Acreditou estar ganhando o reino dos céus. Merecidamente.

Sorria.

Eu o julgava um forte. Era um fraco. Possivelmente um débil. Um débil mental.

Filho de débil mental. Bastardo e pobre.
Não nego nem renego. Resfolego.
A construção do futuro tinha de depender única e exclusivamente da minha vontade.
Se bastardos e pobres se fazem de rogados, não se fazem de renegados. Desenvolvem habilidades de embusteiro. Bolam planos de vida. Múltiplos e convincentes. Descartáveis na primeira lata de lixo biográfica.
O filho crescia tão impostor quanto o pai, o falso.
O doutor Eucanaã saíra para exercer uma profissão liberal. Exerceu uma atividade industrial. Terminou os dias não exercendo nem uma nem outra. Quis ser patriarca. Acabou perfilhando o filho dos outros. No meio do caminho da vida, perdia os cachos e mais cachos de dólares. Apodreciam no *tutti-frutti hat*. A rosa púrpura do Cairo perdeu o viço. Despetalou-se. Pendia murcha no mastro de bandeira, envolta pelo prepúcio avantajado. Tinha virado relíquia a ser abjurada no altar do passado. Agônico e na pindaíba, pede penico. Fica de tró-ló-ló com Deus. No lero-lero, toma emprestado à esposa a ladainha, que tanto desrespeitara e ridicularizara.
A nenhum, agiu como o velhaco que sempre tinha sido. Na bolsa de valores da Santa Sé, tinha trapaceado com a moeda em baixa do cruzeiro. Virou filantropo. Barganhava a salvação da alma com o patrão do alto. Ia lá conversar com padres-operários? Nunca. Empurrou a sobrevivência com a barriga. Da miséria. À beira da morte. Joga tudo o que tinha e principalmente o que jamais tivera nas ações da crise místico-religiosa. Usa a moeda forte da carolice. Redime-se. Salva-se? Um eunuco falido, pai de bastardo. Repito. Um débil mental.

A fábrica em São Cristóvão era o cadafalso onde se estocavam, mês após mês as camisinhas de vênus encalhadas. Pilhas e pilhas olhavam a derrocada do mestre. Transformavam-se em corda, que perfazia um nó corrediço a espreitar o pescoço do dono. A pesquisa científica no laboratório farmacológico do hospital Saint Mary acabou por enforcar de vez o capitão da indústria. Teve o corpo esquartejado física, psicológica e financeiramente pelos credores e as casas bancárias da praça do Rio de Janeiro. Nosso Tiradentes da causa sem causa.

O jogo com a moeda forte da esposa – beata de sacristia – só convenceu sua ex-amante, a Senhora X. Uma teóloga transplantada de terras europeias para terras subequatoriais. Buscava extrema-unções redentoras. Papai tornou-se papa-hóstia pelas mesmas razões que o levaram na juventude a buscar o diploma de bacharel em Direito. A botar banca de advogado no centro da cidade. A comprar as *Obras completas*, em inglês, de Malthus. Medo do que vão dizer. Culpa pelo que faz. Temor do inferno social. Remorso. Expiação. E outros quetais.

Seu corpo – se morto por acidente, é claro, ou assassinado em país estrangeiro – chegou a valer alguns milhões de dólares nas companhias de seguro dos transportes marítimos e aéreos. Sua alma nunca valeu um dez-réis. Ao assumir como lar a morada dos céus, não sei como não quebrou cá embaixo o banco Ambrosiano. Até que houve um escândalo financeiro no banco, reportado pelos jornais. Será que foi causado por ele? Ou pela máfia norte-americana, como quis Francis Ford Coppola?

Pobre papai!

Morreu místico, amaldiçoando o bastardo que tanto o amava.

Nas vascas da agonia, me chamou de filho da puta.

A mim? Ou aos vários eus que convivem dentro de mim?

Chegou a hora de pôr os pontos nos ii.

Não sei por que nestas memórias me expresso pela primeira pessoa do singular. E não pela primeira do plural. Deve haver um *eu* dominante na minha personalidade. Quando escrevo. Ele mastiga e massacra os embriões mais fracos, que vivem em comum como *nós* dentro de mim. A teoria genética diz que toda grávida carrega no útero gêmeos, trigêmeos e até quadrigêmeos. Somos concebidos como múltiplos. É o gene dominante que – constrangido a ser imperador, primeiro e único – estrangula e come os genes recessivos, ou débeis, para poder, sozinho e endemoninhado, sair da caverna materna para a claridade do mundo.

Independência ou morte!

Como diz um cucaracho venezuelano, ou inventamos a nossa liberdade ou morremos sob o jugo da tirania alheia.

Estas memórias têm de ter o mínimo de verossimilhança. Interna. Assumo a condição de embrião solitário. Nasci desamparado e forte. Enjeitado e prepotente. Para o sol e a noite, a lua e as estrelas, o hoje e o amanhã.

A primeira pessoa do singular. Gozado. Filho legítimo não precisa afirmar com tanto empenho a individualidade. Tataravós, bisavós, avôs e pais atestam-na nos cartórios. Padrinhos e madrinhas ratificam-na nas sacristias. Avalistas afiançam-na nas empresas de crédito do mundo. Nascimento, casamento civil, morte. Batismo, casamento no religioso, extrema-unção. Talão de cheques e cartão de crédito no bolso. *Ecce homo.*

Posso ser desamparado e forte, enjeitado e prepotente. Ser também grupal e sentimental. Ser ainda audacioso e destrambelhado. O *eu* é a forma que encontrei para comungar, na mesa deste escrito, com os embriões que assassinei no útero da mamãe.

De qual delas? De todas as candidatas ao posto.

Afinal não somos todos os embriões partícipes do banquete da placenta?

Anos 1950. Frequentei três faculdades ao mesmo tempo. Duas de mentirinha. Uma de verdade. Mentia ao papai. Dizia-lhe que era estudante de Arquitetura. Mentia à mamãe. Dizia-lhe que era acadêmico de Direito. Só não mentia à minha futura esposa, Esmeralda.

Ainda no colégio. O professor de desenho tinha pedido como dever de casa o perfil dum membro da família. Pensei duas vezes e decidi. Deixei falar a emoção. Quis expressar o amor filial pelo velho. Ele começava a degringolar pelas vielas da falência. Desenhei a nanquim o perfil do papai. Ganhou o formato de sorvete de morango. Na casquinha. Recortei-o cuidadosamente e o colei no centro duma cartolina púrpura. Diante do crime perpetrado contra o bom gosto, abraçou-me. Ao me abraçar, verteu duas, três, no máximo quatro lágrimas. Prorrompeu em elogios.

"Seu futuro está assinalado", concluiu solene. Pousou a mão direita no meu cocuruto. "Você será arquiteto, discípulo de Lúcio Costa."

Podia ser tudo na vida. Menos médico ou farmacêutico. Nas palavras de incentivo ao curso de arquitetura via a imagem e o reflexo do recorte de *Vamos ler.* A carantonha de sir Alexander Fleming. Ele tinha dependurado o recorte nas paredes da imaginação paranoica. Eu o tinha na parede nua do quarto de dormir. O meu virou cinzas no fogo atiçado pela empregada. O dele se refletia na escolha da minha profissão.

Mamãe queria que fosse o advogado que papai não chegara a ser nas horas vagas da prosperidade. E muito menos nos mais do que vagos dias da pobreza. Dias recobertos pelo rancor e o ressentimento do industrial falido, atirados contra a cara da humanidade. Ela me via ocupando, por herança paterna, o conjunto de salas na avenida Rio Branco. Sentado à mesa de trabalho. Assessorado por uma secretária tão boa e eficiente quanto a Teresa, que Deus a tenha! Fatiotado, engravatado e empertigado que nem pau de vassoura.

Mamãe e papai brigavam em torno da minha futura profissão.

Eu a supria com argumentos imbatíveis. Defendia-a com palavras e outras armas menos sutis e mais hipócritas. Fazia caretas às costas dela e de frente para ele. Papai não estranhava as macaquices do filho. Estranhava a ponte cúmplice que saía da minha margem para a dele, passando por cima dela. Desconfiava da impostura do filho. Normal. Sacudia a cabeça e voltava a ler o jornal.

Mal levantava o jornal, eu virava o rosto para mamãe. Contra a tela de jornal esticada à sua frente pelo marido, eu encorajava mamãe a me enxergar na sala de júri. Sala que ela nunca tinha pisado. Que pisava, graças às asas da imaginação que lhe eram dadas de empréstimo pelos filmes de Hollywood.

Acrescento. Se mais familiares houvera, mais faculdades teria frequentado. Nada me impedia de me apresentar nas boates da moda como futuro engenheiro, médico ou agrônomo. Tudo dependia da mulher a ser cantada. Há escaninho para quê? Balzaquianas, engenheiro.

Sonhado, médico.

Donas de casa zelosas, agrônomo.

Na verdade tinha prestado exame vestibular (para Esmeralda, às claras; para papai e mamãe, às escondidas) na Escola de Belas-Artes. Por gosto e decisão própria. Tinha passado no exame e me matriculado. Seguia o curso com assiduidade e dedicação. Contava com três apoios. O distante e retumbante do Zé Macaco, na pele de Maciste. O recente e iconoclasta de Mário, o mentor. O próximo e silencioso da Esmeralda. Então minha namorada oficial.

Tinha o dom do desenho. Papai tinha razão. Só quê.

Arquiteto? Não gosto de criar nada a partir do zero. Reparem, se ainda não repararam. Papai não podia imaginar minha inibição cristã diante da folha de papel em branco. Também não gosto do jogo de faz de conta do traço humano geométrico e racional com a mãe natureza.

Tinha o dom da palavra. Donana tinha razão. Gostava de escrever. Só quê.

Advogado? Não gostava de falar. Não a traí tanto quanto ao papai. Agora, ao final da vida. Donana não podia me imaginar escritor, porque não conhecia os vários volumes do *Diário íntimo* do filho, fonte destas memórias.

Outras faculdades? Escamoteei história e geografia. Não tenho o dom da memória. Quando cito, não recito. Sou incapaz de não subverter uma citação. Não tenho o dom da música. Nem mesmo peidava musicalmente. Com o rigor e a graça do Zé Macaco. Bem que tentei. Poderia ter-me matriculado em letras. Não podia me dar ao luxo de ser pobre no momento em que percebia a bananeira a dar dólares bichados e podres.

Donana tem razão. Dom é dom. É preciso dar-lhe o direito à última palavra. Zé Macaco tinha o dom da música. Eu não o tinha. Em compensação. Tinha o dom das belas-artes.

Teria entrado para a Escola de Teatro. Não havia uma sequer no sistema de ensino público do Rio de Janeiro. Fui autodidata por muitos meses. Teria me graduado em quatro anos.

Minha escola, meu quarto de dormir. Tomava comigo aulas de mímica. Diariamente. Copiava a maquiagem branca – com traços negros ao redor dos olhos e vermelhos ao redor da boca de Marcel Marceau, que tinha visto em duas temporadas de agosto no Theatro Municipal, e de Jean-Louis Barrault, que tinha visto no filme *Les enfants du paradis*, em preto e branco. Imitava os truques deles e os efeitos de ilusão de ótica.

Pintado e vestido de branco. Funâmbulo ou palhaço. Pierrô ou sátiro. Não seria o arlequim servo de muitos patrões, egresso do Colégio Andrews.

Seria mímico e ator.

Abria a porta do armário embutido Samurai. Noventa graus. Minha imagem de alto a baixo, refletida no espelho. Sou bom observador e melhor copista. Observava a mim na superfície polida, como observara a Marceau no palco e a Barrault na tela. Eu era a única plateia.

Julgava-me professor e ator. Na realidade era espectador e crítico.

Com poucas semanas de trabalho, dava passos no mesmo lugar, enquanto caminhava pela rua ou corria pelo descampado. Com a ajuda de uma sombrinha invisível, equilibrava-me na corda bamba estendida no piso recoberto de tacos encerados. Com as mãos espalmadas, fazia de conta que tateava uma parede que não existia. A partir de gestos precisos, construía a parede e por ela era aprisionado dentro da prisão do meu quatro por quatro. Subia sem corda por uma corda sem subir.

O globo de opalina, aceso lá no teto, era o fio de Ariadne. Quer dizer: era a razão filosófica, que guiava o exercício dramático abnegado, cá embaixo. Extraído do silêncio e feito dele. Meu rosto, uma folha de papel em branco. Nele não escrevia palavras visíveis. Escrevia palavras invisíveis, que nunca eram ou seriam pronunciadas – e foram lidas, entendidas e assimiladas pelo espectador, meu espelho.

Ressurreição e milagre da pantomima em pleno bairro de Copacabana, posto 5.

Tirei da experiência uma grande lição. Aprendi a me aperfeiçoar, isto é, a ser o que ainda não sou. Sem a ajuda dos outros. Autodidata. Repito.

Não havia escola de teatro no sistema de ensino público do Rio. Havia no Jardim Botânico o cursinho da Maria Clara Machado. O Tablado para crianças – o de *Pluft, o fantasminha,* peça escrita por ela mesma. O Tablado para adultos – o do *Tio Vânia,* do russo Chécov. Pra todos os gostos. Crianças e marmanjos lá se instruíam e saltavam para o palco.

Coisa de e para rico. Celeiro de bichas enrustidas. Eu não era então mais.

O quê? Rico ou bicha enrustida?

Fui cursar a Escola de Belas-Artes.

Desde criança espreitava Donana diante do espelho da penteadeira. Do lado de fora da suíte paterna. Minha primeira e legítima professora.

Ensinou-me a gostar mais do panqueique do que do rosto limpo.

Mais da cor transparente. Avivada artificialmente pelo ruge e pelo batom.

Mais da transparência do que da cor acabrunhada e baça, oferecida de mão beijada pela natureza.

Mais do uso de esponjas de passar pó de arroz e de pincéis que acentuam com rímel a curvatura dos cílios, do que de água e sabão.

Mais de me vestir, do que de me desnudar. Mais de calçar meias e sapatos, do que de tirá-los.

Mais da representação do que da realidade.

Deveria ter nascido no Japão e seguido curso de gueixa ou de calígrafo. Nasci japonês sem ter nascido no Japão. Nasci no Rio de Janeiro. Capital universal do carnaval. O carnaval de Veneza, de Colônia e de Nova Orleãs é pinto diante do nosso.

Em outras palavras. Amparado pelo cajado dos mímicos franceses e insatisfeito com o apoio que deles (não) recebia, dei a mão a Donana. Quando me dei pela troca, já tinha virado cego, sustentado pelo bastão da pícara-mamãe. Ela me conduzia pelas ruas e avenidas da imaginária vida cotidiana.

Passei a ser como ela. Totalmente contra a coisa real. A favor de algo extra que você acrescenta à coisa real para que ela, sem se tornar irreal, seja mais bonita, frajola e fofa do que já é.

Não sei quando a troca de personalidades se deu. A personalidade do mímico autodidata pela de embelezador da realidade.

Só eu sei o que é ter personalidade zero. Só eu sei o que é ter cegueira falsa, a que constrói a verdade das minhas personalidades postiças. Foram milhares. E ainda são.

Defendia o papel carbono, com a empáfia da cantora emergente que subia os vinte andares do edifício da Praça Mauá, 7, para fazer um teste no programa de calouros do Renato Murce. Queria ter – sem os ter – os agudos e o sucesso da Dalva de Oliveira. Ter os agudos e o sucesso para suplantar a eles e a ela no Trio de Ouro, liderado por Herivelto Martins. Para roubar-lhe os fãs no programa César de Alencar e o fã-clube nos elevadores e corredores da rádio Nacional.

Não podia *não* ser a favor da cópia. Era a salvação da lavoura.

Tinha ojeriza por tudo o que se apresentava ao público como original e autêntico. Puro. Imaculado. Queria macular nuvens, mares, montanhas, rios, campos, animais e pessoas. Macularia a Virgem Imaculada, se me permitissem os deuses do Olimpo, a tradição judaico-cristã e os mitos colonizadores europeus – e Donana. Macularia a Virgem Imaculada com as sete cores do arco-íris.

Virgem Nossa Senhora Maculada das Sete Cores, minha de agora e de todas as horas.

Sou a favor da cópia.

Da autêntica cópia legítima.

Nela está a redenção do país, disse um dia para o papai, como a lhe dizer: Deixe de lado a indústria dos preservativos e dos anticoncepcionais. Ou passe-a nos cobres. Enquanto é tempo. Entre para a verdadeira indústria farmacêutica. A das fórmulas químicas e dos remédios sintéticos, que combatem as velhas e as novas doenças.

Contrate espiões industriais. Dê ordem para que roubem as fórmulas mágicas na Inglaterra, nos Estados Unidos, na Suíça ou na Alemanha. Não importa de que laboratório. Mande copiar. Venha a nós o vosso reino. Seja feita a nossa fórmula inventada pelo outro. Inquirido pela justiça, acate a patente do processo. Não aceite a patente do produto. E olhe, papai. Patente tem de ter período de validade. Não é eterna.

Contrate uma empresa de propaganda. Faça uma campanha nacionalista em território nacional. Exporte-a, se for o caso. Arranje um mártir da causa, talvez o senhor mesmo.

A penicilina é nossa!

Hastear de bandeira. Ruflar de tambores. Coro de vozes, regido por Villa-Lobos e gravado no campo do Vasco da Gama. O gramado do Primeiro de Maio. Dê preferência a vozes femininas ou infantojuvenis. Todos a cantar o hino da bandeira e o nacional. (Com os meus botões pensava era no Zé Macaco, no apogeu das suas apresentações no circo. Sua orquestra de peidos a executar o "Laranja da chi-na, laranja da chi-na/ Limão doce, abacate e tangerina".)

Papai, entre no novo e promissor mercado dos antibióticos.

Antes que algum aventureiro o faça, jogue no lixo da história a invenção de Falópio e lance mão da tua coroa de sir Alexander Fleming dos trópicos.

E ele escutou a sensatez do filho? Não.

Os filhos da mãe japoneses, indianos e sul-coreanos é que me escutaram.

A cópia é platônica. Reino do belo, do bem e do bom. A cópia substitui o feio, o mal e o mau. Substitui o que é original e que, ao nascermos, nos é dado de presente pelo sêmen que fecunda o óvulo. Pelos deuses, melhor dito.

Aqui, na realidade, as coisas são o que podem ser. Lá, na representação, as coisas são o que devem ser. Principal lição da pantomima. Devidamente revista pelos ensinamentos de Donana.

Dizem-me idealista. Meus bolsos (hoje sou mais rico do que papai jamais foi) me dizem realista.

Mais que realista, matreiro.

Mais que matreiro, impostor.

Tão impostor quanto ele.

Mais sabido do que ele foi. Até nos tempos do esbanjamento.

Fui cursar belas-artes. Sob as ordens de mamãe. Dei adeus ao branco dos mímicos. Adentrava-me no mundo do *crayon*, do nanquim e das tintas a óleo, dos papéis e das telas. Desenhava o caminho mais curto para poder fazer valer com assiduidade, dedicação e carinho, no meu quarto de dormir, os valores civilizatórios que eram meus. Nossos. Tomados que eram de empréstimo a Donana.

Copiados dela.

Seu quarto de esposa, seu panqueique, seu espelho.

Meu quarto de filho, minha utopia, minhas cores, minha tela.

Nossa festa em comum.

Final da Segunda Grande Guerra. Não queria ver a realidade suja e brutal, que me cercava pelos quatro cantos da cidade e pelos quatro pontos cardeais do mundo. Derramava que nem leite fervido. Esparramava-se pelas páginas dos jornais e das revistas. Pelas telas do cinema, com um à vontade amedrontador. Roubar do real o que ele nos oferece de graça é tarefa vã. A ser aspirada pelos espíritos novidadeiros, parcos de imaginação criadora. A noção de realismo estava tão na moda que, para não ser dada como ultrapassada, recebeu o prefixo de *neo* e se fez acompanhar de mil e um adjetivos pátrios. Neorrealismo soviético, neorrealismo italiano, norte-americano, francês, germânico, latino-americano. Cada nação uma sentença.

Não gostava e não gosto de sair por aí escrevendo ou filmando documentário com os olhos.

Ideal. Fazer do mundo uma Gioconda. A perfeição estava sendo elaborada no cômodo quatro por quatro, com direito a porta para as pernas e janela para os olhos. No andar de baixo da casa, comida para não morrer de fome. Preferia um planeta mobiliado de coisas belas e povoado de gente mais bonita, ordeira, justa e melhor. Também mais bem alimentada.

Comer? Vamos dar de comer.

Beber? Vamos dar de beber.

Gente pobre e feia (no fundo, todos) que fosse passível de ser retocada pela minha imaginação e cérebro. Pelas minhas mãos de artista. Em nada por nada originais. Razão e emoção.

Desde os treze, catorze anos, desde que a minha cútis rosada começou a explodir em pus e espinhas, buscava com faro de buldogue o detalhe da imperfeição. Em cada ser humano ou animal que se aproximava de mim, ou eu dele. Não me contentava com o "oh! meu Deus!" causado pelo encontro. Ou com os gritos, risos, latidos, miaus, cacarejos, chilreados, bramidos e outras vozes de surpresa. Surrupiava o instante repentino e terrível com a graça de paparazzi. Trazia para o meu ateliê quatro por quatro a imagem três por quatro do outro. Intacta na memória. Secreta. Emprestava-lhe com a análise e a imaginação o toque mágico. Dava-lhe de presente a metamorfose que a reabilitava pela nobreza da maquiagem. Um autêntico Leonardo da Vinci em busca da quadratura do círculo pelo corpo humano.

A imagem passava a ser perfeita. Para todo o sempre.

Não foi outro – ou teria sido? – o motivo por que escolhi Esmeralda para namorada. Ela foi reconstituída e reconstruída no meu quatro por quatro. Detalhe após detalhe do rosto. Gesto após gesto dos braços. Saliência após saliência dos músculos. Toque após toque das mãos. Cheguei a restaurar o seu aparelho auditivo. Recoloquei no lugar, peça por peça, o órgão que se danificara aos sete anos e perdera a função desde então. Não gesticulava mais como uma Colombina saída de filme mudo. Escutava e falava.

Precisava agradar o papai, fonte da minha mesada de universitário. Fingi primeiro que cursava vestibular para arquitetura. Fingi tão bem, que – burrice minha! – tive de anunciar formalmente a desistência. Vou tomar bomba no exame vestibular, aventei num jantar o desfecho fatal da aventura pré-universitária. Justifiquei o fracasso. Meu forte é o desenho, é verdade. Só quê.

Minha matemática não dá para o gasto e muito menos para o uso.

Papai não se deixou convencer pelos argumentos.

"Estudo é estudo. Para que servem os professores do cursinho e de que servem os livros didáticos?"

"Para nada", mamãe me apoiava. Aceitei o apoio dela sem poder aceitá-lo às claras, já que ela, por sua vez, me queria advogado. Ela levantou a voz. Eu me reduzi à insignificância.

"Se Samuel" – contra-argumentou – "não tem o dom para a matemática, não o tem. Dom é dom. Tem o dom para a oratória."

Distinguia-me pelo canto do olho:

"Não se pede dom emprestado aos pais. Nasce ou não nasce com ele. Dom não se aprende na escola. Não se inventa nem se acha ao dobrar a esquina. Dom não se compra."

Donana não queria me ver fracassado nos estudos. Na profissão. Na vida. Diante da frustração e miséria por que a família passava e que ia tomando conta dos vários cômodos da casa, a começar pela despensa e a cozinha, a continuar pelo número de empregadas e serviçais, a terminar pela proibição dos produtos importados, ela queria me ver rico e famoso. Defensor dos fracos e oprimidos (referia-se a ela?). Vitorioso. Como o meu pai tinha sido e não era mais. Coitada! ainda o acreditava advogado criminalista no fórum do Rio de Janeiro.

Pisquei o olho para mamãe. Ela entendeu o filho de peixe. Pendi para o lado do papai. O senhor me convenceu – dei por terminada a xaropada. Vou repetir o cursinho e prestar de novo vestibular para arquitetura.

Não podia botar pelo ralo a mesada que recebia, mesmo tendo o seu valor decrescido a cada ano que passava.

Prestei de mentirinha vestibular para arquitetura. Passei de mentirinha no vestibular. Matriculei-me de mentirinha no curso. Evitei novo sermão do papai. Nova discussão entre pai e mãe. Agradei a ambos e a mim.

Abiscoitava as várias mensalidades do cursinho de vestibular para Arquitetura e, ao final, o dinheiro da taxa de matrícula na Escola. A mesada continuava a pingar de quinze em quinze dias. O material escolar dos cursos de arquitetura e de belas-artes é similar, pode ser comprado nas mesmas lojas. Papai exigia nota fiscal de tudo. Dizia que para a declaração do imposto de renda. Acreditava. Pegava o dinheiro para a compra de um, comprava o outro. O caixeiro listava o que lhe pedia que fosse listado. Papai me imaginava projetando casas e edifícios para o futuro estado da Guanabara. Julgava-me discípulo de Pancetti nas horas noturnas e solitárias, quando entrava sem ser convidado no meu quarto.

Esmeralda, minha namorada, nem ficou sabendo da farsa. Não a iludia. Ou a iludia, de outra forma.

Na realidade mentirosa dos meus dezoito anos, papai perdia para mamãe a batalha da minha profissionalização. Junto a ela justifiquei a preferência pela Faculdade de Direito. Para justificar a impostura, pretextei rebelião silenciosa contra a autoridade paterna e cumplicidade amorosa entre mãe e filho. Estava sendo sincero com ela. Só com ela.

Acrescentei. Minto de propósito para o papai. Por uma boa causa. Mais do que justa. Já está deprimido pela desgraça no escritório. Não quero afundá-lo mais no desconforto da vida fracassada.

Confidenciei em conúbio amoroso. Serei advogado. Apresentava-me com a dignidade do mímico que era. Ela sorriu vitoriosa.

Embolso aqui, digo que desembolso lá (mas na verdade silenciava o detalhe para ela – o dinheiro vai para um terceiro guichê, o da tesouraria dacolá). Pedi-lhe que guardasse segredo sobre o embolso aqui e o desembolso lá. Prometeu guardar. Jurou, persignando-se, "Pelo sinal da Santa Cruz, livrai-nos Deus, Nosso Senhor, dos nossos inimigos", e beijando a medalha de Nossa Senhora do Perpétuo Socorro. Pobrezinha!

De novo, *pobrezinha*? Estou sendo contagiado pelo vírus da piedade. Não esperava.

Às vésperas do Natal comuniquei a mamãe que tinha passado no vestibular de direito.

"Melhor ser advogado de verdade do que arquiteto de mentira", ela me disse, recriminando duplamente o marido.

Concordei com ela. E nos navegamos os dois pelas águas marotas do curso de direito.

Será que Donana entendia o núcleo mais íntimo da minha opção pelas belas-artes? Será que adivinhava que era ela que estava na raiz do núcleo? que era ela que, como o menino-pícaro, me guiava pelas estradas pedregosas do mundo?

Donana costuma enxergar longe e, ao mesmo tempo, ser cega para as coisas volumosas. Da mesma maneira como Esmeralda costuma querer falar apressadamente quando discorda do interlocutor, e na verdade não pode emitir um único som. Donana é a raiz da opção. Esmeralda é o manequim que personaliza a opção. Donana é as várias raízes que fizeram progredir o núcleo mais íntimo da minha vida profissional, para que dali desabrochasse o artista que passei a ser. Que sou.

O gosto pela cópia, pelo carbono, pela reprodução, pela imagem retocada – foi ela quem o despertou em mim. A simpatia por qualquer fac-símile fotográfico do ser humano está escarrada lá no seu estoque secreto de álbuns de fotos da família. A veneração por qualquer representação pintada ou esculpida de santo e santa do panteão católico está lá nas suas caminhadas diárias até a igreja, motivando-as e as justificando.

Examino melhor a matéria. Lá nos altares das igrejas está também a adoração pela distribuição equilibrada das cores no espaço e no corpo humano, enquadrando-as na moldura geométrica circular do espelho da penteadeira.

Foi ela quem despertou essa devoção ao espelho, que me embala, nutre e expressa.

Donana é imagem no espelho.

Um único senão. Mamãe é contradição.

Não quero ser contraditório como ela. Se fosse adepto da contradição, teria cursado de mentira arquitetura e exercido a profissão de advogado. Como papai, o falso. Não sou como ele. Sou um falso mentiroso. A arquitetura era mentira piedosa para o papai. A advocacia, para ela. Duas mentiras, duas falsas afirmações de vida. Nem arquiteto nem advogado. Uma terceira escolha galopava sem montaria no lombo das duas mentiras. Ela é síntese e fatalmente produto da decisão. Feita por mim para mim, como o Brasil é feito por brasileiros para brasileiros e o Texas por texanos para texanos.

Mamãe é contradição. Donana deveria ser imagem e se manifesta pela palavra. Donana é altar de igreja e é oração, litania, conselho bíblico e promessa de fé, esperança e caridade.

Donana é palavra. Esmeralda não o é. Surda aos seis anos de idade, depois de perder os pais em acidente e se ver enjeitada pelos tios. Esmeralda é olhar. Vê vozes no escuro da surdez. Donana é palavra. Esmeralda se deixa representar pela mímica, que é o silêncio.

Mãe frustrada, Donana tem de ser mulher frustrada. A palavra religiosa que sai aos borbotões da boca – sua essência – não é representada em retas e curvas pelas suas mãos. Nunca a vi rabiscar, reproduzir ou copiar o que quer que fosse. Não me lembro de tê-la visto com lápis ou caneta na mão, diante dum caderno ou duma caderneta. Menos a vi com pincel que não servisse para a maquiagem do rosto. Nunca a vi anotar um recado para o marido. Nunca a vi preencher um cheque. Não me lembro de ter visto dinheiro nas mãos dela. A não ser depois da morte do marido.

Diante do espelho da penteadeira descontava toda a frustração de ágrafa. Escrevia. Usava de *a* a *z* o alfabeto das linhas e das cores. Não escrevia no próprio rosto, escrevia na imagem do rosto que estava refletida à sua frente. Escrevia o rosto no espelho com *a* de azul, *b* de branco e *c* de carmim. A cópia dela é que tinha o contorno das linhas faciais acentuado, os pequenos defeitos da pele retocados. O reflexo do rosto pintado, a pele espelhada colorida.

Eu irei me transformar no que ela deveria ter sido, e não é. Estarei sendo o que ela nunca foi. Deixou de ser o que deveria ter sido para ser o que está sendo em mim.

Por que não esgoelou a contradição entre imagem e palavra, imposta a ela por ela mesma? Por que não esganou a frustração de ágrafa, compensando-a com a minha definitiva opção profissional?

Eu serei mamãe – não importava mais que ela fosse a falsa, repito. Na minha metamorfose de bebê chorão em artista plástico mais do que a minha verdade de vida estava a dela.

Troquei as bolas do raciocínio. Eu serei mamãe, a verdadeira. Qualquer que seja ela.

Vou ser profissional do fac-símile, da imagem que representa o ser humano, da paleta que distribui cores numa tela. Profissional dos pincéis e das tintas. Tudo o que farei será para ser visto, admirado e venerado por ela. Meu ateliê quatro por quatro – minha arte –, seu altar. Mamãe é fonte de inspiração e será meu espectador absoluto, assim como ela o é de si própria no momento de se aprontar para sair de casa, ou de descer as escadas para sentar-se à mesa ao lado dos convidados de papai. O caminho que traço dentro da Escola de Belas-

-Artes é o que ela deveria ter percorrido. Se lhe tivessem franqueado as portas. Se ao lado não houvesse o marido.

E o filho preso à mamadeira gigante e às suas saias.

Não lhes disse que, depois de desmamadeirado, sentia uma ternurinha crescente e toda especial por mamãe, a falsa? Bons sentimentos filiais. Com eles conquistava a minha mãe, a verdadeira. Reconquistava a que tinha sido perdida na maternidade.

Por três vezes deixei de ser bastardo, sem ela ter deixado de ser uma única vez a falsa.

Sou – nos resume. Somos os dois quase que um. Indistintamente.

Ela escapa da semelhança total pela perna do doutor Eucanaã.

Eu, pela perna da Esmeralda.

Somos um, do mesmo modo como eu sou múltiplo. Desde o nascimento. Corrijo-me. Definitivamente.

Não tive pai nem mãe que me orientassem no dia a dia dos estudos. Por causa da verdade que lhes dizia, que eram duas mentiras.

Nem arquiteto nem advogado.

Nem pai nem mãe. Verdadeiros.
Tive um mestre no ginásio, Zé Macaco.
Em casa, uma professora. Donana.
Ao sair do curso científico, um mentor.
A palavra é arcaica. Mentor é o nome de personagem da *Odisseia*, de Homero. Amigo e conselheiro de Ulisses, o herói, grego. Preceptor de Telêmaco, o filho de Ulisses.
Papai, Ulisses. Eu, Telêmaco. Entre nós, o mentor. Deus meu. Tô fora!
Não posso continuar a revisão deste capítulo sem passar uma outra informação ao leitor. Entre uma redação e a seguinte, entreguei o manuscrito digitado à minha amiga Laura Maria. Para lê-lo e me dizer o que achava. Odiou este capítulo.
"Pro lixo", foi categórica do alto das suas tamancas árabes. "Nada a ver com o todo. Sem graça. E aquela carnavalização final já colheu os frutos que plantou", continuou, recomendando que o capítulo fosse sumariamente suprimido do livro.
Se eu me chamasse Laura Maria também suprimiria o capítulo. Acontece que me chamo Samuel. E sou teimoso. Qual é? Não existiu na minha vida quem existiu? Como deixar para a posteridade esse rombo escandaloso?
Continuei a revisão. Passo a você, leitor, o capítulo para a decisão final. Se julgar inútil lê-lo e quiser deixar o livro arrombado, como quis Laura Maria, vá em frente.
Adianto. Não adianta me maltratar. Maltrate o livro. Espere pelo pior. Daqui a dois capítulos te reencontrarei com duas pedras na mão. E com a língua mais afiada.

Vamos adiante.

Não é difícil perceber. A figura altiva e vaidosa do mentor foi novidade no universo humano em que cresci e fui educado. A qualidade e o valor ali dominantes eram o embuste. Mentor. Diferente do papai e do Zé Macaco. Semelhante a Donana. Entenda-se melhor a semelhança. O mentor acercava-se perigosamente (não sei o que se deve entender pelo advérbio, ajudem-me!). Interessava-se pelos contratempos, desfalecimento da vontade e problemas. Compreendia-me no movimento de translação em torno de vários sóis fajutos. O mentor nada tinha a ver com, e suplementava Esmeralda. Ele falava da vida pelo viés da experiência. Vivência de jovem casal de namorados é nula.

Nada escondia do mentor. Passado e presente. As mentiras que eram verdade. As verdades que eram mentira. Sem desgaste emocional. Sem sofrer arrepios de temor. Calafrios de pudor. Retrações de vergonha. Autopunições do arrependimento. Sem a ameaça da desgraça a pesar como espada sobre a cabeça.

Para isso é que serve mentor? Para que a gente não pule da primeira ponte à vista? Para que a alma adolescente não precise se lavar nas águas turvas do suicídio?

Mário, seu nome. O viúvo da Hilário de Gouveia. Apelido tirado do nome da rua onde tinha apartamento. No quarto andar. Situado em frente à delegacia do bairro e ao restaurante polonês. Conhecido por ter introduzido o estrogonofe no Rio e servir suflê de chocolate de sobremesa. Caso queira refazer turisticamente o roteiro deste livro, aviso. Se não pedir antecipadamente o suflê, você termina a refeição pelo indefectível pudim de leite. Como em qualquer restaurante luso do centro da cidade.

Mário era viúvo, já disse. E frustrado, sem ser decadente. Compreendia os movimentos de rotação e translação do meu corpo, como um astrônomo. As várias e complexas motivações da farsa que eu forjava e punha em prática no embate comigo, os semelhantes e a vida. A audácia subversiva do sentimento filial. A estratégia e a economia do engodo intelectual. O levanta a poeira e dá a volta por cima diante dos reveses. Até mesmo a preferência pelas belas-artes. Ele compreendia. Sem anuir. Era pedir demais.

Vestia-se como o corcunda de Notre-Dame. Interpretado por Charles Laughton. Não era atraente. Exprimia-se com vocabulário fora de uso. Um dia me disse – sem perguntar se era do meu gosto – que gostaria de ser meu mentor. Nem sempre entendia as palavras de que se servia. Autoconsciente, sacava o silêncio da minha ignorância. Não tripudiava. Trocava os arcaismos por sinônimos corriqueiros. Assim como você se abaixa até o anão para conversar. Olhos nos olhos. Mário tinha qualquer coisa de Vincent Price em filme de terror. A fala. Vincent Price parecia britânico e era norte-americano. Mário parecia português e era brasileiro. Carioca da gema. Recebia polpuda pensão de aposentado no serviço público. Ex-professor de história na Faculdade de Filosofia, Ciências e Letras? Pode ser. Pode não ser. Embalava em mistério os fatos significantes e os detalhes insignificantes da vida privada.

Melhor dito. Mentor não fala de si mesmo. Aprimoro. Não admite ser objeto. Também não admite que o outro faça dele objeto. Só se apresenta como sujeito.

Não o soube viúvo quando o conheci. Solteirão. Como quem não quer, perguntei pela mulher dele ao Hernández, porteiro do prédio. O velho espanhol não tinha trocado a língua materna pela da pátria de adoção.

"Se había suicidado."

Porteiro, Hernández não tinha condições de estar a par do *por que* do suicídio. Perguntei-lhe pelo *como*.

"Una mescla de formicida Tatu com guaraná champanha da Brahma."

Tiro e queda – arrematei.

"Una bruja", acrescentou, como se tivesse acabado de descrever a fórmula borbulhante duma poção mágica.

Por que eu disse e repeti que Mário era viúvo? Bobagem. Volto atrás e não apago a redundância. Não vou me enganar. Tudo tem sentido.

Por que eu escrevi que Mário era um frustrado? Não me lembro mais. Houve uma razão secreta naquele momento preciso. Deixemo-la dormitando no inconsciente destas memórias.

O velho porteiro espanhol era chegado a um dedo de prosa. A dois e até a três. Não era porteiro. Rangia que nem porteira, à entrada. Como nas velhas fazendas do interior. Não se abria de todo. Só se abria de todo quando o gado ia passar. Retinha os meus passos. Barrava minha caminhada até o elevador.

Hernández mentia tanto quanto, ou mais do que eu.

A mulher de Mário não tinha se suicidado porra nenhuma. Descobri em conversa com outras gentes do prédio. Morrera de morte morrida. Resignada e fiel a Deus. De doença fatal. Câncer nos pulmões. De tanto sorver a nicotina da chaminé de Mário. Também soube. Por quem? não entrego nome de informante. De outra versão. Tinha morrido de acidente de ônibus. Na estrada Rio-Petrópolis. O marido – meu mentor – estava sentado ao seu lado. Saíra ileso do acidente. Tão culpado quanto animal roedor.

Muitas vezes caminhei até o prédio e não subi. Ficava entretido com Hernández. Recebendo piparotes dele em *insights* meus, que enunciava ao sabor do lero-lero de portaria. Transformava-os em observação crítica. Perguntava-lhe se já tinha notado que... – e sabia que já tinha refletido, sem ter refletido, sobre o que eu tinha reparado.

"Não há porteiro preto na zona sul. Só português, galego e espanhol."

Justificou. Preto de morro tem horror da profissão de porteiro. Aceita fazer de tudo na vida – ser gari, apanhar lixo em caminhão da Comlurb, trabalhar de besta de carga no porto, operar britadeira em pleno verão carioca, ser leão de chácara em boate da praça Mauá, ser bói em escritório comercial, carregar saco de cimento às costas, carregar e descarregar barril de chope. Qualquer coisa, menos ficar recebendo bronca de síndico e de morador. À porta do prédio. À vista de todo mundo.

"*Recuerdos* da escravidão", finalizava a listagem.

"Os galegos e os espanhóis serán remplazados um dia" – predizia em portunhol. "Serán remplazados pelos nordestinos que chegam às pencas no sul maravilha."
Não deu outra.
Achava Hernández racista.
Também meu amigo Toninho era racista. De maneira inversa. Toninho morava na Barata Ribeiro entre Hilário de Gouveia e Siqueira Campos. Vizinho de Mário.
Virei bola de pingue-pongue na comarca de Copacabana.
Raquetada de Toninho.
Raquetada de Hernández.
Toninho esconjurava a nordestinização do Rio de Janeiro. Odiava os brancos de ascendência europeia. Como me tolerava? O namoro com Esmeralda me redimia. O casamento me colocou no pedestal do seu coração.
"Rio de Janeiro – cidade predestinada ao africano", Toninho não dizia, gritava aos quatro ventos. Caminhava pelas favelas da zona sul, do centro e da zona norte, com a *nonchalance* de quem fazia *footing* pela Nossa Senhora de Copacabana. Ou como puta fazia *trottoir* pela Atlântica. Detestava as favelas da zona sul. Menos a do Pinto, que o governador Lacerda tinha de pôr abaixo. Mandou os pretinhos lá pros lados de São João do Meriti e Duque de Caxias. Todas as outras favelas da zona sul eram de nordestinos. A do Vidigal, nem se fala. A da Rocinha, que cresce a olhos vistos.
Toninho tinha suas teorias. Tão gerais quanto a história geral dos manuais escolares. Não abrangiam o mundo na sua totalidade. É bairrista. O bairrismo era nossa diferença. Foi razão do meu interesse e desinteresse por ele. O hedonismo serviu de traço de união.
O Rio de Janeiro teria sido outro se o governo estivesse nas mãos dos pretos. Se tivesse sido calibrado, civilizado por eles. A verdadeira cidade maravilhosa. Cheia de encantos mil. Samba no pé. Batuque de candomblé. Alegria e misticismo. Fantasias, confete e serpentina. Esguichos de lança-perfume no lenço. Aspirados. Cidade trepidante,

borbulhante e transbordante, que nem champanha no gargalo na passagem de ano. Carnaval em fevereiro. Dia do Trabalho no campo do Vasco da Gama. Culto a Maria em maio. Festas juninas no Alto da Glória. Quadrilha, pipoca e quentão. Parada de 7 de setembro. Dia de Finados no São João Batista. Ou no cemitério do Caju. Fim de ano com as mães de santo lendo o futuro. Alegre, festivo, gratuito.

Toninho cortava o 13 de maio do calendário. O 13, a Princesa Isabel e o escambau eram coisa de branco vinagre para fazer negro dormir. Fazer de conta que tudo era como estava sendo.

"Nordestino é calado e sombrio. Mata de emboscada" – refletia no Arpoador, embalado pelas ondas. Absorto num ponto que se perdia no alto das montanhas além do Leblon. Na pedra da Gávea. Ou que buscava o avesso da realidade. Nas praias distantes e tão próximas de Niterói.

"Preto fere na capoeira. Olho no olho. Na esperteza da lâmina de navalha. Na ligeireza das pernas. E do salto. Como madame Satã no bairro da Lapa. Nunca na certeza fria do tiro de revólver ou do rasgão de peixeira" – declarava o decálogo comportamental do Rio, que almejava lei universal.

Sonhava de olhos abertos. Sonhos engordados de imagens eróticas. Se tinha inconsciente? Não sei. Sentidos e sentimentos à flor da pele. Tão superficiais. Tão resistentes quanto chapa de aço. Ou tão sensuais quanto penugem no inverno. Sonhos bem nutridos. Pançudos. Sonhos embutidos do desejo de ocupar a secretaria de turismo, que acabou caindo nas suas mãos. O Negrão de Lima tinha assumido nem me lembro se a prefeitura do Rio de Janeiro ou o estado da Guanabara. Toninho virou político. Acompanhei-o de longe. De olho semifechado.

Tenho 66 anos e poucos amigos. Continuo não usando camisinha de vênus quando faço sexo com estranhos e estranhas. Toninho, onde estás que não me respondes? Será que sobrevive às epidemias modernas? ou sucumbiu a elas? Não sinto saudades.

Mário sonhava com coisas práticas. Não sonhava pelo gosto de sonhar. Sonhava para que o produto onírico fosse transferido da cachola dele para a minha. Fosse incorporado ao meu arredondado de cabelo, pele, massa cinzenta e osso. Minha pessoa, seu objeto.

Donana e eu distanciávamos da realidade. Abrigávamos no sonho. Éramos chegados a uma abstração. Mário mais o *ele* dele – que ia se enraizando em mim sem que conseguisse extirpá-lo – íamos do sonho para a realidade. Pé no chão. Bate que bate a pedra até que a água brote.

Mário sonhava com coisas práticas e adivinha estômago, intestino e culhões da minha vida pessoal, que só pai e mãe – os verdadeiros – poderiam ter conhecido ou conhecer. Coisas de mentor. Não prescrevia o futuro tim-tim por tim-tim. Como cartomante ou babalaô. Recitava o meu futuro, como ator recita poema. Em ritmo de decoreba emocionada. Soletrava uma palavra, cujas letras faziam parte do nosso alfabeto sentimental. Escandia cada sílaba.

Não enxergava meu futuro. Imaginava o futuro que iria se concretizar em mim. Como se imagina como nova uma palavra que já existe. Corrijo-me. Catava pedrinhas do mosaico futuro. Como galinha cata milho. Para encher o papo. Da nossa amizade. Catava aquilo que poderia ser – ou não ser – no meu devir. E cravejava.

Deixava subentendido na fala e intenções que iria baixar a espaçonave do sonho dele para pousar no teco-teco da minha realidade. Reabastecia-o com fluidos vitais. Que eu fosse receptivo ao movimento de acoplagem. Que abrisse as válvulas dos tubos de conexão.

O prosseguimento do voo era tarefa minha. Aparentemente. Só minha.

Só hoje avalio o outro lado da fala e da intenção de Mário. A empáfia dele. Mentor. Que eu me deixasse moldar por ele, que nem argila nas mãos de oleiro. Atualizo a comparação. Meu disquete de vida seria formatado pelo software dele. Ponto final.

Retomo. Cronologicamente.

Disse-me certas palavras sobre minha infância. De maneira despudorada. Fingi. Não são verdadeiras. Repetiu-as. Não fingi mais. Ele sabia coisas que eu nunca teria sabido que ele poderia saber. Disse-me. Uma vez mais. Disse-me que não queria que o adulto (eu) voltasse a ser o bebê que encontraram sedento, faminto e carente numa maternidade. Bastardo. Filho da puta. A praguejar contra pai e mãe, falsos. Queria me ver diplomado e competente. Não sei se, de sobra, famoso e rico. Homem de sucesso, certamente.

Eis o seu lado Donana, a que me referi.

Já me via com o diploma de belas-artes —me disse –, com especialidade em artes decorativas. Via-me desenhando, para as Escolas de Samba cariocas, fantasias, adereços e alegorias de mão. Transformando lixo em luxo. Folhas de jornal velho em papier mâché multicolorido. Caco de vidro em pedra preciosa. Latão em ouro. Colares, diademas, coroas, grinaldas, pulseiras e anéis, feitos do nada e para o nada. Deslumbramento na avenida Rio Branco. Mandando costurar reluzentes peças do vestuário masculino e feminino. Lantejoulas e paetês às pencas. Purpurina faz tecido prateado. Vestindo reis e rainhas. Príncipes e princesas. Duques, condes e duquesas. Os cortesãos e os guerreiros. Mandando fabricar armaduras, malhas e escudos medievais. Lanças magníficas. Brasil pré-colombiano. Arco e flecha. Espadas assassinas e punhais traiçoeiros. Dando forma a animais humanos e homens animalescos. Imaginando carros alegóricos. Trabalhando pedaços de isopor como se fosse pedra-sabão. Gigantescos carros alegóricos onde belzebus e deuses, aves de rapina e cordeiros digladiavam sob a noite enluarada, semeada de estrelas. De repente pintava o sol no horizonte. Quarta-feira de cinzas.

Costureiras, bordadeiras, ferreiros, carpinteiros, pintores, escultores e modeladores – todos sob a minha batuta!

Meu chicote e destempero! – mestre e capataz no barracão da Escola.

Mário me via carnavalesco. Premiado. Premiadíssimo.

Mário tinha amigos no meio artístico. Vale dizer: futuros pistolões. Dirceu e Maria Louise Nery, recém-chegados da Europa. Santa Rosa também. Igualmente Di Cavalcanti. O estilista Alceu. Podiam, podiam os ser cúmplices. A nata da nata. Também eram amigos dele o Arlindo Rodrigues e o Fernando Pamplona.

"Que velho não gosta de ser cercado por um jovem de talento?", perguntava, ao acoplar a espaçonave do sonho no meu teco-teco profissional.

Mário tinha lá as suas conexões políticas. Já me via sendo designado pelo prefeito da capital federal para fazer a decoração das ruas do centro da cidade. Da avenida Rio Branco. Da Cinelândia. Da praia do Flamengo. Há poste? Lá estarão dependurados estandartes retumbantes e multicoloridos. Idealizados e pintados por mim e equipe. Há dois postes paralelos? Lá estarão bandeirolas alegres e festivas. Perfiladas no arame esticado em varal. Idealizadas e pintadas por mim.

Mário era amigo dos Guinle, do Oscar Ornstein e dos Silveirinhas da Bangu Tecidos. Dos cronistas sociais Jacinto de Thormes e do Ibrahim Sued. Já me via cercado e paparicado por misses e as certinhas do Stanislaw Ponte Preta. Por bichas escandalosas emplumadas e enrustidas. Por lésbicas, travestis e socialites. Sendo chamado pra fazer a luxuosa decoração dos mais famosos bailes carnavalescos cariocas.

Enxergava a mim nas páginas coloridas das revistas semanais. Vejo-me no banheiro lá de casa. Admirava voluptuosamente as pernas roliças das vedetes, fotografadas de baixo pra cima. Mara Rúbia e Virgínia Lane. Tudo se resumia ao quesito luxúria.

O baile do Copacabana Palace. Patrocínio do chope da Antártica. A fina flor da sociedade carioca abraça o jet-set internacional e cai na folia. Nas asas da Panair.

Sucesso puxa sucesso. O baile do Glória. Patrocínio das Casas Alberto. Tecidos importados. Bichonas zombeteiras e balzaquianas desesperadas se xingam e se rasgam, ao se cruzarem na passarela do luxo.

A mecânica do saca-rolha como rodovia a ser trilhada pelo profissional.

Triunfo! O baile de gala do Theatro Municipal. A fina flor dos novos-ricos. Espoca a champanha da vitória. Como me agradava a imagem de homens vestidos de smoking ao lado de mulheres divinas e seminuas! Vestidas de tanga como índias desencavadas do fundo da Amazônia ou das praias azul-celeste do Havaí. Requebrando.

Todos querendo roubar a atenção das lentes. Foto certa na edição especial de O *Cruzeiro* e da *Manchete*.

Minhas fantasias, meus ornamentos. Meu lança-perfume que nunca cheirei. Meu uísque 12 anos. A glória!

Dele? ou minha?

Mário acertou uma coisa no sonho da minha rápida e gloriosa ascensão profissional como artista plástico travestido de carnavalesco. Não seria – e acabei não sendo – gravador, desenhista ou aquarelista. Queria ser – e acabei sendo – pintor.

Pintor de cavalete.

O carnaval não estaria de todo fora das minhas cogitações e ânsias de pintor. Não me especializei em artes decorativas. Especializei-me em pintura. Variadíssimas cores. Dissimulação. Travestimento. Muitas formas concretas e abstratas. Fantasia. Muitíssimas cores. A violência do gesto. Muitíssimas formas. Todas encurraladas num quadro restrito a centímetros e postas contra a parede da tela. Mãos ao alto! Cores assassinas. Assassinadas, tão logo secassem e se petrificassem em produto.

A tela. Meu espelho.

Meu ateliê, o ex-escritório do papai.

Minha arte. Não serei carnavalesco.

Mentor, já disse e repito, não é cartomante nem babalaô. Nem pai nem professor nem mestre. Tem vantagens. Para mim. Mentor não tem compromisso com a boa sina nem com o fado adverso. Não lê o futuro nas cartas ou nos búzios. Não se submete aos bons e aos maus ventos do destino. Faz planos de vida para o outro que, se o outro não quiser nem puder levar avante, não precisa realizar. Tudo escrito. Tudo pode ser reescrito. E se o mentoreado seguir os planos, e não der certo, não tem importância. Tira o time de campo. Não chora. Não se autocritica. Não se culpa. Não remói remorso.

Erro dele. Culpa dele. Castigo nele.

Mentor tem algo de horóscopo. Está escrito nas estrelas e é passível de ser corrigido a cada 24 horas. É cotidiano e matutino como o jornal que, depois da leitura apressada, vai à noite para a cesta de papéis. A gente lê. Dá certo. Deu errado. O equívoco é sempre do vidente e não do coração solitário. Já pensou se todos os seres do mundo, todos, fossem sendo ordenados em doze constelações zodiacais? Muitos têm de ser exceção na categoria que lhes tocou pelo dia e hora do nascimento.

Sou Virgem? Sou Libra? Nasci a 10 ou a 29 de setembro?

Mentor e discípulo nada tem a ver com pai e filho. Não há envolvimento. Tipo carne da minha carne. Sangue do meu sangue. Sol da minha vida. Relação quente. Filho de peixe. Não há gene no meio do caminho dos conselhos e das discussões. Não há mapa de DNA que esclarece pensamentos, ações e emoções do discípulo. Tudo se dá às claras da razão ou dos sentimentos do sujeito.

Relação fria.

O mentor não evidencia a força que engendrou o gene. Evidencia o evidente. Nada está ali (no embrião) programado em forma de mistério insolúvel. Se o futuro estivesse camuflado sob a forma de ações perversas no inconsciente do gene, um bom cirurgião psicanalista, e pimba! O programa de que o mentor se vale para formatar a personalidade do discípulo trabalha com os sinais evidentes da própria personalidade. Aquilo que é necessária e absolutamente escancarado. Em nada por nada profundo e abscôndito. Talvez amordaçado. Arranca-se a mordaça. Da tia Anastácia. Não somos todos os cariocas, segundo Toninho, legítimos descendentes dela?

Tá na cara. Veja a cara! e conheça o cara. Palavra de mentor.

O mentor evidencia o evidente, como o psicanalista – ambos do lado de fora. Preservam-se ao ocuparem o lado de dentro da espaçonave, que se acoplou ao teco-teco à deriva.

DNA é combustão interna. Física e moral. Fogo que arde na pira divina da gestação. Ou na pica humana do garanhão.

Os fluidos que Mário me passou foram tão frios e artificiais quanto flores de plástico num vaso de baquelita que repousava sobre toalha confeccionada em tecido 100% acrílico. De natural, só a água que se despejou no vaso.

Só quê.

Flores de plástico não precisam de água para sobreviver.

Ele não me passou nada de natural. Nem a água. No vaso. Truque espelhado. O ser humano estava sendo fabricado segundo fórmula de artesão divino ou de cientista.

Uma diferença ou nenhuma diferença. Papai e mamãe não são meus pais. Poderiam ter sido tão mentores quanto Mário? Relação fria. Não há uma comunidade de DNAs que nos envolve. Ou há?

Só teria conhecido mentores na vida?

Não tive mãe. Não me lembro da cara dela. Não conheci meu pai. Também não me lembro da cara dele. Vejo agora que fui sendo programado por figuras que – nem de longe suspeitava – conduziam meus passos.

Que de longe conduziam meus passos.

Não há como botar os olhos numa pessoa para saber o quê do queixo, do sovaco, das maminhas, da barriga, do fígado, do pâncreas, dos rins, dos colhões ou dos fios de cabelo é dela, sendo meu. O que da minha genitália, potência e preferência sexual é dela?

O que da minha sensibilidade artística é meu sendo de todos da família?

Se mandar fazer o mapa dos genes, vou antes me perguntar para quê? Não há família conhecida a que me referir. Não há sangue de parente que respalde ou confirme. Solitário com a minha própria constituição física e psicológica. Solitário com o meu sangue de bastardo, enjeitado e pobre. Filho de débil mental.

Decifra-me, ou te devoro! T'esconjuro!

Tinha o dom do desenho e não adivinhava que seria aluno de belas-artes. Não pelas maluquices de papai. A fabricar camisinhas de vênus ao lado da Quinta da Boa Vista. Não pelas artimanhas de mamãe. A colecionar fotos de família em álbuns infindáveis. A se ajoelhar na igreja diante do altar.

Marcel Marceau no palco, Jean-Louis Barrault na tela.
Mamãe. Sentada no quarto diante do espelho.
Basta!
Volto a Mário. O mentor é uma desculpa esfarrapada que só serviu para encher mais um capítulo do livro. Inventei-o a partir do marco zero da minha imaginação. Fiz de conta. Não era eu, era ele quem estava programando os meus passos em direção à vida profissional, que afinal assumi. Com grande sucesso financeiro e nenhum sucesso artístico.
Chega de frescuras!
Volto a mim.
Diplomado pela Escola Nacional de Belas-Artes.
Primeira tarefa profissional. Monumental. Desembaraçar-me do planejamento feito pelo mentor.
Mestre dá conselhos abstratos.
Professores ensinam.
Mentor passa receitas de enriquecimento rápido e sucesso.
Mestre foi o Zé Macaco. Desprovido de volúpia pelo vil metal e pelas palmas. Ensinou-me pelos caminhos da luz. Guia. Seja o cosmos. Olhe a lua, as estrelas, os cometas e o sol. Imagem da perfeição.
Mestre não precisa ser humano. Mestre pode ser conversa inesperada com desconhecido. Páginas de romance. Livro de poemas, de filosofia ou de história. Mensagem pela internet. Águas límpidas e claras. Transparentes. Profundas. Abissais. Pode ser peça de teatro, filme, escultura ou quadro. Coisa tão concreta quanto pedra. Tão moldada pelo homem quanto tijolo ou telha. Telúricas, dramáticas e sentimentais.
Professor é aqui ao lado, no tatibitate das lições.
Mentor é ali, no deus me acuda do cotidiano.
Mestre é anjo da guarda. Acompanha a gente no poço. Na caverna. No fundo do mar. No escuro e ao amanhecer do novo dia. A gente tem certeza da ausência e sente a presença.
Mentor é unha encravada. Dói, ó, ali, no dedão do pé.

Não há como fazer a dor passar. A unha, ao ganhar espaço para si, morde a carne e a tritura. Mastiga em silêncio o corpo do dedão. Tortura. Tormento. A unha liberou a dor para que tomasse o elevador do corpo e fosse parando em cada junta, até invadir o crânio e ocupar a atenção. Dor em debandada, que se concentra no sistema nervoso.

Podólogos do mundo! o que seríamos sem a delicadeza das suas mãos e a firmeza incisiva das suas ferramentas de trabalho? Para caminhar, há que se livrar primeiro do mentor, assim como da unha encravada. Há que se apoiar nos mestres. São eles os podólogos dos mentores.

Foi o que fiz. Deixei o podólogo de plantão desobrigar-me da unha encravada do mentor. Também dos professores da Escola Nacional de Belas-Artes, que me desculpem. E me perdoem. Foram meus professores e se tornaram amigos. Os professores só são professores. Para sempre. Rabichos de mestre. Não chegam tampouco a ser unha encravada que mais e mais fere o corpo sensível do dedão. Aprendia com eles? Aprendia. Deles me distanciava. Mais me distanciava, mais me sentia artista. Dono do meu nariz.

Uma imagem?

Meia, cueca, calça e camisa – compro já confeccionadas.

Terno e smoking só sob medida.

Já pensou na diferença? não pense. Medite. O assunto é profundo. Aparentemente superficial.

Sob medida, estava à minha espera a pintura de cavalete. Serei alfaiate e cliente. Costuro para mim.

Que Mário costure para ele. Dizem que sou ingrato.

Do alto dos meus sessenta e tantos anos, pergunto:

Quem afirma isso?

Um eco responde: "Alguém."

Pergunto: Que alguém?

Um eco responde: "Ninguém."

Copiar por copiar, continuava a copiar.

Deixei foi de copiar a natureza e os seres humanos. Encontrados ao acaso das caminhadas e perambulações cotidianas. Clicados pela retina e trazidos pela memória aqui para dentro do quarto de dormir. Para que fosse executado o trabalho de reprodução no papel ou na tela. Virgens. O toque subjetivo da perfeição era presenteado à realidade pela mediação da cópia. Remendava e aprimorava o ser ou o objeto que fora, na origem, criação divina. Meu lema. Farei do mundo uma gioconda. Tomado de empréstimo a um taxista paraibano, radicado no Rio, que o tinha como filosofia de vida, gravado em letras douradas no porta-luvas.

Um dia acordei diferente. A diferença estava no acordar. À saída do sono. E não no meu corpo. Dentro de mim. As quatro paredes do quarto de dormir, iluminadas pelo sol matinal, expulsavam todas as cópias bastardas da realidade, que tinha trabalhado com tanto carinho e imprecisão. Tinha de obedecer ao imperativo. Evacuá-las. Liberava-me do espetáculo montado espetacularmente pela agressividade do dia a dia irascível e laborioso dos homens, que fora trazido cá para dentro. A fim de ser transcrito por estas mãos. De um só golpe a reprodução perdia as referências clássicas da representação.

A diferença estava no modo como os olhos, ao se abrirem, passaram a perceber as coisas. Notei que o tamborete, onde me sentava para pintar, notei que ele e eu éramos parte do quarto e do ateliê improvisado. Fazíamos os dois parte duma cadeia circunscrita de coisas, que tinha maior valor semântico que o objeto ou o passante entrevistos na rua e reproduzidos no papel ou na tela.

As coisas lá fora não significam o mundo, *capisce*? Menos significam o mundo, se representadas aqui dentro do quarto. De maneira realista.

O mundo é significado pelo tamborete e por mim, que nele toma assento. Neste ateliê improvisado. Nele me sento para desenhar ou pintar. No papel ou na tela branca. Virgens. Diante de mim.

Trazer o objeto real ou o passante para dentro da tela (espaço falso), para dentro do quarto de dormir (tempo falso), era o caminho mais agudo, insuportável e pungente para se chegar à falsa verdade do mundo. Verdade ética, verdade estética. Falsas. Enuncio uma falsa verdade quando digo que o objeto e o passante não estão no quadro. E solto um pum, à maneira do Zé Macaco. Enuncio uma falsa mentira quando digo que eles não estão dentro do quarto. E solto um pum, idem. Se estão lá fora, que por lá fiquem. Tinha de expulsá-los da tela. Evacuá-los do quarto. Ao som dum dobrado executado num trombone de peidos e em exaltação à pátria amada dos verdadeiros artistas.

Em poucas e boas palavras eis a lição que as paredes brancas do quarto me deram naquela manhã, sob a inspiração do jovem mestre Maciste.

Rejeitar a conivência da nova sensibilidade com o passado. Jogar pela janela do quarto, que dava para os fundos da casa, tudo o que tinha desenhado e pintado. Até então.

Desci as escadas, passei pela despensa e apanhei uma garrafa de álcool e uma caixa de fósforos. Saí pela porta da cozinha (por onde tinha entrado pela primeira vez nessa casa). Amontoei as coisas que tinha jogado no quintal. Debaixo da janela. Despejei meia garrafa de álcool na pilha de telas, chassis e molduras. Ateei fogo. A fogueira resplandeceu ao lado do canteiro de hortaliças, que mamãe cultivava, e das pouquíssimas árvores frutíferas mandadas plantar por papai.

A cozinheira – lá da porta dos fundos – me perguntou se já era S. João.

Disse-lhe que estava comemorando o dia de são nunca.

"Nunca ouvi", ela cismou com os botões do avental. Deu meia-volta. Foi terminar o almoço.

Pus fogo nas obsessões do adolescente cheio de pus e de espinhas na cara.

Consertar o mundo... Que bobagem! Isso era matéria para o Zé Macaco. Nada sou – talvez algum dia chegue a ser alguma coisa – frente ao desconcerto do mundo.

Desde o princípio, o mundo tinha sido feito – e, século após século, civilização hegemônica após civilização hegemônica, foi sendo feito – para ser uma bagunça inominável. Ao fim e ao cabo. Ainda não chegou à (embora por várias vezes tenha beirado a) condição de caos porque não pode explodir, pum-purum-pum pum-pum! e... acabou-se o que era doce na história do homem no planeta Terra. Se explodir algum dia, explodirá por um bingue. Seguido de um bongue, que por sua vez dará início a uma mera réplica fajuta deste mundo em que todos moramos. Bidu! O mundo é sempre. Não começou. Por obra do homem. Não pode acabar. Por cansaço do homem. Ou histeria de Deus. Quem quer que sejam eles.

De tempos em tempos o mundo fecha as cortinas do passado.

Fim do primeiro, começo do segundo ato, fim do segundo, começo do terceiro ato da peça mundo. Ao próximo!

O tempo ruge no planeta como leão da Metro na tela. Somos atores no nonagésimo sexto ato. Que pecinha mais longa essa que Deus (não importa se o verdadeiro ou o falso) está escrevendo e nos pregando.

O teatrinho do mundo é uma teoria como várias outras para explicar a permanência em órbita do planeta Terra. Ou da divindade que o rege. Diz com todas as letras que, se na primeira peça viemos à luz como terra, na segunda, o útero das galáxias dará à luz uma espaçonave. Se na primeira peça nascemos animais descendentes do macaco, na segunda nasceremos chips de computador *made in Japan*. Se nos tornamos humanos na primeira peça, na segunda viraremos robôs sofisticadíssimos. É preciso dar tempo ao tempo. E aguardar o fim da era do ser humano de carne e osso.

Fim da era dos binóculos. Já imaginaram. Entra em cena o telescópio de bolso, tão potente quanto o Hubble e os que a NASA ainda desconhece. Cada escotilha da espaçonave um telescópio. Seremos voyeurs do robô monoico que se despe na via láctea. E não do/a vizinho/a que se exibe nu/a na janela em frente. Fim da era dos seres animal e vegetal. Fim do erotismo ditado pela dupla masculino/feminino. Só o mineral assexuado não sai de cena durante a passagem da primeira para a segunda peça.

Essa tese, sucintamente descrita, foi defendida pelo cineasta Stanley Kubrick. Com câmara, película, atores, maquetes espetaculares e muita farsa. Tese em nada apocalíptica. Antes pelo contrário.

Fez um filme. Por muitos anos foi, entre os prosélitos da teoria, a *Revelação* (tradução atualizada de *Apocalipse*, o bíblico do vigésimo ato, lembram-se?). Drama exibido em todos os cinemas do mundo no nonagésimo quinto ato da primeira peça. Se vir alguém – homem, mulher ou criança, e até mesmo animal – com três letras tatuadas em azul no braço esquerdo, H-A-L, já sabe, é evangelizador do futuro. Se estas três letras estiverem tatuadas em vermelho transparente, com outras três letras, I-B-M, impressas em fundo azul, já sabe, é sacerdote da nova religião. Nada de tolerância zero. Não os persiga. Não os mate. Tolerância infinita. É nossa permanência transgênica na segunda peça que está sendo assegurada.

Escapo pela tangente. Uma outra teoria diz que o mundo não pode acabar. Deus não deixa. Se o mundo morrer, Deus morre com ele. Para se preservar vivo, Deus resguarda mundo e seres humanos do caos terminal. Não aprovo essa teoria da dependência, que cheira a hospital do INPS. Deus não é carente de poder e eternidade (isto é de vida). Por que e para que inventou o céu, os mares, a terra e, ainda por cima, o ser humano à sua imagem e semelhança? Não carecia. O homem foi criado à imagem e semelhança para que dominasse os peixes, as aves, os animais domésticos, todos os animais selvagens e todos os répteis que rastejam sobre a terra. Competição não é o forte de ditador nem de imortal. Numa escorregadela dessas, o ditador perde o poder para o competidor. Vira democrático e mortal.

Publiquei na imprensa carioca um artiguinho sobre o assunto. Fui contestado por um padre franciscano. Opunha aos meus argumentos uma versão modificada da fábula do lobo e do cordeiro, de La Fontaine. Dizia que a parte de Deus não era a do leão (como eu apregoava). Era a do cordeiro. O cordeiro não precisa partir nem repartir, para ficar com a melhor parte, que é a parte do Amor (a maiúscula é dele).

"No caso de Deus, é heresia falar de carência de poder", desenvolvia o seu argumento. "Deus é imortalidade divina, que se confunde com a sobrevivência das espécies pelo Amor, que transborda da violência do coito carnal."

Não trepliquei. Achei piegas a réplica do jesuíta. Não tivesse Pascal – no tocante às ideias religiosas dos padres da Companhia de Jesus – chegado a conclusão idêntica à minha. Isso séculos antes do meu nascimento. Já entenderam. Se treplicasse, me chamaria de plagiário.

Volto a escapar pela tangente. Uma terceira teoria diz que existe no mundo um Trabalhador concreto. Misterioso e oculto. Conceitual. Assassino de Deus. Ele rala sub-reptícia e silenciosamente a favor da paz entre as nações do planeta. Em prol da concórdia entre os homens de boa vontade. Em defesa do progresso tecnológico da civilização ocidental. Controla a ganância de uns e a pobreza de muitos. Desmascara os poucos poderosos. Ilumina os desgraçados com a luz da esperança. Domina espaço e tempo. O mundo animal, vegetal e mineral. Técnica e artes.

Os seres humanos são pálido reflexo da força soberana que emana dos braços sadios e musculosos do Trabalhador. Estes parecem sem mácula. Esculpidos em mármore branco de Carrara. Com o cinzel da justiça. O Trabalhador sobrevive em nome das réplicas que o homem inventa para explicá-lo. Pode ser confundido com o sistema educacional. Com o sistema carcerário. E ainda com o complexo bélico-industrial. Ou com os três ao mesmo tempo. Não mora na capital do Império. Mora na periferia. Num subúrbio da periferia do

Império. Essa confusão do Trabalhador com valores regionais, nacionais e internacionais é mera questão retórica, trabalhada nos labirintos da razão para que Ele governe sem questionamentos profundos o Homem, como vimos, emanação sua na teoria.

Há uma quarta teoria, que não é a última. Retoma muitas das ideias desenvolvidas pela tese anterior. Desvirtua. O trabalhador é múltiplo e camaleônico. Por isso vem grafado nos livros com *t* minúsculo. Antes de ser oculto, é visível. Antes de ser misterioso, é escorregadio. Antes de ser inteligível, é sensível. Existe um protocolo de *trabalhador* inscrito dentro de cada indivíduo. Não importa o gênero, a raça e o credo. O protocolo toma o volante da vontade do cidadão e, tão obstinado quanto o Trabalhador, direciona o carro do desejo para a reprodução, o bem comum e a harmonia.

As ações de todo e qualquer ser humano não emanam, como na teoria anterior, do Trabalhador. Emanam duma única ideia singular e rarefeita. A ideia – ao contrário do que prega a teoria anterior ao capitalizar o *t* de Trabalhador – é o mínimo múltiplo comum da solidariedade universal. Por emanar do múltiplo e camaleônico, a ideia acaba por se distanciar da ideia singular e rarefeita, sem nunca escapar ao seu controle. Apesar de ser este aparentemente impreciso e esgarçado.

A quarta teoria tem uma divisa na língua latina. Seus seguidores são eruditos e cultivam a sabedoria dos clássicos. Ela diz: "Labor omnia vicit improbus." Trocado em miúdos brasileiros: "O trabalho persistente vence tudo." Até que chegue o ato final da primeira peça, presumo. Já viu se robô vai exigir melhores condições de trabalho e melhores salários.

Tenho a minha própria teoria. Modesta. Para uso interno.

Coisa de adolescente. Com pus e espinhas na cara.

Tem a ver com cada macaco no seu galho. (Nada a ver, nem alusão, ao Zé Macaco.) Foi elaborada há tanto tempo que a dou por esquecida. E está esquecida. Assassinada pelas células do cérebro que foram assassinadas pelo transcorrer do tempo.

Deve ter ido embora na fogueira que acendi no dia de são nunca. Marco zero da minha indisponibilidade com a realidade.

Não cheguei a anotar a teoria no meu *Diário íntimo*. Por preguiça, ou por suspeita de que não era original. Deixo para contá-la depois. Se e quando me lembrar dela. Dizem que a gente, aos oitenta anos, se lembra de tudo o que aconteceu. A memória é senil. Não é juvenil. Não lembra nada do presente nem de ontem. Lembra tudo do passado remoto.

Dizem, e acredito piamente, que é na lacuna aberta pela falta de memória que nascem as grandes teorias matemáticas, que explicam o mundo. Os números é invenção de jovens, já as palavras... Os velhinhos armados jamais serão vencidos. Meu Deus, salve-me deste precipício!

Faltam treze anos e alguns dias para me lembrar da teoria que esqueci.

Chega de teorias. Vamos à prática.

Copiar por copiar, continuava a copiar.

Voltei a tomar assento no meu tamborete. No quarto de dormir. Depois de a raiz do pus ter sido ressecada. De as espinhas terem partido em revoada para a pele de outro adolescente. De ter sido acesa a fogueira do dia de são nunca.

Sentado no tamborete. Diante do papel e da tela. Em branco. Ou virgens?

Adeus lá fora.

Copiava os clássicos da pintura universal e nacional. Dos renascentistas italianos aos impressionistas franceses. Passava pelos barrocos espanhóis. Dos impressionistas ingleses a Mondrian. Passava pelos cubistas da escola de Paris e de Barcelona. Dos românticos brasileiros aos modernistas de São Paulo a Volpi. Dos modernistas do Rio de Janeiro a Lygia Clark. Tenho disciplina no trabalho e bom gosto. Isso é inegável.

Fiz esboços? fiz.

Amontoei croquis? amontoei.

Gastei papel, lápis e carvão? gastei.

Desperdicei telas? desperdicei.

Gastei bisnagas e bisnagas de tinta. Minha paleta, miniatura bem nutrida de tela assinada por Jackson Pollock.

Gastei tostão por tostão o dinheiro que teria sido gasto no curso de arquitetura.

Escamoteei da família documentos escolares? escamoteei.

Rasguei avisos, cartas protocolares, boletins, enviados pela secretaria da Escola de Belas-Artes? rasguei.

Com a tesoura também cortei em pedacinhos telas e mais telas. Joguei tudo no lixo? joguei.

Acendi novas e outras fogueiras de são nunca? acendi.

Admirei, detestei, esperdicei. Salvei. Não salvei. Trabalhador braçal. Compulsivo, intenso, dinâmico.

Gradus ad parnasum, ensina Horácio, o romano, na sua *Arte poética*. No popular. Os degraus que temos de subir (não vale galgá-los de dois em dois e muito menos de três em três) para atingir a perfeição artística.

Cada folha de papel canson rasgada e atirada na cesta, cada tela rasgada e atirada na lata de lixo – um degrau.

Uma vez mais. Com obstinação. Chegaria lá. Um dia. Quem sabe?

Muitos degraus subidos – o primeiro patamar. Outros muitos degraus subidos – o segundo patamar. O terceiro, o quarto...

Ouvi dizer que são sete os patamares da verdadeira sabedoria. Mentira. Podem ter sido sete para o Zé Macaco. São duzentos. Proponho. A partir da própria experiência. Não paro de subir, de alcançar novos patamares. E nada. Sobram ainda muitos patamares para alcançar. Para que eu chegue à perfeição na arte da cópia.

Lá chegando, terei tido uma carreira original. Novo Leonardo da Vinci. Novo Rembrandt. Novo Cézanne. Novo Picasso.

Devorem-me como tal.

A cópia me torna modelo que serve de exemplo para os pósteros. Ou me vomitem.

(Devore-me como exemplo e modelo.

Será esse, caro leitor, o motivo que o levou a procurar estas memórias na livraria mais próxima? a comprá-las e a lê-las?

Agradeço-lhe o voto de confiança. O nome do autor é verdadeiro. A proposta de livro que o nome vende – a narrativa autobiográfica duma experiência de vida corriqueira e triunfal com o título de *O falso mentiroso* – é enganosa. Não encontrei melhor solução nem título. Fui tentado por outro. *O patinho feio*. Estaria mais próximo da realidade. E seria pior.

Falta de imaginação? Falta de talento? Faltam-me as palavras? Dou-lhe o direito à resposta.

Você chegou até aqui. Calculo. A duras penas. Parabéns.

Imagino. Suas pernas estão trôpegas e sinalizam cansaço. Pergunto-me. Será que seus olhos compreendem as segundas e terceiras intenções que se escancaram a cada página das memórias? Duvido. Não está tirando prazer da leitura nem usufruindo os conselhos. Arrefeço. Tudo vale a pena.

A criança fala sem que o pai lhe ensine o que é a linguagem. Sem que lhe abra gramática e dicionário. Ela imita. Imita o pai. Compreende tudo. E repete tudo o que o pai diz, como se fosse dela. Se o pai não tomar cuidado, ela vira mestre dele. Há casos. Muitos. Este, por exemplo.

Dou-me por satisfeito se com estas memórias conseguir elucidar algumas poucas coisas sobre personalidades raras. Já vê. Não sou pretensioso nem pessoa de invocar o noves fora. Tenho horror ao zero. Invenção dum Napoleão de manicômio. Aliás, nunca acreditei nele.

Nada impede que lhe explicite detalhes da minha personalidade. Embora violado, sou inviolável.

Sou cofre de valores em tempos de mercado negro. Fecho-me hermeticamente em palavras e frases de efeito. Convincentes. E jogo a chave pela janela. O conteúdo do cofre só é acessível a dedos de ladrão de casaca, a chaveiro mestre em moldes de cera e a experto em fogo de maçarico.

O conteúdo do cofre não fica também a salvo de psicanalistas, adivinhos, bruxas e feiticeiras. De críticos literários.

E de necromantes também. Os pensamentos não morrem quando se corporificam em palavras? Livro não é uma sucessão de falas adormecidas no tempo e no espaço de Gutenberg?

O restante está na parábola da ressurreição de Lázaro.

Jesus (constata): "Nosso amigo Lázaro adormeceu."
Discípulos (esperançosos): "Senhor, se dorme, estará salvo."
João, o evangelista (explicativo): "Jesus falara com respeito à morte de Lázaro. Os discípulos supunham que tivesse falado do repouso do sono."
Jesus (elucidativo): "Lázaro morreu."

Saltem-se alguns versículos.

Jesus (em voz alta, ditatorial): "Lázaro, vem para fora da gruta."
João (estupefato com a contradição): "Saiu aquele que estivera morto."

Moral bíblica. Por personagens. Você escolhe.

Jesus faz de conta que não mata. E mata. Faz de conta que mata. E salva. Mata pelo sentido figurado de *adormecer*. Ressuscita pelo sentido próprio de *morrer*.

Os discípulos tomam como próprio o que é figurado. O pão, pão, queijo, queijo dos pobres de espírito.

O evangelista intervém. Ascende o pobre de espírito à palavra divina. Sofre de proselitite aguda. Vinde a mim os...

Peço-lhe desculpa, caro leitor, por tê-lo feito sucumbir ao feitiço da linguagem. Por tê-lo feito escravo do sentido próprio e do figurado. Por fazê-lo acreditar na língua portuguesa. A última flor do Lácio, inculta e bela, a um tempo esplendor e sepultura. Coisas de cultura subdesenvolvida. Ou de cultura em desenvolvimento em tempos neoliberais. É penoso – sei de experiência própria – caminhar inutilmente por tantas páginas impressas e por tão longo tempo.

Não preciso mais sair de casa para o lazer. Você também. Basta ligar o rádio ou a televisão. Botar um CD no aparelho de som ou um filme no DVD Player.

Neste livro. Paisagens linguísticas comoventes foram montadas contra o pano de fundo de requintados cenários de musical na Broadway. Ou contra o pano de fundo de telões improvisados em teatro de revista da praça Tiradentes. A linguagem figurada se descortina pela janela do trem em que viajamos. Como na Bíblia sagrada. Que as paisagens linguísticas encham os olhos e os ouvidos de entusiasmo. E o paladar de delicioso e refrescante sabor de hortelã-pimenta. Que nos façam esquecer cenários e telões.

Moral caseira. De um único personagem. É assumir. Ou jogar no lixo.

Sou muito secreto. Não guardo segredo.

Não sou dado a intimidades. Sou intimidado.

Vivo como devasso. Não sou indevassável.

Dizem-me singular. Evito o tom pessoal.

Sou mau. Pratico a caridade. Dizem-me generoso.

Volto às primeiras linhas deste longo parêntese e à estrutura básica das memórias.

Se desconfio de mim, como servir de exemplo para o outro? Se me constituo de cópias, como me apresentar como modelo? Se não sou original, serei modelo de araque?

Como fazer um modelo de araque ficar de pé por tantas páginas?, eis a questão das questões.

Mais você me devora como exemplo, mais frustro sua esperança de balada pelo paraíso terrestre – não imagina o prazer!

Jogue fora a escada, depois de ter subido alguns degraus por ela. *Gradus ad parnasum*. Cresça a partir da minha autodestruição.

Ainda não raiou no (meu) horizonte intelectual a conquista do Everest. Vivo abaixo das nuvens, em extenuante escalada.

Subo minhas inclinações.

Desço minhas propensões.

Sobrevivo no limbo das frustrações e expectativas.

Dessublimo o sublime. Porta de saída.

Deixo-me abater pelas circunstâncias. Normal. Sou masoquista.

Abandono como inútil a metáfora da escada para explicar o autodesenvolvimento pela leitura de livros. Fique com a escada, jogue fora a metáfora.

Com as folhas deste livro, faça sua fogueira de noite de são nunca, como ateei fogo na minha produção artística certa manhã em que acordei diferente. Tinha de me livrar dos cacarecos artísticos para começar a soltar novos pum-pum-purum-pum-puns! e chegar a futuras tralhas. Ousadia e medo.

O mundo é trolha e tralha. Duas faces da mesma moeda. Fodão e cagão. Idem.

Meu reino por uma interjeição. Psiu! Hum-hum! Zás! Arghhhh! A literatura significa tanto quanto as interjeições em estado de dicionário. Tome a frase como bula de remédio. É uma falsa mentira. Tão profunda quanto a verdade.

O silêncio.

Aprendi a conhecer o silêncio e suas formas de representação com os mímicos franceses e mamãe. Os rompantes raivosos do silêncio. Só os fui conhecer com Esmeralda. Embutindo-a na cama de dormir e de trepar, como modelo e exemplo. Ela não é uma surda pré-linguística. Nos primeiros seis anos de vida, conheceu as maquinações e os destemperos da linguagem dos homens e do mundo. Familiarizou-se com eles. De repente, os ouvidos instalaram o silêncio peremptório na sua existência de menina órfã.

Os ventos da sua fúria queriam chicotear Deus, o mundo e os familiares. Como Esmeralda conseguiu arrefecê-los? Não sei. Como ela não deve ter esperneado, se machucado fisicamente, gritado, amaldiçoado! Por dentro. Sem palavras para fora. Da pele para dentro. Para dominar a fúria da justiça a ser feita com as próprias mãos. Ficou muda. Surda para os apelos do mundo.

Julgo-a titânica diante da minha devassidão de pequeno homem escabroso, que quer ser modelo e servir de exemplo.

Caro leitor. Os manuais modernos de sabedoria recomendam. Só fale sobre aquilo que você não pode calar.

Na falta de melhor conselho, peide-me. Por favor, musicalmente.)

Retomo.

Lance de escada subido e ultrapassado, patamar alcançado. Minha consciência, minha celebração. De cada um dos patamares descortinei o inconfortável sucesso da minha vida profissional. Tão inconfortável quanto precário. Tão precário quanto calculado. Tão calculado quanto criminoso. Tão criminoso quanto perverso. Tão perverso quanto *jocoso*.

Refaço a lista dos adjetivos que usei para qualificar as sucessivas etapas do meu sucesso: inconfortável, precário, calculado, criminoso, perverso e jocoso.

Quem sabe se não é deles. Do peso deles às minhas costas. E não do peso das palavras de papai, o falso, na minha infância e adolescência. Se não é deles que vêm as crises de torcicolo que me assaltam e me levam ao consultório do doutor Feitosa? Na subida do morro da perfeição, lá ia Samuel, lata cheia de adjetivos na cabeça. Não me avexo não. Não sou passista. Sou ritmista.

Se quisesse atingir o pico do Everest da arte. Passo-lhe os nomes dos próximos patamares que via à minha frente. Conforto, permanência, seriedade, revelação, legitimidade e bondade. Nasci para o bem e para o mal, e quase despenquei no limbo. Perguntei-me. Ao descortinar do sexto patamar a paisagem da vida. Será que algum dia chegarei a saber o que significa fazer o bem sem olhar a quem? Continuei perguntando. Será que saberei o que significa fazer o mal, olhos meus nos olhos da vítima? Explico-me. Fecho os olhos para fazer o mal. Sem olhar a quem. Coisas de cego compulsório nas artes do demo.

Duma coisa estava certo. Vida & arte – eram orgânicos no meu caso. Ninguém duvide. Só duvide o que não nasceu trigêmeo. Não se nasce trigêmeo à toa. Ou quádruplo. Nem é por acaso que se é amamadeirado, criado e educado como rico e filho da puta, para se descobrir, na idade da razão, pobre e bastardo. Filho de débil mental.

Salvaguardo-me das pegadinhas do destino. Recorro à teoria do dom expressa por Donana. Nasci predestinado.

Já que voltei a tocar nas circunstâncias do meu nascimento, adianto. Corre ainda uma quinta versão sobre elas. Teria nascido em Formiga, cidade do interior de Minas Gerais. No dia 29 de setembro de 1936. Filho legítimo de Sebastião Santiago e Noêmia Farnese Santiago. A versão é tão inverossímil, que nunca quis explorá-la. Consistente só a data do nascimento. Cola-se à que foi declarada em cartório carioca pelo doutor Eucanaã e Donana. Diante de padrinhos e testemunhas.

Obstinado, retomo e refaço velhos argumentos. Sou cabeça-dura. Cada um dos três (ou quatro, ou cinco) conjuntos de pai-mãe engendrou o respectivo embrião. Uma personalidade. Somos três, possivelmente quatro, talvez cinco, compartilhando um único cérebro. Os mesmos e tão diferentes olhos, ouvidos, coração, membros. Semelhantes e tão distintas vísceras, cus e colhões. Tudo perfazendo um único corpo. Este corpo, aqui, de carne e osso, que me escreve pelo uso e abuso da mão direita. Esqueci que era canhoto. Como me esqueci que nunca consegui transformar o fedor digestivo em perfume de lírios ensanguentados pelo sangue das anêmonas.

Dizem que sou mentiroso. Não sou.

Não vale só dizer que sou mentiroso. Provem que sou! Evidências. Não uma série de hipóteses mal-ajambradas pelo olhar da observação cartesiana maledicente.

Há pessoas que me leem e não têm nariz afinado. Para elas sou mentiroso, embusteiro, impostor. Não entendem. Às vezes fala um de mim. Às vezes fala o outro de mim. Às vezes o terceiro de mim e ainda o quarto – aquele cuja biografia escamoteei, lembram-se? e até o quinto – o inverossímil formiguense, antes referido. Às vezes os cinco falam ao mesmo tempo. A lei nunca fez o cidadão. Sempre refutei as provas levantadas contra a minha sinceridade. Apresentadas e debatidas no tribunal da consciência (ele existe! e ela também!). Poderia ter cursado direito. Não cursei. Pouco importa.

Argumento com palavras neste palanque armado na praça pública do livro.

Contradição ambulante? eu? Veja lá se lembro ou pareço Raul Seixas. Foi seu nariz que entortou. Nariz de penico. O resto está em Tom Jobim:

Se você disser que eu desafino, amor...

Há que distinguir. Vozes, tons, falas, sentimentos, ideias de cada um dos três corpos, dos quatro ou dos cinco *eus* que coexistem em mim. Normal. Há que aprender a voltar a entrecruzar, depois de desentrecruzados, vozes, tons, falas, sentimentos, ideias. Assim como aprendi. À imitação da muié rendera. *Tu m'ensina a fazê renda/ eu t'ensino a raciociná*. No entrecruzamento de vozes, tons, falas, sentimentos, ideias, sobressai o gene dominante, constitutivo da personalidade. Antropófago pela lei da natureza. Este *eu* que não quis ser *nós*. E é. É expressão de nós. Nós atados com escrúpulo e cuidado, que eliminam o *nós*. Dão autonomia ao *eu*.

Penso, falo, trepo, escrevo, como, me emociono, gozo, cago, pinto, mijo, existo. Sinto. Quem? Nós.

Tenho até o direito de fazer calar esta mão direita que escreve para que os outros mins de mim pensemos, falemos, trepemos, escrevamos, comamos, nos emocionemos, gozemos, caguemos, pintemos, mijemos, existamos. Sintamos.

Nós três ou quatro, e até mesmo cinco, nos entendemos fraterna e cordialmente pelo *eu* da mão direita. Ou será da mão esquerda? Ou será por causa do pum da retaguarda? *Eu* tão tolerante quanto o brasileiro.

Não é a tolerância do brasileiro que as canções engajadas e os hinos patrióticos apregoam em praça pública? Ou sob o toldo do circo?

Tão brasileiro quanto cordial. Não é o que dizem os inumeráveis intérpretes do Brasil?

Cada um de nós brota como água, nasce riacho, deságua no rio caudaloso da vida que, por sua vez, lança suas águas em pororocas e mupororocas no oceano da morte. Para lá caminham um a um. Caminhamos.

Na morte deixarei de ser múltiplo para ser singular. O ser humano se multiplica em nós. O cadáver não. É tão íntegro e solitário quanto a mais indesejada das gentes. A morte. As memórias póstumas são de um *eu* sem fendas. Não estas.

Vários pais, vários embriões, vários partos, vários falsos mentirosos, várias vidas. Uma única cova rasa.

Aqui jaz o que foi, em vida, falso mentiroso.

Pensam que é fácil copiar os mestres da pintura universal e nacional. Mais difícil que inventar seus quadros a partir de zero e por conta própria.

Questão de repertório, em primeiro lugar.

Quem inventa tem repertório diminuto. Viu dois ou três quadros na vida. Analisou-os, se é que teve tempo para analisá-los. Memorizou-os, se é que teve pachorra para tal. Às vezes não viu quadro algum. Artista pela própria natureza. Forte, grande, um colosso. Quem viu menos de milhares de quadros fica circunscrito à autonomia e à ruína da própria sensibilidade.

Quem inventa não é um artista trabalhador. É um deus portátil. Como o deus portátil não tem gavetas, onde se guarda e se esconde o conhecimento. Não há gaveta, não há necessidade de chave para abordá-lo.

Quem copia tem repertório imenso e variado. Confunde-se com os vários volumes duma enciclopédia visual ambulante. Um filme de longa-metragem. Cada fotograma é uma obra de arte. Para criar, há que procurar dar sequência às imagens desencontradas. Processo de montagem ardiloso. A graça mais engraçada está em misturar. Locais e épocas. Em embaralhar. Nomes, línguas e procedências. Finalidade fidalga. Dar estatuto de nobreza artística à grande figura universal do anonimato. A cópia.

Questão de estilo, em segundo lugar.

Quem inventa desenvolve um estilo próprio. Intransferível. Se apossado por outro, há curto-circuito. O outro é julgado plagiário. Tão criminoso quanto o cara que rouba o cartão de crédito do passante incauto e o usa no caixa eletrônico da esquina. O estilo é o homem – dizem correta e melancolicamente os historiadores da invenção. O cartão de crédito é a senha – dizem correta e legalmente os banqueiros e seus asseclas. Sem ele. Sem ela. Necas de pitibiriba.

Quem copia desenvolve vários, entretidos e divertidos estilos. Escreve sob várias e poderosas bandeiras. Exercita-se em vários e multicoloridos idiomas nacionais. O estilo são trigêmeos, às vezes quádruplos e até mesmo quíntuplos – ninguém diz nada sozinho e espontaneamente. Quem diz o diz, imitando a alguém que disse antes dele. Não há filho que fale sem pai falante. O artista é filho de vários pais falantes. Muitos falsos, nenhum verdadeiro.

A originalidade do meu estilo em nada original.

Questão de visão de mundo, em seguida e finalmente. Quem inventa acredita na liberdade individual. Exerce a sua personalidade como eunuco. Em pleno harém, se exercita na solidão masturbatória. A libido não ejacula. Volta-se todinha para a tela. Filho único que só tem como referência familiar o ninguém. Desenvolve a intolerância. Do mesmo modo como o banqueiro mandou adestrar os pit-bulls para contra-atacar o cara que roubou o cartão de crédito. O bricabraque da vida torna-se possessivo conceito singular. O similar é sempre cópia. Esta é desprezada como delito. Ofensa hedionda. Não passível de fiança no tribunal dos homens. Ordenam:

"Cacem a cópia", como se ordena:

"Cacem espiões, terroristas, subdesenvolvidos, muçulmanos, budistas, africanos e asiáticos. Destruam. Acabem com a raça dos copistas."

Quem copia sabe que a liberdade humana é tão limitada quanto a flor o é pela haste que a sustenta no ar. Frente às intempéries. Como a fruta o é pelo cabo. Onde se dependura e não cai. A não ser de madura. Belas imagens! Quem copia não corta cordão umbilical. Pelo contrário. Coleciona cordões umbilicais ao ar livre da imaginação. Cultiva-os do mesmo modo como o útero gera gêmeos, trigêmeos, quádruplos ou quíntuplos. O bricabraque da vida é arco-íris de diferenças no céu do companheirismo. O similar é tão igual ao original quanto é diferente dele. Somos todos similares. Os similares um dia ainda hão de transcender os Originais do Samba num pum-pum-purum-pum-pum! diabólico.

Em resumo. Copiei. Penei. Gozei. Falo da mão direita. Ou da esquerda? Ou da retaguarda sonora?

Passo por cima dos muitos anos de aprendizagem. Coincidiram com os primeiros anos de casamento. O produto do aprendizado não interessa a ninguém, a não ser a caça-dotes que queira se casar com a filha estropiada que veio à luz naquela época e foi rejeitada porque desajeitada.

Minha obra verdadeira e subterrânea começa no dia em que elegi como modelo o gravador Oswaldo Goeldi. Orientador meu no ateliê de "Gravura de talho-doce, da água-forte e xilografia", da Escola Nacional de Belas-Artes. Mais do que orientador, um mestre da gravura. Mais do que mestre da gravura, um artista.

Artista a ser copiado. Traiçoeiramente.

Na verdade, minha obra verdadeira e subterrânea começa no dia em que descobri como copiar Goeldi, sendo eu mesmo.

(Nunca aprendi a copiar o Zé Macaco, sendo eu mesmo. Por isso ele permanece o mestre dos mestres. Absoluto.)

Não queria ser vanguardista e modernoso como muitos colegas da Belas-Artes. Acertei em cheio. As telas dos colegas se silenciaram nos salões oficiais e, com o correr dos anos e as trapaças no mercado de arte, desapareceram. Nada de absorver teorias importadas. Queria pegar à unha o puro-sangue da arte erudita nacional. Espécie de compensação por nunca ter conseguido pegar à unha o puro-sangue da arte popular nacional. O Zé Macaco.

Entre contemporâneos e pares. Goeldi apresenta a obra menos colorida e exótica. A simplicidade e a pobreza como artesanato e tema. A combinação da simplicidade e da pobreza, a parcimôma.

A parcimônia – austeridade e escassez – como técnica e motivo.

Goeldi trabalha pedaços de tronco de árvore. Toras. Pedaços de madeira tosca e de lei. Restos do que poderia ter sua utilidade doméstica. Uma porta, uma janela. Um degrau de escada, uma plataforma de andaime. Sua utilidade comercial. Caixotes. Abre e desbarata o caixote. Sem a intenção de chegar ao conteúdo mercantil que ele transporta. Sem interesse pelo modo como circulam os conteúdos comerciais no mercado de arte. Preserva o coração do interior. Quer o vazio do caixote. Elege a porção exterior – a chapa de madeira. Para trabalhá-los. Na plenitude do vácuo e na planície da placa. O ateliê é o lugar do fazer. *Homo faber*.

O lugar de sentar é o de observar. O de estar é o de fazer. Sou original na maneira de conceber. Olho para copiar. Copio para enxergar. Melhor. Sou original na maneira como copio as xilogravuras de Goeldi na tela.

Goeldi é um marceneiro.

Sou carpinteiro. Tive bons professores. Conheço a carpintaria da pintura. Não confundir. Goeldi era artista-modelo. Artista e modelo. Eu queria ser pintor.

Primeiro trabalho a tela. Esticada pelo chassi como esquadria de alumínio estica vidro num basculante. Distensão e esticamento. Resistência e transparência. Asperezas? só as do tecido de algodão cru. Uma planície branca, tão plena e acidentada quanto a placa de madeira aplainada, onde mais nítidos se tornam os nós. A parte mais dura da madeira. Seus ossos. Os ossos do ofício.

É fácil copiar na tela desenho ou quadro a óleo. Basta desenvolver o potencial do desenho. Basta reproduzir noutro lugar o que já foi feito. Desenvolvimento e transferência. Em seguida. Basta o mínimo de conhecimento das regras clássicas de composição. Basta a paciência de ter conseguido se adestrar no uso de pincéis e tintas. Habilidades manuais, que se aprendem em qualquer manual corriqueiro da editora Vecchi. Copio. Não sou copista.

O difícil – coisa para carpinteiro da pintura a óleo – é copiar uma xilogravura na tela.

Uma xilo de Oswaldo Goeldi. No espaço recoberto de negro, zonas negras. Aqui e ali traços e chispas de branco. Repetição, monotonia, adensamento. Não há efeitos de sombra. Tudo é sombrio. Nem mesmo paira sobre a xilo a sombra do artista. Não há reflexos. Há a consolidação do tempo e do terreno noturnos. Do mundo e da vida. O sol não ilumina a paisagem. Escurece-a mais. Não há o matiz cinzento do luar. Há o negror e o excesso de postes. Lâmpadas acesas. Lá no alto dos postes. Iluminam sem também iluminar.

É sempre noite na xilogravura de Goeldi.

O urubu é mais negro do que o negror. Também o guarda-chuva. Não existem sem o branco, que os envelopa como auréola. Metamorfoseia-os em cabeças de mártires nas trevas terrenas. Urubu, o santo da noite. Come e digere a carniça preta da miséria. Antes que a terra o faça. Limpam o mundo da sordidez destemperada do mal. Sem deixar o rastro da merda. Como a terra.

A figura, qualquer figura humana, é construída pela incisão do branco, que a contorna e acaba por configurá-la no espaço negro. Seres humanos, negros de alma branca. Prostitutas, bêbados, drogados, assassinos, réus e loucos. A ralé urbana. Malditos. Amaldiçoados. Condenados. Notívagos. Fumantes inveterados. O mínimo traço branco fustiga o conjunto negro com chibata. Tempos antigos da escravidão negra. Castiga o preto e, amedrontado, acua para dentro da cor que lhe é própria. O branco é uma espécie de guarita da minoria rica dos latifundiários e industriais.

Xilogravura. O traço branco expressa todos os jogos da perspectiva. Nada é sub-reptício na planície bidimensional da tora de madeira que se fez pouco a pouco matriz à espera e à espreita do papel-arroz.

A madeira fez-se matriz pelas talhas do formão.

A incisão branca está diante da massa preta compacta. Quer dizer-lhe (será que quer? ou sou eu que lhe emprestava estas palavras nos meus quadros?) da sua falta de graça frente ao poder ainda silencioso da maioria negra.

Isso era o que eu compreendia. Mais analisava as gravuras de Goeldi, comparando-as com as dos contemporâneos Lazar Segall e Marcelo Grassman. Isso eu compreendia. Como passar isso para a tela, a partir da presença autoritária do tecido em branco e das variadíssimas cores na paleta ofertadas pela tinta a óleo?

Pintura. A figura, qualquer figura, é construída pela cor no branco. Pela combinação de cores. A bisnaga de tinta branca esguicha e catalisa a combinatória de cores na invenção de novos e fugidios matizes.

Na xilogravura de Goeldi. Casas, portas e janelas não têm o seu quadrangular externo acentuado por traços verticais e horizontais. Brancos. Um lençol branco que quara no varal para clarear é pintado de vermelho. Tem de ganhar a cor vermelha. Se quiser existir enquanto tal no universo onde impera o negror. Se não ganhá-la, passará por outra coisa diferente de um lençol branco que quara no varal. O mesmo recurso estilístico existe para distinguir o sol e os peixes alados. Todos coloridos.

A intromissão da cor – o vermelho, por exemplo – no preto e branco da xilogravura é flagrante de contradição e acerto. A cor deveria ter sido descartada, caso não tivesse sido dada como a única nota pessoal na folha de papel-arroz. A perspectiva não é criada pelas linhas em fuga. Antes pelo volume da cor que terceirodimensiona as figuras representadas.

Como recobrir o preto pelo branco? como substituir o terreno negro de Goeldi com cores? Como desautorizar a imponência do traço nítido e branco, que constitui cada objeto enquanto entidade?

Como anular as linhas de fuga pelo peso e a espessura da cor?

Perguntas e mais perguntas. Só tinham respostas na prática do pincel e da paleta, que iam rememorando as xilogravuras de Goeldi no retângulo da tela em branco.

Isto é, nos "meus" trabalhos feitos naquela época.

Hoje, eles estão sendo bem considerados pelos críticos e pelos marchands, já que catalogados pelos historiadores de arte na década de 1990 e qualificados pelos mais afoitos como pertencentes à fase colorida de Goeldi. "Minhas" telas – segundo eles – foram pintadas por Goeldi na Suíça, antes de ele ter ganho a notoriedade no Brasil. De toda a minha vastíssima obra são os únicos quadros que não trazem minha assinatura – falsa, é claro. Com uma única exceção.

Os historiadores de arte mais sérios não me aceitam. A maioria deles afirma que os "meus" trabalhos "dele" deveriam permanecer encaixotados no porão de algum museu brasileiro provinciano. De preferência situado na região amazônica. Tão ruins que são. (A alusão à ascendência de Goeldi – originários de europeus que se estabeleceram no norte do Brasil – é óbvia nos panfletos polêmicos e é sinal de dupla atitude racista.) Segundo outros historiadores, deveriam ser despachados de volta para a Suíça. Por exemplo, para a Escola Politécnica de Zurique. De onde nunca deveriam ter viajado para o Brasil.

"Meus" trabalhos "dele" apenas empobrecem o nome e a obra do nosso maior xilogravurista. Voz corrente, hoje contestada.

Posso ter temperamento suicida. Não sou voltado a rompantes suicidas. Reafirmo a contribuição original do meu suor e perspicácia artística, ética e filosófica à elevação do nome e da obra de Oswaldo Goeldi aos píncaros da fama internacional.

Na época em que as concebi e as pintei, minhas telas a óleo passaram como desarticuladas amostras da velha pintura expressionista. Alardeavam os cronistas sociais. Mais um carioca em cena. O mercado estava no auge do abstracionismo geométrico, posto em moda pelas primeiras bienais paulistas. Os críticos de arte esfuziavam na veneração pelo escultor suíço Max Bill e pelo filósofo germânico Max Bense. Os livros da editora argentina Nueva Visión debochavam do atraso brasileiro. Naqueles anos difíceis de afirmação internacional da arte brasileira, meus trabalhos não poderiam, é óbvio, ser disputados ou comprados pelas galerias de arte e pelos colecionadores de nome no mercado.

Em bom e claro português. As bienais paulistas foram uma máquina de cunhar dinheiro falso em terras brasileiras.

Cortem-me a cabeça! é o que estou pedindo. Não lhe falei do meu temperamento suicida?

Na coleção Alberto Chateaubriand, hoje depositada no Museu Nacional de Belas-Artes, do Rio de Janeiro, não entrou e não entra uma única sequer das minhas telas. Pode? Não pode.

Tentei com ele a política da amostra grátis. Me chamou de bajulador e falsário. Disse que provava por *a* mais *b* que era um impostor da mais alta laia. Em outras palavras. À laia de Goeldi, sou na realidade um escroque. Não guardei *hard feelings*. Tenho pele de elefante. Dizem os germânicos insubordinados e os copio. Nela não entra alfinete. Ou se entram, não as tenho como alfinetadas. Já perceberam. Sou movido a marteladas de bom carpinteiro no meu focinho.

Há uma moral estapafúrdia. Quanto mais o martelo acerta na cabeça do prego, mais eficientes se tornam carpinteiro, martelo e prego.

Tentei a política do convite para o jantar com amigos. Técnica em que papai fora mestre, quando angariava votos e fundos públicos a favor da camisinha de vênus. Alberto foi irredutível. A coleção dele era de originais. Não admitia múltiplos no seu infindável estoque. Não admitia múltiplos, quanto mais falcatruas.

"Palavras loucas, ouvidos moucos", repetiu-me o provérbio. Alberto tem ouvidos poucos e moucos, como todo obsessivo.

Corria que eu o assediava com o fim de acabar com a coleção dele. Destruí-la na sua grandeza pela intromissão de objetos falsos.

"Todo obsessivo no fundo é um paranoico", disse-me um marchand de Ipanema, pondo fogo na canjica e à guisa de molecagem maior.

Não sou moleque. Desisti de entrar para a coleção dele.

Acabei entrando nas galerias de arte e nos museus pela porta dos fundos. Carma. Entrava de novo no mundo pela cozinha.

Os primeiros compradores sérios foram os amadores de trastes do passado. Narcisistas compulsivos. Colecionadores de obras de arte com mente de antiquário. São personagens goeldianos. Transitam pelo centro da cidade. Escolham. Como urubus, ou santos. Em particular pelas ruas da Lapa. Como a do Lavradio. Desentranham peças admiráveis do amontoado de móveis usados, estropiados e empoeirados. Sabiam que era eu quem tinha concebido e pintado as telas. Tinham certeza. Acreditavam em mim. Por uma razão egoísta. Nos meus quadros, os "urubus" de Goeldi passaram a se ver como santos recobertos de cores estonteantes.

Compradores venais os tive e às pencas. Especuladores do vil metal. Compravam o verdadeiro falso barato para vendê-lo como falso verdadeiro caro aos novos-ricos. Daqui e do estrangeiro. Um deles me disse que tinha enviado um carregamento de quadros meus a Orson Welles, o conhecido diretor de *Cidadão Kane*. Estava na Espanha fazendo um filme sobre pintores falsários.

Hoje os venais fazem fortunas com minhas telas.

"O quadro nada vale", tinham o desplante de me dizer. "Vale a assinatura."

Falsa.

"Nada menos moderno, nada mais atual", escrevem hoje muitos dos críticos de arte, reconhecendo-me o valor.

De uma forma ou de outra, a "fase colorida" de Goeldi (a minha *fase negra*, como gosto de chamá-la) é hoje apreciadíssima pelos gulosos de escândalo, os desconstrucionistas de plantão e os amigos de jornalistas. A revista *Veja* ensaiou duas ou três matérias sobre as telas e o artista, a mais elaborada delas teria sido uma entrevista nas páginas amarelas. Matérias e mais matérias saíram nos vários vespertinos de prestígio nacional. Acentuam a riqueza do "achado" (até nessa palavra o meu destino se cruzava com o do Brasil) para o melhor conhecimento da trajetória artística do xilogravurista no contexto da tradição nacional.

Todos os críticos e historiadores de arte estão de acordo nestes primeiros anos do novo milênio. Trata-se de telas pintadas pelo próprio Goeldi na juventude suíça, quando era amigo do peito de Hermann Kümmerly. Nos anos estudantis, Goeldi tinha sido encorajado por algum especulador de araque a fazer a tramoia. O anonimato tinha sido – e permaneceu – apenas um truque de que se teria valido para ganhar um extra no futuro.

Esquecem de mencionar o nome do *falsário*. Não me importo. Ou será que não admitem que haja um?

Ninguém poderia existir por detrás do anonimato, a não ser. A não ser o próprio Oswaldo Goeldi.

Que louco iria transpor para a tela as xilogravuras dele? Que prazer humano, ético e estético encontraria na atividade?

A xilogravura corta pela raiz a presunção do artista de querer fazer obra única e singular. Ela já anuncia na madeira como é talhada, trabalhada e reproduzida a existência da cópia. Anuncia a cópia necessária e indispensável – a prova do artista –, e as muitas outras cópias seguintes. Todas similares.

A minha cópia, na tela e em cores, disputaria espaço com as disputadíssimas cópias em papel-arroz que tinham sido originadas da reprodução da matriz trabalhada por ele. Concorria com Goeldi. Criava um universo semelhante ao dele. Com as sete cores do arco-íris e muitas outras nuances. Escapava pelas frestas da diferença.

Todo o meu trabalho da *fase negra* é uma fresta multicolorida no negror das xilogravuras de Goeldi. Pela fresta, que pode servir de cunha, entra-se pelo cosmos ilimitado e suculento da obra de arte alheia. Das obras de arte alheias. E minha.

Não é melhor que o leitor veja in loco um trabalho meu? Aberto ao público.

Fácil. Se morar em Belo Horizonte ou lá for. Fácil, facílimo. Caminhe, tome táxi ou ônibus até a esquina da avenida Brasil com a rua

Pernambuco. Edifício Goeldi. Suba uns poucos degraus. Entre no prédio. Antes de tomar o elevador, levante a vista.

Na parede de fundo um extraordinário – falta-me a modéstia – díptico meu.

Assinei-o com o nome de Yara Tupinambá.

Faceirices minhas.

Nunca chegarei a me igualar ao Zé Macaco.

Penso também que não sou artista, como Oswaldo Goeldi.

Serei leitor?

Meu camaradinha e irmãozinho de fé, não seremos todos leitores?

Beija-flor.
Criança, relacionei-me mais com amiguinhas que com outros guris. Por causa dos meus longos e cacheados cabelos louros? por ser filhinho da mamãe? Não creio. Dava mordidinhas nos bracinhos roliços e rosados das meninas. Braços de boneca. Nos gritinhos de dor e nas lágrimas das priminhas estavam as alvíssaras do prazer. Minhas faces enrubesciam de vergonha. Ou se afogueavam de entusiasmo viril? Ali – no bracinho direito carimbado pelos doze dentinhos de leite, contemplava em deleite e torpor as primícias do amor sádico que despertava na veia jugular.

Meu modo de dar bom-dia à vida. Até quê.

Qual era a recompensa que recebia por trazer a felicidade para os inocentes e insípidos folguedos infantis?

Quem com ferro fere com ferro será ferido. Eis o enunciado da pena de talião. Aplicada pela pedagogia familiar carioca. Tapas na boca. Tinha de engoli-los sem chiar. Coques no cocuruto. Por pouco não me transformaram em autêntico cabeça-chata. Palmadas, chutes e coices na bunda. Obrigavam-me a escafeder da casa dos vizinhos como cão sarnento.

Valha-me, Nossa Senhora dos Aflitos.

Papai proibiu. Terminantemente. Não volte a pôr os pés na casa das priminhas.

Obedeci.

Adeus, Dorothy! Nos encontraremos noutra encarnação. Se um dia nos reencarnarmos.

Ferro que não se usa gasta-o a ferrugem.

Excomungado por tias e suas empregadas. Penei o exílio entre as quatro paredes do quarto. Em pleno posto 5, frente ao mar de Copacabana. Padeci a solidão de menino-ilhéu. Ficava literalmente a ver navios. Os cargueiros boiando na linha curva do horizonte. Nenhum marinheiro no convés abanava a mão. Não me convocava para a aventura em distantes e exóticas terras, onde o prazer ostentaria a cor rósea dos bracinhos das meninas.

No naufrágio do barco da vida, agarrei-me à boia e aflorei. Tive de inventar outras e originais distrações libidinosas. Não queria enlouquecer frustrado. Fazer tripas do coração. Não me entregaria ao sacrifício supremo no altar de Romeu, o da Julieta. Só a contragosto. Coração meu, sangrento e sangrado, trespassado pela espada do amor contrafeito pelo pai e os familiares. Redirecionei a libido de vampiro para objetos domésticos, passíveis de domesticação. Estavam à altura dos dentes. Ou dos lábios.

A reorientação tem data. Deu-se na época em que papai me levou escondido ao barbeiro. Tosquiou-me a juba loura e cacheada que escorria pelos ombros. Chegava à cintura. Mudei. Esqueci Dorothy.

Alguma relação entre a sova, a tosa e a nova libido? Todas. O barbeiro era a mediação entre papai e mamãe. Já vimos.

Passei a cultivar cúpidos beijinhos na face de mamãe, a falsa. Eram embalados pela voz maviosa de Bing Crosby, que chegava em bolachas negras importadas e nas bandas sonoras dos filmes musicais, a que íamos assistir no cine Metro Copacabana. Ficávamos os dois, sentadinhos e agarradinhos nas poltronas do cinema. Comíamos pipoca salgadinha do mesmo saquinho de papel. De volta, ficávamos os dois, sentadinhos e agarradinhos, no sofá da sala de visitas. Chupávamos dropes de hortelã. Ouvíamos o rodopiar sonoro das bolachas pela vitrola. Solfejávamos canções em busca da letra perdida na memória. Lua de mel. Sentíamo-nos libertos das injustiças que nos trancafiavam em casa e atormentavam nossa saúde moral. Sem nomeá-la, ambos tínhamos como ponto de referência a severidade das punições impostas por papai.

A sova e a tosa.

Excluíamos a figura paterna do nosso mundinho. Formávamos um belo e ardoroso casal edipiano. Não sabíamos. Sabíamos.

Já adolescente, minha escolha não poderia ter sido outra. Meu fraco eram as mocinhas feias e as casadas. (Zé Macaco foi exceção à regra. Engano meu. Pode ser incluído na primeira e até na segunda categoria, tal a fidelidade que devotava ao barbeiro, não ao meu, ao dele. O da brachola que afiava e afinava o instrumento musical.)

Diante das feias e das casadas, eu ficava ciscando o terreiro à procura do grão de milho. Cacarejava. Rodeava-as como galinho garnisé no cio. Aproximava-me dessa ou daquela. Estufava o peito. Levantava a crista. Soltava o trinado macho, *quiquiriqui*. E não as tocava. Companheiro de conversa, ouvido de confidente. Cândido e reverente. Cumpria a pena de talião, ditada pelos mais velhos. No galinheiro da adolescência.

Ao lado das feias e das casadas, sentia-me inapetente, incompetente e regenerado. Um pancrácio.

Mão boba na casada, levaria tiros do marido ultrajado.

Namorar menina feia, passaria por babaca junto aos colegas do Andrews.

Não poderia suportar novos tapas, coques e chutes das tias, sob pena de me sentir castrado de vez.

Melhor ser casto que castrado.

Tinha certeza. Só nos bracinhos de Dorothy é que minha boca se entregaria de corpo e alma ao delicado embalo da alegria libidinal.

A puberdade. A ferrugem. O bolor. Fantasmas que me assaltavam. Caracterizado e definido como eunuco. Tinha de reagir. Reagi.

Um sem-número de vezes. No refúgio do banheiro. Os braços abanando designavam a mão esquerda (nasci canhoto) para correr as páginas do número de carnaval da revista O *Cruzeiro*. As mais volumosas e apetitosas pernas das vedetes do João Caetano se imobilizavam ao lado de garrafas de champanha e uísque. Taças de cristal e copos com gelo. As pernas saltitavam imóveis um samba rasgado em cima da mesa. Suor, confete e serpentina. Tinham sido flagradas de baixo pra cima, em kodakcolor, pelo fotógrafo tarado da revista.

Destaque para Virgínia Lane. E Mara Rúbia.

Eu focava os quatro olhos (será que já usava óculos?) no ângulo agudo, arquitetado pelo acento circunflexo das pernas recobertas de meias negras quadriculadas. Esticadas por ligas de cocote parisiense. Por detrás do pano escuro da calcinha, que parecia encobrir e revelava. Lá no fundo do circunflexo. O quindim ziriguidum do sexo. Metia a língua e abocanhava papel. Babava, cão raivoso. Envolvido pela magia multicolorida do salão em festa. Sentado no trono do banheiro. Imitava o gingado do corpo feminino. A gosma amarelada do quindim de iaiá se formava e escorria pelos cantos da boca.

Sou basbaque e guloso de nascença. Não nego.

Punha-me de pé. De frente para o vaso. Como se fosse mijar. Sem desgrudar os olhos da foto em cores da rainha das vedetes. A mão esquerda nomeava a direita sua militante do prazer. Ato contínuo, a direita se despedia da vizinha e se deslocava furtivamente para o púbis.

Agarrava o garrote pelos chifres. Alisava-o. Aliciava-o. Empinado, já aos pinotes, recebia uma cuspidela na careca sonsa. Incitava o garrote à cavalgada pelo espaço aberto da imaginação febril. O animal abocanhava o vento e espumava de vontade, semelhante ao intrépido peão que se fartava com o doce quindim virtual. Um era a imagem do outro.

Descascava uma, duas. Recorde. Três, uma depois da outra.

Batia às portas do nirvana.

Exausto, fechava a revista. Baixava à realidade do banheiro. Puxava a argola da descarga. Caminhava até a pia. Ensaboava a careca do garrote luxurioso e as mãos ensebadas. Enxaguava-as. Enxugava-as. Despistava. Borrifava no rosto a colônia francesa do doutor Eucanaã. Expulsava também o cheiro inconveniente e suspeito de água sanitária, que permanecia nas narinas. De volta ao quarto, escondia *O Cruzeiro* debaixo do colchão.

Donana – e muito menos a cozinheira – nem de longe podiam suspeitar que tinha trocado com o Górdon muitos pãezinhos de sal, recheados de mortadela e queijo prato, pelo número especial da revista. Duas semanas de intensa negociação. Só receberia a revista contra a entrega de toda a mercadoria. Quinze dias. As horas de recreio no colégio viraram cela de monge trapista. Esfomeado, ia debulhando conta por conta do rosário da mortificação. Saboreava as delícias que me aguardavam tão logo transpusesse as portas de casa, tirasse o uniforme e me trancasse no banheiro.

A troca tinha sido mais do que compensatória. Saíra lucrando.

A vida caminhava na santa paz do demônio da carne, quando Esmeralda arrancou a mordaça que os tapas, coques e chutes na padaria tinham imposto às manifestações espontâneas da minha libido. Conseguiu escancará-la à luz do dia e colocá-la de volta no velho e audacioso caminho bloqueado pelas tias e suas empregadas-guardiãs e o papai. Esmeralda incandesceu de vez os beijinhos doces com que, ao cair da tarde, presenteava as bochechas felpudas de mamãe.

Até que me lembro da primeira vez que enxerguei Esmeralda.

Via-a, sem enxergá-la. Por anos. À saída das aulas. Via-a caminhando pelos corredores. Na hora do recreio. Via-a comendo a merenda no pátio interno. Durante os jogos de vôlei. Via-a sentada no banco de reservas. Não conversava com as companheiras nem soltava gritos de incentivo ao time em quadra. Nos treinos, era jogadora medíocre. O técnico a aturava por razões que desconhecia. Não recebia bem o saque. Não levantava com maestria a bola. Não cortava com força. Um zero à esquerda ou à direita da rede. Não sendo destaque no time, não tinha o nome gritado pelos colegas. Não chegou a titular. Uma única vez na vida. Encheu buraco no time de reservas.

Enxerguei Esmeralda pela primeira vez quando a vi gesticulando com o inspetor de alunos.

Louca, pensei com os meus botões. Dar bronca logo no inspetor. Palhaça, concluí depois de refletir sobre a cena.

Não podia mandar o inspetor à pê-quê-pê em alto e bom som. Mandava-o pra lá com mímica aparentemente educada. Todo aluno gosta de tirar um sarro com o inspetor. Ela não seria diferente. Gesticulava, ao sabor do encontro. Significava para ele qualquer coisa que eu não conseguia decifrar. Nada de gestos obscenos. Dar uma banana. Mandar tomar no cu.

Gostei da brincadeira que a garota encenava. Calculei. Irônica, sabe como atacar o inspetor e, ao mesmo tempo, se defender da punição. Nunca seria escoltada até a sala da diretoria, onde esperaria, sentada, a condenação que a obrigaria a passar horas de castigo na sala 11. É amavelmente grosseira. Santinha do pau oco. Das minhas. Seríamos cúmplices.

A mímica das mãos levou meus olhos a se extasiarem diante dos braços longos e bem torneados. Quase musculosos. Passaram a atiçar na minha boca os dentes desempregados. A nenhum desde os desastres infantis.

Nhoc! nhoc! nhoc! repetia as interjeições em saudade e mentalmente, fazendo-as acompanhar do movimento de velho que pôs dentadura manca na boca.

À sua maneira, cada interjeição dizia que mímica e braços desengonçados de polichinelo reacendiam o apetite carnal pelos sempre lembrados, relembrados e louvados bracinhos de Dorothy. Passado e fixação.

Dizia também, na repetição, que os braços paralelos e estendidos de Esmeralda me esperavam como um berço, onde seria ninado até o ponto mais profundo da minha sofreguidão amorosa.

Paixão à primeira enxergada. A distância.

Nem casada nem feia. Fiquei babando diante dos destemidos e recatados braços da jogadora de vôlei. Pouco me importou se diferentes dos roliços e róseos da priminha Dorothy. Perdidos no tempo. Os de Esmeralda, além de maduros, tinham sido tostados pelo sol do verão carioca e eram brasa viva. Ou teriam vindo bronzeados do útero materno? Acoplavam-se ao meu tipo preferido de mulher, até então desconhecido. Aqueles braços deviam ser produto de gotas e mais gotas de sangue africano, misturadas ao sangue caucasiano predominante. O guisado multirracial tinha colaborado para o pigmento cor de jambo da pele. Diabo e perdição minha e dos meus ancestrais aportados por aqui.

Num clarão premonitório entrevi dias futuros. Aposentaria as mãos diligentes e safadas no w.c. de casa. Voltaria a ser, em qualquer lugar público, a boca que abre e fecha, solta a língua, dá o bote com os dentes e morde.

Nhoc! Que me segurassem, ia ter um troço.

Minha primeira namorada! – decidi, enquanto a língua, que nem hélice de avião, serpenteava exaltada pelo céu da boca e pelas gengivas. Vasculhava as cavidades entre os dentes para nelas se intrometer. Como fio dental.

Para a limpeza entre os dentes não era. Garanto-lhes.

A língua tinha ganho de pequenininho os requisitos para aceder à condição de membro ativo e inoportuno. Destemperado. Longos anos de treino com o sugar da chupeta. Musculosa, ágil, intrépida. Ela se enfezava. Encorpava-se, como cabeça de cotonete umedecida em tintura de iodo. Propunha-se a transpor os limites da arcada dentária tão logo encontrava superfície ou buraco que a seduzia. Refreei-a por muitos anos.

Lembrem-me. Um dia ainda lhes falarei dos inomináveis prazeres eróticos despertados pelas bicadas de língua entre os pré-molares e os molares. Lembrem-me do prometido. A língua também se masturba, e como!

Esmeralda, no dia em que a enxerguei.

Lábios se movimentaram. Gengivas intumesceram. Língua escapuliu. Dentes trincaram. Saliva salivou. Boca babou. Rosto reaqueceu e enrubesceu diante da aparição tão sensível e despudorada de Afrodite.

Será que os pais de Esmeralda, ao lhe darem o nome na pia batismal, souberam que a filha seria *pedra* para o resto da vida? Se não, reparem só no que é capaz a linguagem quando trabalhada pelas mãos e a imaginação de um apaixonado. Eu.

Abro o *intermezzo* lírico-sentimental destas memórias. Não quero soluços nem lágrimas. Só quero uma fita amarela.

A história de Esmeralda é a duma pedra preciosa em estado bruto. Aos trancos e barrancos, foi sendo lapidada pela vida. Pedra de tipo diferente dos seixos roliços que se encontram nos riachos e são lapidados pelo entrechoque com pedrinhas, pedras e rochedos. Lavados e polidos pelo contato diuturno das águas. A limpeza, polimento e lapidação dos seixos é natural e melodiosa. Não deixa arestas, ângulos, escamas nem marcas. Os seixos ribeirinhos são arredondados, lisos e suaves ao tato.

Seixos não têm luz própria. São tão dependentes quanto os satélites. Sem a presença das águas que correm e os tornam translúcidos, viveriam no escuro. Aparentam viver na luz. Transportados aos montes para o jardim de casa burguesa, servem de enfeite neutro. Deixam a vegetação ambiente agigantar-se em esplendor.

A limpeza, polimento e lapidação de Esmeralda se deram de maneira violenta, como se – se seixo fosse – tivesse sido envolvida e malbaratada pelas águas tortuosas de rios que corriam nas entranhas da terra. Pedra preciosa.

Esmeralda foi filha de parto acidentado e dolorido. Na Casa de Saúde S. José. À mesa de operação, o fórceps do doutor Aguinaga rondou por horas e horas. Ameaçava intervir para apressar o andamento. O médico foi habilidoso e mais enérgico do que o instrumento. Nos momentos de crise tomava as decisões justas e adequadas ao caso.

Esmeralda nasceu espremida, que nem pasta dentifrícia que sai resmungando da bisnaga. E incólume.

Sua mãe a sentiu *bruta*. Tinha dado à luz um porco-espinho ou uma raposa. Tão agressiva quanto insinuante. À medida que a via se destacando do próprio corpo e ganhando vida própria, foi adivinhando a cor e a luz da filha. Não brilhava. Sua cor – esmaecida – era fulgurante. Sua luz – intensa – era fosca. Esmeralda nasceu bebê que resguarda a beleza por debaixo da pele mestiça. O bem por debaixo dos olhos fechados. A revolta no choro desembestado.

Sua presença no mundo era fatal e chocante. Aos olhos da mãe. Um duende desprovido de magia, à cata de metamorfose para ser humano.

A mãe teve medo de pensar o que lhe passou como um relâmpago pela imaginação dolorida – e pensou. A presença no mundo de Esmeralda tinha algo da presença entre os humanos de parricidas. Tamanho foi o medo que teve por ter pensado o que pensou, que reagiu a ele com uma crise de soluços. O alvoroço serviu para esconder do marido o que tinha passado, interrompendo sob a forma de pensamento premonitório o fluxo das sensações da parturiente.

"Deus dá o pão, mas não amassa a farinha", ela disse ao marido, liberando-se dos soluços. A enunciação em voz alta do provérbio escondia o motivo pelo qual ele aflorou nos seus lábios. Uma vez mais se deu conta do estágio primitivo e desgastado em que a filha tinha vindo ao mundo.

"A vida será um lapidário", a mãe exclamou entre triste e sorridente.

Esmeralda nasceu embotada e predestinada ao bem pelos fados. Não trazia nos olhos a cor da esperança. Era a esperança. Terá de sofrer e trabalhar. Esconder o choro e sorrir. Como consequência. Não como condição indispensável à sobrevivência.

Molhada de lágrimas e suor, feliz, a esposa confessou ao marido. Quando chegasse a ser menina, o bebê teria de ser desbastado por lapidário, com carinho, dedicação e bom gosto, até poder ser considerado moça prendada. Feita para conviver em harmonia e contraste com os semelhantes. Transformada em mocinha, teria de ser de novo desbastada, até chegar a ser esposa e mãe. Chegaria ao bem pelo caminho tortuoso do mal que lhe seria infligido na pele e sensibilidade.

Ao ritmo do cinzel do escultor divino e misterioso.

A mãe não entregava ao marido e ao mundo um bebê em estado de perfeição. Amamentava um protótipo de gente boa.

"Gente boa não nasce boa", ela sussurrou ao marido, assustando a enfermeira. Diante dos olhos arregalados e da cara enigmática dos dois, acrescentou: "Gente boa nasce assim como esta criança nasceu, bruta e predestinada ao bem."

"Nós a batizaremos com o nome de Esmeralda", disse o pai ao lado das duas mulheres.

A esposa concordou em silêncio.

A enfermeira teve certeza de que, em alguns casos, o parto não enlouquecia apenas a parturiente.

Esmeralda tinha algo de gata borralheira e de patinho feio. Heroína e herói me eram bastante familiares. Com ou sem a ajuda dos pais, ela teria de vencer vários e muitíssimos obstáculos para um dia...

Um príncipe encantado não a estaria esperando na esquina da vida. O que estaria à sua espera? A apoteose de se ver, finalmente e um dia, sendo incrustada no anel glorioso da Vida como encarnação humana da bondade. Joia rara.

Esmeralda crescerá. Perdendo e ganhando. Pedra preta no jogo de dominó, onde ganham as brancas. Quem perde ganha. Depenava-se do que tinha no tabuleiro da vida para ressurgir vitoriosa e perdedora no próximo lance. De lance em lance, chegará vencida e triunfante ao final do jogo.

Ano após ano lascas foram tiradas no trabalho de facetação da pedra bruta. Muito do pó, que a envolvia e a embrutecia, foi-se pelos ares durante o trabalho áspero do esmeril e da lixa. Ao tornar luminosa e transparente a pedra, extorquiam-lhe parte da sua matéria original. Esmeralda ganhava forma e polimento, perdia substância. Sua cor definitiva ia aparecendo pouco a pouco aos olhos de quem a enxergava.

Dois anos e poucos meses depois de ter vindo ao mundo. Seus pais morreram num acidente de carro na avenida Niemeyer. Segundo os jornais, o acidente vinha envolto em mistério. Não se sabia por que motivo o casal se dirigia de madrugada para as praias então pouco habitadas de São Conrado.

O marido não estava alcoolizado.

Retirado das águas pelos soldados do Corpo de Bombeiros, o carro não apresentava problema mecânico.

Suicídio? Não havia motivo, segundo os colegas do engenheiro e vizinhos do casal.

Abalroado por outro carro? Não havia sinais.

Quem tinha empurrado o carro contra a amurada? De concreto, as marcas mais escuras do pneu impressas no asfalto. Indicavam freada brusca. De concreto, o motorista tinha perdido a direção, o carro despencado na avenida Niemeyer. Fora rebatendo de saliência em saliência de rochedo, até se afundar nas águas espumosas do Atlântico. Mortos.

Primeiras lascas.

Isso se passou de madrugada. Esmeralda foi retirada de casa às pressas. Levada à casa dos tios pela babá. Dormia. Dormiu por todo o caminho. Tomou o café da manhã em Botafogo, no apartamento classe média baixa dos tios, que se tornaram tutores. A fragilidade desengonçada de Esmeralda despertou nos tios o desejo de enricar depressa.

Quem diz tutor diz usurpador.

Quatro anos de tramoias e chicanas na justiça. Abiscoitaram todos os bens que a sobrinha tinha herdado dos pais. Foi passado para o nome deles o magnífico apartamento de cobertura, onde Esmeralda tinha morado na praia do Flamengo, ao lado do palácio do Catete.

Outras lascas.

Caindo de paraquedas numa família já organizada, Esmeralda foi, nos primeiros meses, o encanto dos priminhos mais velhos e, nos meses seguintes, o desespero deles. Ela acendia os holofotes da inveja e do ciúme, que passaram a iluminá-la. Os primos tinham ódio da intrusa que sugava a atenção da mãe.

Quando os tutores já tinham afanado o que podiam da herança da sobrinha, passaram a dizer que não suportavam mais a presença dela na cobertura do Flamengo. Para onde tinham mudado. Esmeralda roubava o tempo dos pais adotivos e se cristalizava sob a forma de desentendimento deles com os filhos legítimos.

Mais outras lascas. Polimento.

Aos seis anos, sem um tostão, foi atirada pelos tutores nos braços duma alma caridosa. Professora primária. Tinha sido amiga de infância da mãe. Depois colega na Escola Normal. Esmeralda foi morar com a solteirona num sala e quarto em Copacabana. A solteirona precisava de companhia.

"Preciso de companhia", dizia. Era de outra coisa que precisava, não tinha esclarecido. Também nunca ficou esclarecido o motivo para que a chamasse de Socorro. Esmeralda desaparecia.

Trato com os tutores?

Esmeralda não era mais a pedra bruta que tinha nascido na maternidade S. José, pelas mãos experientes e hábeis do doutor Aguinaga. Socorro estava pronta agora para o longo e fastidioso trabalho do esmeril.

Não aguentou o barulho rente e ensurdecedor da lixa. Fechou os ouvidos. Não pôde suportar o deslizamento do material abrasivo pela sua sensibilidade.

Trancou os ouvidos a sete chaves e as jogou aos peixes do mar.

Assumia o nome postiço. Socorro. Perdia a audição. Aprendera a ler e escrever por conta própria. Ouvia e falava. Não ouvia mais. Parou de falar. Sozinha, aprimorava-se na leitura dos lábios. Decifrava cada palavra dita, vendo-a soletrada em sílabas pela boca do interlocutor.

Só se saberia que era surda, se lhe dessem as costas. Não era adivinha.

Será que a premonição da mãe tornava fatal o destino da filha? Ou será que a cor de jambo da pele e a personalidade naturalmente dócil teriam influído na escolha do papel a lhe ser delegado pela professora? Ou a condição subalterna fazia parte do negócio fechado pelos tutores com a substituta?

Socorro subia num tamborete, esfregava a roupa suja no tanque e depois a enxaguava. A madrinha – assim pediu que a chamasse – torcia a roupa lavada e a punha para secar no varal. Isso até chegar aos onze anos e à primeira série do Colégio Andrews. A partir daí, Socorro esfregava, lavava e passava toda a roupa da casa.

Perdia em casa. Ganhava nos estudos. Sua madrinha era professora primária. Com desculpa de que a menina, coitadinha! era enjeitada e surda, tinha lhe conseguido vaga e gratuidade no Colégio Sacré-Coeur de Marie.

Ali concluiu o curso primário. As freiras se cansaram da queixa das mães contra a surdinha. Entre ave-marias e padre-nossos, cortaram a gratuidade escolar às vésperas do exame de admissão ao ginásio.

Valendo-se dos antigos expedientes, a madrinha conseguiu encaminhá-la com sucesso para o Andrews. Não teria terminado o ginásio se não tivesse havido um complô dos professores contra o diretor. Ameaçavam operação tartaruga. Para não deixar a menina surda complexada, os professores resolveram não pedir a adesão dos alunos ao movimento. As negociações se passaram entre a sala dos professores e o gabinete do diretor.

O professor de matemática, o Caveirinha, também chamado de -1, não podia admitir. A mais diligente das suas alunas de repente posta na rua. Só porque a madrinha não podia arcar com o pagamento das mensalidades. Bolou a estratégia a ser tomada pelos professores a favor da estudante que mais rapidamente progredia em geometria e álgebra. Só tirava dez na matéria dele. O professor Matoso Câmara, de língua portuguesa, tinha ódio. Não entendia o sucesso numa matéria e o fracasso na outra. Como é que um ser humano pode demonstrar um teorema sem conhecer profundamente a língua de que se vale?

O professor Caveirinha argumentava junto à diretoria do colégio. Valia-se do célebre paradoxo de Parmênides. As tartarugas unidas jamais serão vencidas. Com passos de tartaruga conseguiremos ir além da afobação financeira defendida pelo diretor. A qualidade, e não o aviltamento do pobre.

Aos 17 anos Socorro já era uma pedra lapidada, à espera do polimento final. Cor e transparência se casavam sob o efeito da luz que escondia as várias facetas talhadas.

Uma lapidação tão intensa e contínua quanto a por que passou deixou marcas geométricas no seu espírito de enjeitada. Na sala de aula, a carteira era uma gaveta. Nela se trancava por inteira. Como se estivesse no seu quarto de dormir, fechado à curiosidade dos familiares. A ruflar dentro da gaveta ficava a mocinha de claros olhos ardentes e submissos, de coração adormecido.

Não poderia ser uma boa jogadora de vôlei. Era ótima aluna.

Nunca tinha conhecido um rapaz de perto. Rapaz algum tinha tocado sua mão, seu rosto.

Ninguém ousava romper o invólucro que a resguardava e meter a mão na cumbuca. Todos os colegas (e não fui exceção até o curso clássico) passavam por ela, a viam e não a enxergavam.

Hoje penso que os mais afoitos não se resguardavam à toa. Tinham medo de buscar mel numa colmeia de abelhas zangadas e vingativas.

Fui bandido? Fui, não fui.

Gosto de pensar que fui herói. Será que fui?

Sou canalha? Sou, não sou.

A violência sexual é tão humana quanto o carinho amoroso? Depende.

Cansei.

Baixo a cortina deste capítulo. Dou por encerrado o intermezzo lírico-sentimental, em que foram narrados os arroubos da paixão sem medida.

Esmeralda perdeu a virgindade pelos desvarios da minha língua, que penetrou vagina adentro como um membro viril.

Aos 25 casou-se comigo.

Só então passou a conhecer a verdadeira força abrasiva do esmeril.

Casei-me contra o gosto de papai e mamãe, os falsos.

Mas já aí não apitavam mais na minha vida de graduado pela Escola Nacional de Belas-Artes. Tínhamos casa e comida de graça. Tinha o dinheiro de papai no bolso. O futuro de artista pela frente. Abocanhei o escritório da avenida Rio Branco. Deserdado pelas enxaquecas da bela Teresa, que se refugiara na sua quitinete da Lapa. Abandonado às moscas pelo fracasso da indústria em São Cristóvão.

Artista da paleta.

Tornei-me um profissional. Relacionava-me pela partícula negativa com os colegas pintores e a comunidade artística. Minha obra pictórica é solitária, única e subterrânea. Aparentemente. Radical e original.

Original porque radical. Radical porque original.

O responsável por ela – este com quem você, leitor, anda conversando pelos correios & telégrafos do que se convencionou chamar *les belles lettres* – passa as manhãs e as tardes como eremita em plena avenida Rio Branco, quase esquina da rua do Ouvidor. Logo ali, onde os decibéis dos gritos dos camelôs se igualam aos decibéis das buzinas e do ronco dos ônibus, caminhões de entrega e automóveis.

Sou carente. Pelo contraste com o meio ambiente. E não pela personalidade. Fui gregário.

Se te der na telha. E se até agora esteve gostando de pedalar a bicicleta dos olhos pelo livro, escreva-me uma carta. Uma linha, uma palavra.

Obrigado.

Que saudades este ateliê de pintura não deve sentir! Saudades dos anos felizes em que abrigou o escritório de advocacia do doutor Eucanaã. Apelidado pelos ascensoristas de "mictório masculino".

Salto do elevador no andar. Abro a porta que papai abria. Ninguém à minha espera.

"Bom-dia, seu Samuel." Ninguém me diz.

Papai era sábio.

Nem uma nega chamada Teresa tenho. Para me servir de secretária. Limpar os pincéis e rinçar a brocha. Deve ser porque sou Fluminense. Pó de arroz empedernido que, ao não conseguir soltar puns cheirosos e melodiosos no banheiro do colégio, se deu conta de que tinha nascido aristocrata das artes. A frustração ginasial marca o início do meu distanciamento das raízes populares da nação rubro-negra. Não sou Flamengo, não tenho uma nega chamada Teresa.

Zé Macaco era sábio. Tinhoso como ele só. Sou um fracassado. Dupla, triplamente fracassado. Tornei-me exclusivista.

Não aprendi a lição paterna. Sucesso na vida? Torça pelo Flamengo e o Fluminense e, de quebra, pelo Vasco da Gama. Não escutei a lição do mestre Zé Macaco. De que vale a genialidade se ela não vier acompanhada dos aplausos do grande público e das moedas tilintando na algibeira das calças? Fiquei de braço dado com o mentor. Maior a frustração. O mentor foi amigo bondoso e compreensivo. Deleitava-se em me ver caturra e chato. A dar cabeçadas a torto e a direito. De tal modo compreensivo, que nunca me forçou a mudar o caminho da vida.

Se lugares como este ateliê têm alma, muito mais a terão os seres humanos que acamparam aqui.

Bons tempos aqueles! Sob o olhar renascentista de Falópio, Teresa era Maria Félix, primeira e única. A cada novo jaleco branco que adentrava pelo escritório, estourava o champanha do sexo ansioso. O uso de camisinha não constava do protocolo de intenções. Os mais medrosos, ao final, tiravam o chamegão do buraco e deixavam os jatos abundantes mancharem a capa encourada da obra-prima de Malthus e escorrer pela escrivaninha do papai. O líquido espraiava pelo chão. Deixaram máculas esbranquiçadas pelo tapete persa importado via Europa. Vejo-as até hoje.

Tiro os olhos das manchas e ali está Teresa a se despedir do parceiro. A fechar a porta com um sorriso.

Ninguém no prédio, só ela se chamava a si de promíscua. O mundo era então porreta. Arretado, como dizem os baianos arribados por estas copacabanas.

Infelizes os velhos tempos! As camisinhas de vênus fabricadas pelo papai se empilhavam como trastes inúteis no depósito da fábrica. Papai foi um mercador no tempo em que as indústrias lucrativas ou eram encampadas pelo governo nacional – "A camisinha é nossa!", ou batiam à porta do Banco do Brasil – "Falência! só a falência nos salva!" O doutor Eucanaã, jogado na bancarrota. Os preservativos de borracha vulcanizada atirados no lixo da história.

Assim caminhou a humanidade. As camisinhas viraram um acessório masculino tão inútil quanto o colete.

Coisas da língua, coisas dos costumes. A palavra *terno* não ficou obsoleta. A foda com preservativo ficou.

Os parceiros se cansaram da intrometida na cama ou ao ar livre das praias e dos descampados. A penicilina se impôs. Do alto para baixo. Como lei baixada pelo Executivo. Vestir a trolha? Já era. Todos exigiam a nudez do membro. O que restou da fábrica de São Cristóvão foi reduzido a cinzas pelos credores, casas bancárias e discípulos de sir Alexander Fleming. Os estoques internacionais de camisinhas foram incinerados definitivamente pela pílula anticoncepcional e as barricadas parisienses de Maio de 1968.

Hoje? Bem, hoje. Assim caminha a humanidade.

Quem teria dado crédito ao papai se ele tivesse dito (e deve ter dito e repetido, era profeta) que tudo voltaria à estaca zero próximo do final do milênio?

As *capotas* (perdoem-me o galicismo, é de tradição em se referindo a sexo na América Latina) ressuscitaram. Homens, mulheres, veados, lésbicas e travecos já nascem *encapotados* para a vida sexual. Faz frio nas glandes feridas pela abrasão. Sem distinção de preferência por buraco, fortuna, raça e religião. O vírus sorrateiro da pneumonia e o galopante da tuberculose simbolizam. Os ventos frios do inverno sopram e tomam conta da paisagem da vida humana. Há que se abrigar das intempéries causadas pelas doenças sexualmente transmissíveis. Aos desafortunados do sexo imprevidente o credo cristão conta a história de Lázaro:

"Filho, lembra-te de que em vida recebeste teus bens, e Lázaro seus males. Agora ele é aqui consolado e tu, atormentado."

A roleta da vida. À sua maneira, cada um tem à sua espera o dia de Lázaro. A qualquer hora do dia ou da noite, você pode ser levado aos céus pelos anjos da América. Entregue aos braços de Abraão.

No *Novo Testamento* do papai, escrito pelo evangelista Oscar Pena Fontenele, vulgo o Lucas da Lapa, o amaldiçoado não é o homem rico. O que anseia pela salvação e não a tem e nunca a terá. O amaldiçoado é o *Contaminador*. Lembram-se dos dizeres estampados no quadro dependurado no escritório do papai? Por onde andará essa relíquia dos velhos tempos de vacas gordas? Papai era brigado com os padres da Igreja. Nunca com a palavra da Igreja. Tinha o seu evangelho. Tão rico quanto o original. A história da camisinha – como as histórias que pululam pelos Evangelhos – é povoada de corpos cadavéricos, membros atrofiados, cegos, aleijados, pestilentos, monstros, malditos. Que são salvos.

À sessão nostalgia. Oscar Pena Fontenele, que Deus o tenha no seu seio:

"Na verdade eu vos digo, é enorme o crime que o Contaminador comete. Tanto maior se a vítima for a moça ou o jovem descuidados ou o cônjuge confiante. Cuidai que todos escutem e saibam a palavra do Filho do homem."

Donana não teria podido crer. Não pode crer. Seu marido era (sem o saber? duvido) personagem-chave nas parábolas do Novo Testamento. Com direito a ações e falas à altura de Cristo. Reproduzidas *ipsis litteris* pelo evangelista Lucas, o da Lapa.

Desnecessários e tolos os sofrimentos que Donana impôs a si ao mandar a enfermeira do mal me surripiar do berçário. A esposa estéril teria se tornado mãe sem ter sido sequestradora de bebês. Mãe imaculada do próprio marido.

Acredito mais e mais que tenha nascido de dentro duma almofada. Marotagens do destino histórico. Fatalidade do destino religioso.

Morreu cedo o papai. Cedo demais. Havia qualidades de mártir no seu temperamento. E também de bom ladrão. A salvação dos mortais foi uma delas. A cupidez, a outra. Traços psicológicos de punguista. Não se contentava com a sucessão dos lucros mensais. Queria o lucro anual a cada semana, a cada dia. Impaciente com a roda da fortuna. E com o calendário.

Se tivesse vivido duas décadas a mais. Estraçalhava os padres e bispos, que tanto odiava. Abria sendas para novos e enriquecedores cultos de respeito às ideias de Falópio e de Malthus.

Papai foi o primeiro fundamentalista duma época de líderes fundamentalistas.

Precedeu de anos os evangélicos. Ou vice-versa.

Agora. As camisinhas de vênus que papai fabricava e não conseguia vender nem aqui nem no estrangeiro fazem concorrência a sabonete, pasta dentifrícia, desodorante, sabão em pó e demais produtos de higiene e de limpeza.

Fazem também concorrência a fogão, geladeira, enceradeira, batedora de bolo, aparelho de som e outros eletrodomésticos.

É a salvação da indústria nacional. Se não for da pátria.

Avós, mães e tias as recomendam aos netos, filhos e sobrinhos púberes. Não há orçamento doméstico que não contemple o item camisinha. Lugar assegurado. À vista dos de casa e dos visitantes. Como a televisão ou a garrafa de cerveja.

Com uma diferença. Distribuídas de graça à população carente em época de carnaval, S. João, 7 de setembro e Ano-Novo. Anunciadas como a salvação dos festeiros e dos foliões. Pobres e amalucados.

Ou anunciadas como a salvação da humanidade ou da sociedade de consumo. Não decidam entre uma e a outra. Fiquem com as duas.

Agências publicitárias são contratadas a peso de dólares pelo Ministério da Saúde. Nas páginas dos jornais e revistas os magos da informação vestem as camisinhas de cores berrantes, roupas exóticas, biquínis, tênis e sandálias. E toca jingle. Põem-nas a dançar o samba do remorso universal. A bailar o baião da concórdia entre parceiros sexuais. A rebolar o maxixe das boas intenções sanitárias. Entregues ao frevo endiabrado, abrem sombrinhas, que se transformam em ponto de equilíbrio dos membros eretos. O guarda-chuva, facilitário das xoxotas e metáfora da sociedade permissiva.

Guarda-chuva usado, guarda-chuva jogado fora.

Como tudo isso lembra Paris, a capital do mundo no século 19. Absorvi bem as lições de papai. Ao sabor das caminhadas pelo calçadão da Atlântica. Atualizo-as.

Início do novo milênio.

Será que o homem chega aos padrões de prevenção às doenças transmissíveis a que Pasteur queria que chegasse? Será que ainda chega à eficiência do diagnóstico e da cura que o casal Pierre e Marie Curie queriam ter conquistado a partir das descobertas em radioatividade?

Na festa do carnaval novecentista, encenada pelos magos de plantão, Pasteur e o casal Curie se reencontram. Dão as mãos, saúdam e aplaudem a verdadeira e maior estrela das telinhas de televisão do Brasil e do mundo inteiro. Outrora inflado por Casanova para testar a qualidade, o balãozinho esperto aparece de corpo inteiro, com direito à bula com instruções para o uso. Tão despreparadas estavam e estão as novas gerações pós-Alexander Fleming. Aparece nu ou vestido a caráter. Com ou sem maquiagem. Em linguagem literal ou figurada. Em horário nobre ou pudico. Zumbi entre os ainda vivos. Depois de séculos de existência, conseguiu cavar um buraco no mundo da informação. Respirar o ar puro da ressurreição.

Por que não buscar as pequenas celebridades passageiras do mundo das artes e do entretenimento para elogiar o retorno da grande e eterna celebridade de metade do segundo milênio? Pense bem. Tem quase a idade do Brasil.

Papai teria podido adivinhar que a camisinha Cacique voltaria com outros e variadíssimos nomes e em traje de gala?

Suas palavras de conselho e prudência – amaldiçoadas pelos venerandos cariocas e pelo episcopado da Igreja católica, só enobrecidas por alguns poucos sanitaristas e urologistas – são hoje recitadas como versículos de catecismo.

Não teria podido adivinhar, o pai-d'égua!

Imaginaria que na passagem do milênio, em plena Times Square, seria recebido de braços abertos pelas multidões e saudado como herói em vários idiomas? que teria o nome enobrecido pelos países membros da Organização Mundial da Saúde? que seria agraciado com medalha pelos conselheiros da ONU e da Unesco? que receberia comenda de governos nacionais europeus?

Que teria o retrato estampado na web page dos Médicos sem Fronteiras? que seu nome seria cantado em prosa e verso pelos diretores e afiliados dessas ONGs que azucrinam os jovens com bons sentimentos explícitos e os atazanam com os dez mandamentos dos fodões cagões?

Papai seria hoje recebido por monarcas e presidentes na África. Apelidado de Mandela do apartheid do sexo promíscuo. Aplaudido em plenário da União Europeia, como o Che Guevara da contrarrevolução sexual.

Quantas malas cheias de camisinhas não teriam atravessado com ele o oceano Atlântico e retornado vazias à origem? Não teria mais fechado negócios com Merrill Youngs. Estaria fazendo transações de valor vultoso com governos nacionais e organismos internacionais. Tudo ali, na lata, sem os entraves burocráticos impostos pelas alfândegas. Sem o vexame das propinas aos sanitaristas para obter o certificado de qualidade. Nas caixinhas e envelopes exportados, estariam impressos – finalmente liberados! – a carantonha do índio e o nome original do produto, Cacique.

A legítima Cacique. *Made in Brazil.*

Graças ao papai. Nosso país, líder mundial. Modelo a ser imitado pelas nações emergentes no combate às doenças transmissíveis sexualmente.

Os bolsos do papai voltariam cheios de dinheiro vivo. *Cash.* A família deixaria a casa em Copacabana para ir morar em cobertura na Barra da Tijuca. Sócio do Country, em Ipanema. Iate no embarcadouro da Glória. Mecenas das artes, graças à Lei Rouanet. Amigo de socialaites na Barra. Seu nome não sairia das colunas sociais dos principais jornais brasileiros.

Pobre Donana. Sozinha no seu dois-quartos, no bairro de Humaitá. Comprado com meu dinheiro.

Papai e eu. Temos nossa história em comum. Camisinhas e telas. Não conheceremos o sucesso em vida. O sucesso de cara limpa. Conhecemos o peso do dinheiro. Ele, escondido por detrás de Malthus. Eu, falsário, ousado iconoclasta da assinatura alheia.

O escrito que você lê, caro leitor, é a mensagem esperançosa que jogo ao mar envolto por esta camisinha inflada, a que chamo de livro. Ela protege as folhas e as palavras impressas das águas do tempo que, sem direção predeterminada, boiam a caminho de mãos caridosas. As tuas. Se no presente não tenho colegas e amigos ao vivo e em cores, torço para no futuro ter apreciadores da minha arte. Grandes olhos abertos, acoplados a muitos megabytes de memória. Pessoas que não conheço. Fabricadas de carne e osso. Montadas com ideias. Cozidas em banho-maria com sentimentos e emoções.

Será que fui jogado para escanteio pelo sucesso? As culpadas seriam as invencíveis crises torcicolares, que o doutor Feitosa e sua enfermeira não conseguiram debelar? Ou seriam culpados os fados rotineiros, que regem os nascidos em Libra? Ou seriam os meus pais, os falsos, que não conseguiram me encaixar nem no signo de Virgem nem no de Libra?

Ou fui jogado para escanteio por desejo próprio?

Como temos ideais de vida profissional semelhantes! – papai, o falso, e eu, o falsário. Até chego a duvidar que ele seja o falso, e não eu.

A esperança minha de autor destas memórias é a de que possa me comunicar pelo *sim* com a utópica comunidade dos anônimos, do mesmo modo como me comunico pelo *não* com a comunidade artística. Seu desprezo às minhas palavras, querido leitor, confirmará minha ruína.

Antes lhe ofereci telas, que foram desprezadas. Agora, lhe ofereço um livro embalado em borracha vulcanizada. Mais atraente e atual que as telas que te ofereci. Não me abandone aqui, na escrivaninha da praia. A fazer castelos de palavras que se assemelham a castelos construídos na Espanha. Não reafirme em mim a sina que herdei de papai. Só ter o valor reconhecido depois de morto.

"As glórias que vêm tarde, já vêm frias", escreveu o poeta. Que mude enfim a minha estrela!

Só depende de você.

Abandono camisinha e livro. Volto ao profissional carente e eremita das artes plásticas.

Os críticos e historiadores de arte não apreciavam as telas que pintava e submetia à apreciação nas poucas galerias de arte que me aceitavam. Julgavam que, se tivessem o dom da pintura, teriam feito igual, ou melhor do que o artista. Este tinha talento. Não tinha gênio. Tinha técnica. Sobrava-lhe erudição. Faltava-lhe cultura. Não tinha imaginação. Era dedicado? era. Não era transbordante. Usava cores em demasia. Era lascivo. À moda do Porto, como as dobradinhas.

Acrescentavam maldosamente. Um inocente, encastelado nas posses que seu pai, industrial de renome na indústria farmacêutica carioca, deixara de herança. Mal sabiam eles da verdade.

Escreviam. A inocência não é matéria-prima na arte de Samuel. Seus quadros foram concebidos sem que ele caísse no pecado original da transgressão.

Não adiantava contestá-los. Voltavam à carga.

Não se referiam às insubordinações ao cânone das artes plásticas praticadas por mim. Referiam-se à falta daquele *catch-as-catch-can* contra Deus, que, ao igualar o artista à divindade no ringue ritualístico, o revela como Criador. Na arena da arte julgavam-me um boxeador, a seguir regras protocolares. Não era um atrevido Bruce Lee das artes pictóricas. Muito menos o gongórico Garrincha dos campos de futebol. E muito menos o idolatrado salve! Salve! Maciste. Na jaula com os leões.

Continuavam.

Diante dos trabalhos autênticos – que foram copiados por mim –, meus quadros pareciam imaculados. "Os imaculados do Samuel" foi o título da coluna de Clarival Valladolid em *O Diário Carioca*. O crítico não fora nada sutil. Queria dizer que eu me especializava em telas em branco. Um pintor de paredes, a serviço do hospital ou do sanatório das artes.

    A pecha pegou. Jaime Maurício, ao analisar os quadros da série colorida goeldiana, reapresentados com destaque na década passada, foi além. Li na sua coluna do jornal *O Correio da Manhã*: "Detestar um quadro é torná-lo transparente." E por aí seguia. Os trabalhos de Samuel são detestáveis e transparentes, porque rasos. Quem neles mergulhasse não se afogaria. Voltaria ileso à tona. "O perigo era que rachasse a cabeça no fundo do rio" – eis a última frase da crônica.

    Não enviei uma caixa de band-aid ao Jaime Maurício. Como papai, mandei copiar a frase dele. Serigrafá-la em tinta branca sobre papel branco. Emoldurar o produto. Dei o título: "Homenagem a MM." Referia-me a Maurício e a Malevitch.

    Hoje, no ateliê da Rio Branco, a serigrafia substitui o retrato de Malthus. Com função idêntica. Não foi Malthus quem levou papai à plena realização profissional? Na parede do ateliê, a homenagem ao crítico carioca e ao pintor russo ombreava com o retrato de Falópio, de que não me desvencilhava. Permanecia no seu canto para atestar o caráter profético das ideias do doutor Eucanaã.

    Desvencilhei-me do retrato de Malthus. Doei-o a uma fundação beneficente, para ver se conseguia, em troca, que me oferecessem respaldo ideológico e apoio crítico na série Clovis Graciano, que estava idealizando e nunca realizei. Furamos o compromisso selado, a fundação de amparo às artes e eu.

    O século 20, a não ser nesses aninhos frouxos e infelizes que servem de pano de fundo para que os sinos do milênio toquem o dobrado da derrocada, parece ter cultuado a originalidade a qualquer preço. No abecedário da originalidade, não entra a forma radical da minha originalidade. Sou o mais original dos impostores. Infinitamente mais original do que qualquer debutante das artes. Nenhum crítico chegaria aos meus pés porque, caso pintasse, não abandonaria os pressupostos sérios da sua atividade. Teria medo de ser julgado impostor.

Sou um impostor confesso. Isso em primeiro lugar. Em segundo lugar. Sou um impostor que não tem medo da comicidade. Em terceiro lugar. Não tenho medo de entregar o ouro ao bandido. Um impostor de cara limpa. Nada angelical. Se tivesse sido angelical, teria sido na base dos *angelitos negros*, cantados em bolero por Pedro Vargas.

A coragem – virtude respeitada pelas correntes de vanguarda e por elas mal compreendida – não é visível no balanço do século. Como a conheceu Jackson Pollock na lúcida loucura que lhe foi proposta pelos deuses vencedores da guerra contra o Eixo. A coragem é energia. Não é forma. Não é conteúdo. É mão, braço e corpo. As entranhas humanas em busca de expressão. A coragem está na força do gesto de que se vale o pintor para macular uma leitura da história da arte, que – caso feita na clave da probidade intelectual – teria sido considerada modelar. E sem interesse.

O ilegítimo (não me refiro ao estapafúrdio, aviso aos meus detratores) é o bom.

Há uma lógica do ilegítimo que é recato e explosão de vaidade. O recato é o trabalho feito pelo que filósofos e religiosos apelidam de consciência. Um torniquete constrangedor, que o superego impõe ao ego. Torniquete que, semelhante a algemas, correntes, coleiras e outros aparelhos sadomasoquistas, inibe o artista de confessar seus débitos e delitos na praça pública do mercado de arte. Ele tem de colocar a sua personalidade ímpar em primeiro plano, incólume no proscênio do palanque, para que possa ser iluminado pelo *spot-light* da fama.

A fauna dos críticos é multicolorida e assustadoramente medíocre. Julgam-se conhecedores. Apresentam-se nos jornais, revistas e livros como ditadores da moda e pavões do progresso. Quando ciscam com palavras, arranham a crosta das obras de arte que analisam e interpretam. O conhecimento crítico está a léguas da erudição. Se algum dia conseguirem estar lado a lado, a cultura terá uma outra concepção do que é o trabalho artístico.

Prevejo – e sou, como o doutor Eucanaã, mais digno de crédito em previsões do que em pensamentos atuais – um momento do futuro em que as análises das telas serão tão minuciosas, precisas e excludentes, que o crítico e o historiador de arte poderão detectar em cada traço (em cada verso), em cada pincelada (em cada rima), em cada lampejo de cor (em cada sílaba), a força original que está sendo domada e trabalhada pelo novo gesto. Todo e qualquer artista sabe disso. Intuitivamente. Por isso cria. Com tanto carinho. Com tanto ardor. A tradição. O detalhe. A traição.

Como a crítica e a história da arte estão atrasadas em relação às ciências do homem!

Século 20, século da invenção. Uma pinoia! Ainda irão reconhecer que, por debaixo da crosta auriverde da inventividade a todo custo, existe o miolo, assim como por debaixo da casca, a polpa do fruto e, ao meio dela, a semente. Essa semente metafórica é o fundo comum que une os artistas brasileiros da nossa época aos de todos os tempos. A semente é única assim como, dizem os teólogos, só é único o Deus verdadeiro. A semente da produção artística é uma planície por onde planam os olhos à cata dos pequenos relevos que sobressaem, se repetem, se repetem, se repetem. Em diferença. Já disse e reitero.

Não é à toa que me chamam de idealista e classificam teorias minhas de utópicas. Não é por outra razão que prevejo as décadas de diarreia à espera do novo homem. Dada a descarga no fluxo dos equívocos, o credo a ser difundido por ele assumirá a condição de palavra normativa.

Uma questão correlata bate à porta. Deixo-a entrar. Até mesmo porque, quanto mais arejado for o ambiente, mais saudável será às polêmicas. O *punch* de esquerda do artista visa o *knock-out* do crítico. Será que deveria continuar existindo a raça dos críticos e dos historiadores de arte? A especialização deles não está baseada no fato de que o lógico é mais forte do que o intuitivo? Para que existem, se sempre estão na rabeira da produção do artista? Quando eles e os artistas estiverem emparelhados, não haverá necessidade de distinguir, de um lado, o crítico-historiador e, do outro, o artista.

Restaria a mim a amizade dos colegas pintores.

Eles não só não vinham às minhas exposições, como não queriam que eu fosse às deles. Tinham receio (justificado ou, para dizer a verdade, injustificado, já que nunca copio os contemporâneos de idade e geração) de que passasse a fazer concorrência a eles, imitando-os. Quantas vezes não fui expulso de vernissage aos gritos de filho da mãe, safado, agiota, impostor.

Não precisavam ter receio de mim ou da minha presença. Bastava entrar no recinto duma galeria de arte, examinar os quadros expostos (antes, é claro, que me expulsassem aos gritos de filho da puta), para me dar conta de que todos – todos, sem exceção – trabalhavam com matéria adversativa.

Nos meus quadros e neste livro, sou abertamente a favor da estilística da negativa. *Não*.

Sou contra a adversativa. Nada tenho a ver com *mas, porém, contudo, entretanto, no entanto, todavia*. Basta olhar qualquer quadro de contemporâneo para deparar com a matéria adversativa que o estrutura:

"Tem um porém", é o que a gente lê nas entrelinhas do quadro.

Às vezes, nos piores, a adversativa é tão rebarbativa que ali, na forma e nas cores, se lê sem dificuldade o pleonasmo:

"Mas tem um porém."

Nada tenho a ver com a geração dos artistas da adversativa. Aliás, a pintura nunca teve nada (agora, é a minha vez de ser pleonástico e profético) a ver com os adversativos.

Se dessem ouvido às minhas palavras, lhes daria de graça a lição que mestre Cézanne me proporcionou. Ao metamorfosear seres humanos e frutos e flores nas figuras geométricas que compõem a tela bidimensional (círculo, quadrado, retângulo), ao dar às variadas figuras o colorido chapado e esfuziante que só as tintas metálicas proporcionam, descobri que os quadros de Cézanne me diziam de maneira alegre, simples e definitiva:

"O mundo da arte não é feito para terminar numa adversativa."
Um exemplo concreto da lição de Cézanne?
Leia (isto é, releia) este livro de fio a pavio. Por cada adversativa encontrada, o autor se compromete a depositar na sua conta bancária a quantia de cem dólares. Veja que vantajão. Você compra o livro por menos de dez dólares (em reais), se diverte e ganha conhecimento. Ao final recebe de prêmio dez vezes o valor gasto. Lucro de 90%. Se não encontrar uma adversativa sequer, pode ter também lucro zero.

Vale a pena entrar no jogo. Ou não vale?

Hoje é o dia da grande generosidade do artista. Não me contento com uma verdade. Passo-lhe uma segunda. Uma verdade depreendida das cópias que fiz de Picasso.

Quando me adentrava por uma série de quadros dele, os da série azul, saía por outra, os da série clássica, reentrava por uma terceira que não estava programada e me reencontrava numa quarta, que julgava a definitiva, para logo depois descobrir que tinha uma saída falsa para uma quinta fase, que tinha escapado à minha observação inicial. Passava à quinta fase para descobrir depois de pouco tempo que estava era reentrando na fase azul e fazendo cópias totalmente diferentes das que tinha feito antes. Abandonei o percurso, porque o percurso não tinha fim. Picasso é o labirinto.

À saída do labirinto... – expresso-me mal. No meio do labirinto, ao entrar numa sala que não consigo mais precisar qual seja, li escrita num imenso quadro a lição definitiva da minha vida:

"Não tem nem *perhaps*."

Pertenço a uma geração afirmativa. Afirma pela negativa. Tem *não*. Não tem *mas*. Não tem *talvez*. Não há relativismos patrióticos ou geracionais embebidos na minha estilística. Há o *sim*. Ele cavalga com esporas o *não*. A pelo. Nada entre. Nem sela. Confundem-se. Nenhuma partícula adversativa entre o *sim* e o *não*. Por mais nobre que ela seja.

Ia esquecendo de dizer.

Fui esquecendo de dizer.

Não é a mesma coisa. *Ia* esquecendo e *fui* esquecendo. Tenho de escolher entre a primeira e a segunda forma verbal. Decidir. Contra a lição do doutor Eucanaã. Dar mais um passo. O último. Escolho a segunda forma por ser a mais verdadeira.

Não foi sem querer que esqueci de dizer. Fui esquecendo de propósito.

Remonto às primeiras linhas para chegar às últimas. Ao dia do meu nascimento. A última linha está na primeira. Fecha-se o círculo da esterilidade. Todo labirinto se apoia num círculo vicioso. Picasso *dixit*.

Papai e mamãe, os falsos, me fizeram acreditar. Espera-se uma família a mais de cada criança que se bota neste mundo.

Escondi de você o meu segredo. Ia esquecendo de lhe dizer. Não. Fui esquecendo de lhe dizer.

Desde o meu duplo (triplo, quádruplo e até quíntuplo) nascimento, soube que tinha vindo ao mundo com um propósito, o de botar no mundo uma família a menos.

Chega de mentiras.

Não serei um falso pai falso, como o doutor Eucanaã.

Não me casei com Esmeralda. Não tive filhos com ela.

Se me colocarem contra a parede deste relato, confessarei. Tive dois filhos virtuais.

Não poderia tê-los tido. Não os tive. Inventei-os.

Inventar não é bem o verbo. Gerei-os em outro útero. Com a mão esquerda (sou canhoto) e a ajuda da bolinha metálica da caneta bic. Com tinta azul lavável. Inseminação artificial.

O resto, pa-ra-rá, pa-ra-rá, pa-ra-rá...

Fim.

Lego ao mundo as minhas telas.

À história, uma família a menos.

Agradeço a Sara Marta, Karl, Santuza e Sérgio Carrara.

Impressão e Acabamento:
LIS GRÁFICA E EDITORA LTDA.